徳間文庫

# 再雇用警察官

## 究極の完全犯罪

姉小路　祐



徳間書店

目次

# 第一話　唯一の証明

## 1

「妹が亡くなったなんて、信じられないんです。荼毘《だび》に付されて骨になったと聞かされても、そんなの認めたくありません。つまり影も形もないという存在なのですよ。だから、行方《ゆくえ》不明ということになります」

　岡崎《おかざき》葉月《はづき》は、早口でそう言った。黒のパンツスーツに身を包み、メタルフレームの眼鏡をかけ、黒髪のロングヘアを後ろで結《ゆ》わえている。

「まあまあ、落ち着きましょう」

　消息対応室の芝隆之《しばたかゆき》室長は、両方の手のひらを向けた。

「落ち着いています。私は、いつもと変わりません」

葉月は机の上にICレコーダーを置いている。〝本邦新聞社　国際部　主任記者〟という名刺が横に置かれ、芝はインタビューを受けている錯覚にとらわれそうだった。

中之島警察署の生活安全課から電話がかかってきたのは、四十分ほど前のことだった。岡崎葉月という三十四歳の女性が、二つ年下の実妹の捜索をしてもらいたいと行方不明者届を提出しに中之島警察署に来庁した。事情を聞くと、国際記者である彼女はヨーロッパでの首脳会談を密着取材していたが、実家の兄から妹が急死したという知らせを聞いて、予定を早めて帰国することにして、けさの明け方に関西国際空港に到着したという。兄や父とはすっかり疎遠《そえん》になっていたが、大阪で嫁いだ妹とは交流があった。妹はこれまで大きな病気をしたことがなく、旅先での急性心不全だと聞かされたが、あまりにも意外であった。葉月が帰国する前に、妹は荼毘に付され密葬も行なわれていた。お別れの会を後日に開くということだが、遺体と対面することはもうできない。遺骨は散骨するかもしれないとも聞かされた。

中之島警察署の生活安全課長は、申し訳なさそうに芝に電話で言った。

「行方不明者届を出すから捜索してほしい、と岡崎葉月さんは聞く耳を持たない状態です。もうすでに死亡届も出ている人間に対しての行方不明者届なんてありえません、と何度も説明しましたが引き下がってくれないんです。岡崎さんはかつて大阪社会部でも鳴らした腕利《うでき》きの記者で、うちの署長も面識があると言っています。おそらく彼女は行方不明者届の提出を足がかりに捜査をさせたいのだと思います。全国紙のエース級の記者が相手ですから、無下《むげ》に門前払いはできません。おまけに事実婚の彼女の夫は、これまた有能な弁護士です。府警本部とも相談したのですが、ここは異例ではありますが消息対応室に案件を送付してはどうか、ということになりました」

「そういうことですか」

行方不明者は全国で毎年八万～九万人前後に達するが、大阪府は例年そのうちの一割近くを占めることが多く、都道府県別で最上位級となっている。そこで大阪府警は、全国に先駆けて消息対応室を発足させた。

行方不明者には二種類ある。自発的な家出、借金の取り立てからの夜逃げ、家庭内不和からの逃避、など犯罪が絡《から》んでいない失踪《しっそう》は〝一般行方不明者〟と呼ばれる。大部分の行方不明者は、こちらに属する。犯罪が関わっていないのだから、警察が扱う領域ではない。これに対して、拉致《らち》、監禁《かんきん》、誘拐《ゆうかい》といった犯罪が関わっている場合が〝特異行方不明者〟である。

両者の区別は一目瞭然《いちもくりょうぜん》ではない。グレーゾーンもあるのだ。そんなときは、各所轄署は消息対応室に案件を送付してくる。その判別をするのが、芝たちの役目だ。

今回のケースは、そもそも行方不明者とは言えないだろう。死亡届はすでに出ており、死者は行方不明者には該当《がいとう》しない。

「警察への不満のガス抜きということですか」

「まあ、そういうことになるかもしれません。何しろ三大天敵ですから」

俗に警察の三大天敵と呼ばれるのは、有力な議員、大手マスコミ、敏腕な弁護士である。岡崎葉月という女性は、全国紙のエース記者であり、内縁の夫は弁護士だ。矛《ほこ》先《さき》を収めてもらうには、ぞんざいな対応はできないということのようだ。

「行方不明者全般のことを扱うのも消息対応室の仕事の一つだと思っています。われわれのほうで、お話を聞きましょう」

そう答えたことを、芝は後悔し始めた。

岡崎葉月は能弁《のうべん》だった。

「今回の私のように、納得できないから警察に調べてほしいと望む遺族がいるケースは少なくないと思います。急性心不全——正式な医学用語では虚血性《きょけつせい》心不全という診断がなされて、病死になりました。自然死ということですから、警察は関与しようとしません。けれども、心不全というのは曖昧《あいまい》なものなのです。死んだときは誰もが、心臓が停止します。ですから、死者の全員が心不全なのです。しかも南九州の旅先での死亡ということで、東京や大阪のように監察医制度がありませんから、どこまで死因の究明が正確なのか疑問が残ります」

監察医制度は、東京二十三区、名古屋市、大阪市、神戸市のみに置かれている。病院以外で亡くなったような場合は、この四都市では死因解明のために監察医が行政解剖を行なう。

「いやしかし、監察医がない地域でも、おざなりとは言えませんよ」

「きちんと捜査をしてください。妹は、夫とうまくいっていたわけではないのです。私は訃報《ふほう》を聞いてなるべく早く日本に帰国しましたが、大阪に着いたのはきょうの早朝でした。昨日のうちに、妹の密葬は終わってしまっていたのです。後日お別れの会があるということですが、急ぎ過ぎていませんか」

扉が開いて、安治川信繁《あじがわのぶしげ》と新月良美《しんげつよしみ》が外出先から戻ってきた。先週まで消息対応室が関わっていた案件が解決したので、関係者に報告しに行ってくれていた。

「ごくろうさん。さっそくだが、いっしょに話を聞いてくれ」

岡崎葉月に気圧《けお》されていた芝は、援軍を得た思いだった。

新月良美は、難波《なんば》署の少年係から、新設されたこの消息対応室に転任してきた三十三歳の巡査長だ。安治川信繁は、かつては府警本部刑事部捜査共助課で巡査部長刑事をしていたが、親の介護のため肥後橋《ひごばし》署の総務課内勤となり、定年を迎えたあと再雇用警察官として消息対応室に赴任《ふにん》してきた。

芝はかいつまんで経緯《けいい》を説明しようとしたが、先に岡崎葉月が早口で始めた。端折《はしょ》ってはいたが要点はきちんと押さえていた。

「ええっと、妹さんは弥生《やよい》はんとおっしゃるんですな」

安治川は所々でメモを取っていた。

「ちゅうことは、妹さんは三月生まれで、あんさんは八月生まれなんですな」

「そんなことはどうだっていいでしょ」

「そら、すんまへん。ほかにご兄弟は?」

「兄を入れて三人です。兄とはあまり交流していません」

「それで弥生はんは、いつ頃に結婚しはったんですか」

「六年前の二十六歳のときです」

岡崎葉月は、行方不明者届に添付する岡崎弥生の写真も持参していた。姉妹ということだが、顔立ちはかなり違っている。姉のほうが目や鼻が大きくてエラも張っていて、くっきりした印象を受ける。それに対して妹はすべてが小ぶりで、輪郭《りんかく》も丸みを帯びている。目は一重瞼《ひとえまぶた》だ。服装も妹のほうが地味である。頭髪だけは姉妹共通していて、黒髪のストレートロングだ。

「結婚相手は？」

「二歳年上の朝霧成志郎《あさぎりせいしろう》です」

「なれそめは聞いてはりますか」

「弥生がＯＬをしていたときの出入り業者のセールスマンでした。私たちの実家は名古屋なんですけど、私は東京の大学、弥生は大阪の大学に進学して、それぞれその地で就職しました。弥生は朝霧成志郎の将来性に賭けたいと言って結婚しました。朝霧が独立して起業するときは、実家の父に頼んでかなりの創業資金を出してもらいました」

「どないな事業を始めはったんですか」

「私も完全に理解しているわけではありませんが、広い意味のＩＴビジネスです。ですが、手広く色んなことを手がけているようです。たとえば、アイデアを持った人と、アイデアを求めている企業との橋渡しビジネスです。キッチン用品やコスメグッズにおける実用的な新しい製品を普通の主婦が思いついたとしても、どのように試作してメーカーに売り込んだらいいのか、方法もわからずルートもありません。朝霧は、インターネットを通じてその主婦の提案を詳しく聞き、商品価値があると思ったものは業者に試作させて、特許申請の代行もしたうえで、ニーズがある企業に製品化を持ちかけます。そして実現した際には、特許料の半分を取得するわけです。製品が大量生産となったときは、多売による利益が得られるのです」

「なかなかうまいこと考えはりますな」

「本来なら世に出ずに埋もれてしまうアイデアを掘り起こして使うわけです。一人一人が考えつくアイデアには限りがありますが、それを拾い上げていくのですから朝霧のほうはずっと続きます。彼の会社は急成長して、今では四十人以上の社員を抱えています。でも、儲《もう》かるとなればライバル企業が出現するわけですから、新たな仲介ビジネスを次々と開拓していっています。そういうアクティブな若手社長ですから、モテると思います」

「もしかして、特定の不倫相手がいやはったんですか?」

「いえ、具体的なことは聞いていません。『いるかもしれない』と妹は電話で言っていたことがあります。直接に妹と会えていれば、もっと深い話もできていたでしょうが、私も多忙なので」

「妹さんは、南九州への夫婦での旅行中に亡くなったんですね」

良美が訊《き》いた。

「ですから、亡くなったとは思っていません。死亡届は偽造されたのかもしれません」

「どないして偽造するんですか。そないに簡単やありませんで」

医師による死亡診断書や死体検案書がなければ、死亡届は出せない。

「それを調べるのが警察の仕事ですよね」

「宮崎県警のほうには、照会しはったのですか」

「支局に依頼しました。けれども、県警は『自然死に間違いないです』の一点張りの回答だったのです。そのあと帰国した私も先ほど電話をかけてみたのですが同じでした」

「県警もええかげんなことはしてしませんで。人の生死に関わることですさかい」

少なくとも、医師による診断は経ているはずだ。

「三つも疑問があるんですよ」

葉月は、三本指を立てた。

「第一に、妹に心臓疾患の持病はありません。第二に、朝霧は宮崎県のほうで荼毘に付したと言っています。お金がないなら、大阪までの搬送費用の節約もしかたがないでしょうが、彼は貧乏ではありません。第三に、父や兄に連絡が入ったのは、荼毘に付してからです」

「お父はんやお兄はんも、疑問に思わはったんですか」

「それは……そうではありません。父や兄と、私たち姉妹は疎遠です。父は昔ながらの男尊女卑の意識が強い昭和の人間です。小さい頃から兄を可愛がり、跡取りとして大事に育てました。父は兄家族と同居して、孫三人を溺愛《できあい》しています。私も妹も高校卒業とともに実家を出て、大学を卒業しても帰りませんでした。仕事を優先すると決めた私は子供を産まない選択をし、妹は専業主婦になったのですが子供がまだできていません。そういったことも、疎遠の要因になっているかもしれません。母が生きていればまた違っていたかもしれませんが、私が大学三年のときに病死しました」

葉月はこの部屋に入って初めて、声のトーンを下げた。

「ほなら、弥生はんの密葬には？」

「父は列席はしました。でもあまり関心がありません。私は海外取材中で手が離せなかったので参加できませんでしたが、私が列席していたら父は行かなかったと思います」

「行方不明者届を提出したいということですが、妹はんは今どこでどうしてはるか、なんぞ推測はありますのか？」

「いえ、それがわからないから、こうして足を運んでいるのです。一般行方不明者の場合は受理するだけで終わって、行路死者《こうろししゃ》など身元不明の遺体が出たときの照合のときに行方不明者届が使われる程度だということは、知っています。でも妹はけっして自発的な蒸発ではありません」

芝が訊いた。

「もし事件性のある特異行方不明者だとしたなら、どういった可能性が高いとお考えなのですか？」

「やはり、朝霧成志郎に対して疑問を抱かざるを得ません。妹たちは夫婦仲がいいわけでもないのに、多忙な彼が南九州まで夫婦旅行をして、そこで妹が突然死をして、早々に茶毘に付されたのですから」

## 2

芝は、岡崎葉月が持ってきた行方不明者届について、「受理するかどうか検討したいので預《あず》からせてもらいます。結果は電話でお伝えします」と答えた。葉月は「なるべく早く連絡ください」と言い残して立ち去っていった。一礼はなかった。

「さて、どのように対応しようか。安治川さんはどう考える？」

「岡崎はんも、本心では、もう妹はんがこの世におらんことがわかってはると見受けました。ただ、自然死ではのうて、他殺やないかという疑いが拭《ぬぐ》えへんのとちゃいますか。宮崎県警に掛け合うてみたものの、病死ということで全然取り上げてもらえそうにない。せやから、苦肉《くにく》の策《さく》として妹はんの居住地である大阪府警に行方不明者届を出して、捜査をさせようと考えているんとちゃいますか」

「私も、同じ感触を持った。宮崎県警としては、いくら全国紙の記者が言ってきたとしても、自分たちの判断を撤回《てっかい》はしない。もちろん、ちゃんと根拠があっての判断だと思う」

日本の警察は都道府県単位であるから、他の都道府県警と違う結論を出すことは、理論上はありえる。だが、実際のところはそういうことはまずない。他の都道府県警の捜査について異《い》を唱《とな》えることは、縄張りを侵すことになりかねない。また二つの見解が出ることは、国民からの警察全体への信頼を揺るがしかねない。そういったことを防ぐために、県境を跨《また》ぐ広域犯罪については合同捜査本部を設ける。さらに上部組織とも言うべき管区警察局が調整をすることもある。

「岡崎さんも社会部にいたことがあるのだから、そのことは熟知しているでしょうね。

府警の刑事部に申し出ても動かないだろうから、行方不明を扱う生活安全部に扱わせようと考えたのではないですか」

良美が少し感心したように言った。生活安全部案件となると、ワンクッション置くことができる。しかも刑事部と生活安全部は、近接領域を扱うだけに対抗意識はある。あまり仲がよくない場合もある。

「まあ、そういったしがらみ論は抜きにして、われわれはどうすべきかだ」

芝は腕組みをした。

「わしは、すぐに不受理にせんと、調査はしてもええんやないかと思いました。岡崎はんが出した三つの疑問を検証してみて、そのうえで、受理か不受理を決めたらどないですやろか」

安治川には、常々思っていることがある。

全国で発生する殺人事件は近年では、一年間でおおよそ九百件前後である。殺人となると、派手な事件報道がなされるが、諸外国に比べてずいぶんと件数は少ない。行方不明者の年間約八万〜九万人という数字は、その百倍程度もある。行方不明の大部分は、犯罪性のない自発的なものである。しかし長年行方がわからないままというケースの中には、発覚しなかった殺人が紛《まぎ》れ込んでいる可能性はゼロではない。それとともに、犯罪性のない自然死とされたケースの中に、他殺が入り込んでしまっていることも皆無《かいむ》とは言えない。

殺人事件だという認定がされたなら、捜査本部が設けられ、大勢の捜査員が投入されるとともに徹底した鑑識がなされ、膨大なエネルギーと費用がかけられる。世間の耳目《じもく》も集まり、有益無益さまざまな情報も寄せられる。だが、その認定がなされなければ、警察はほとんど動かない。それではアンバランス過ぎるのではないか、と安治川は感じている。

腕組みをしたまま、芝は結論を出した。

「たしかに、われわれとしては、中之島署からの送付を受けたのだから、調査をすることは問題ない。あくまでも受理・不受理は保留にして、調査のうえでもしも何か犯罪性があるという可能性が出てきたら、中之島署に報告するということにしよう」

「わかりました。実は宮崎県警には、わしが捜査共助課時代に知り合うた刑事がおりますのや。照会して情報を得ることはでけると思います」

「そいつはありがたいな。まずはその前にできることから始めよう」

3

朝霧成志郎が社長を務める株式会社モーニング・ミストは、中之島の玉江橋《たまえばし》のすぐ近くに社屋があった。玉江橋は、浪速《なにわ》名橋五十にも選ばれ、その直線的でモダンなフォルムは優美さに溢《あふ》れている。夜間には鮮やかなブルーにライトアップされる。

その玉江橋と堂島川《どうじまがわ》を見下ろすことができる十三階建てビルの最上階ワンフロアをモーニング・ミストは占めていた。経営状況の良好ぶりを象徴するかのようだ。岡崎葉月が提出した行方不明者届によると、朝霧成志郎・弥生夫妻が住んでいるのは、この社屋から徒歩で約五分のやはり中之島に建つ真新しいマンションであった。

「絵に描いたような青年起業家の成功者ですね」

社屋の入るビルのエレベーターに乗りながら、良美はつぶやいた。朝霧成志郎は三十四歳ということだから、良美より一つだけ年上だ。

「憧れますかな」

「いえ、それはまた別です。お金持ちになりたいと思っていたら、警察官にはなりません」

エレベーターを降りたところに、受付カウンターがあったが、なぜか誰もいない。奥のガラス扉越しにオフィスが見えるが、社員たちの動きがあわただしい。

「何かあったんでしょうかね。商品トラブルとか所有株の暴落とか」

「少し待つことにしよう。仕事のジャマはできひん」

安治川は受付カウンターに置かれてある胡蝶蘭《こちょうらん》の花に軽く触れてみた。造花であったが、見ただけではわからない精巧なものだ。

ガラス扉が開いて、制服姿の若い女性がやってきた。

「お客様、お待たせしました。申しわけありません」

彼女はハンカチを手に握り、目を潤《うる》ませていた。

「なんぞ、あったんですか」

「先輩の女性社員が死んだそうなのです。とても面倒見のいい先輩でした。急なことで驚いています。まだお若いのに」

「え、どないなふうに亡くならはったんですか」

社長の奥さんに続いて、今度は社員が突然に死んだということになる。

「けさ午前十時になっても何の連絡もなく出社してこないので、心配した同僚社員が先輩の住む北千里《きたせんり》のマンションに足を運んだそうです。チャイムを押しても反応がなく、管理会社に部屋を開けてもらったら先輩がぐったりと床に倒れていて、救急車を呼んだものの、病院で死亡が確認されたと――たった今聞いたばかりです」

　彼女は目尻をハンカチで拭った。

「あ、失礼しました。ショックのあまり、つい自分の受付係という仕事を忘れていました。どちら様でしょうか？」

　女性社員は頭を下げた。

「大阪府警の消息対応室のもんです」

「警察……もしかして先輩が死んだことの捜査ですか」

「いや、せやないんです。夫人の弥生はんの件で、朝霧成志郎社長にお会いしたいと思うて来ましたんや」

「社長は、取引先との商談で神戸に行っています。午後からは戻ってくると思いますが……えっと、少しお待ちいただけますか」

　女性社員は再びガラス扉の奥に消えた。彼女に連れられるようにして、ダークグレーのスーツ姿の四十歳くらいの真面目そうな痩身《そうしん》の男性が現われた。

「総務課長をしております小山田忠彦《おやまだただひこ》です。こちらへどうぞ」

　彼は、受付カウンターの奥にある小部屋に、安治川と良美を案内した。

「社員のかたが亡くならはった、と聞きました」

「ええ。私どもも今しがた連絡を受けてびっくりしております。その件で来られたのではないのですね」

「社長夫人の件で、わしらはお伺いしました」

「あれも、驚きました。弊社《へいしゃ》は厄払《やくばら》いが必要かもしれません」

「社長夫人が亡くならはったのは、いつでしたか」

「三日前の土曜日のことでした。一昨日の日曜日に、私は九州まで社長に呼び出されて、急きょ向かいました」

「それは、どういう用件で？」

「現地の斎場《さいじょう》で荼毘に付すから手伝ってほしいと頼まれました。そして奥様の荷物や衣類を持ち帰るように言われました。昨日に奥様の密葬を済ませたのですが、その手配と庶務《しょむ》役も仰《おお》せつかりました」

「あんさんが九州に着いたとき、もう火葬は終わっていたんですか？」

葉月は、妹が現地で荼毘に付されたことで、父が対面できていないことにこだわっていた。

「いいえ、私は奥様の御遺体と対面したうえで、現地の火葬場まで同行しました」

「社長はんの様子はどないでしたか」

「突然に奥様を失ったことで、落胆しておられました。社長は仕事一途《いちず》のかたですから、なかなかお盆休みすら取られないのですが、今回は久々に昨日まで土日を入れて五日間のお休みでした。宮崎県は、かつて社長が新婚旅行の行き先として予定していたが、起業を控えていたので節約を考えて、小豆島《しょうどしま》に変更したそうです。ブームだった昭和三十年代ならともかく、近年では宮崎県へのハネムーン旅行というのはけっして贅沢《ぜいたく》ではありません。しかし起業前の社長は、その費用すらためらうくらいに、経済的に苦しかったのです。借家の新居の一室がオフィスでした。それがわずか六年間で、この中之島に社屋を構えるようになりました。社員が、社長のことを褒《ほ》めるのは非常識ではありますが、立志伝中の人物であると思っております」

「小山田はんは、いつ入社しはったんですか」

「四年前です。この会社から発注を受けて試作品を作る工場の一つに勤めていたのですが、資金繰りがうまくいかなくて倒産しました。若くもない年齢での失業ということで困っていた私に、社長が声をかけてくれました。ありがたいことでした」

「話を戻しますねけど。なんで現地での荼毘ということになったんですか」

「亡くなった翌日の行き先の予定が、かねてより奥さんが行きたいと熱望しておられた青島神社と青島亜熱帯性植物群落だったのです。残念ながらその念願は叶《かな》わなかったのですが、せめて遺骨とともに参拝したいと社長はおっしゃいました。それに、休暇も五日間という限定があったうえに、車ではなくJR利用だったので、大阪まで御遺体を運ぶ時間のロスも気になさったと思います」

「死因は急性心不全ということでしたね」

「ええ、本当に急なことで、お気の毒でした。奥様のお顔はいくぶん苦しげでした。発作があったのではないでしょうか」

「発作のとき、社長はんはそばにいやはったのですか」

「いや、タイミングの悪いことに、都城《みやこのじょう》市に住む市民発明家のところを訪れていて、ホテルには奥様一人だったのです。急に発作が起きてしまって、フロントに助けを求めることもできなかったのだと思います」

「市民発明家、ですか」

「ええ。現地ではかなり有名な御老人で、生涯独身で偏屈《へんくつ》な変わり者という評判だそうですが、アイデアの発想力はあって、いくつも特許を持ち、今も新しい発明に取り組んでいるという人物です。その発明家と業務提携すれば、わが社にとっても有益だと提案した営業担当社員が電話をしたのですが、『社長が直々《じきじき》に来るのなら、考えんことも無い』という返答だったそうです。それで社長が都城まで伺ったわけです。単なる行けなかった新婚旅行の六年後の実現ということだけではなく、商談も目的にしていました。仕事熱心な社長らしいです」

「社長はんは一人で行かはったのですな」

「発明家は生涯独身のかたなので、夫人同伴で行くと機嫌を損ねてはいけないという配慮だと聞きました。それに奥様は、会社の業務にはほとんど携わらないかたでしたので」

　部屋のドアが開いて、受付係の女性が半身を入れた。

「小山田課長。朝霧社長に連絡が取れて、大宮《おおみや》先輩のことをお伝えしました。『まだ神戸での商談が続いているので、小山田課長に社長名代として大宮君のマンションまで行ってもらえないか。御遺族への対応もお願いしたい』ということです」

「わかった。そうする。大宮さんはどこに住んでいた？」

「北千里です」

　小山田は、安治川たちのほうを向き直った。

「こういう事情ですので、これで失礼させてください」

「わかりました。朝霧社長には一度お目にかかりたいので、その旨《むね》をお伝えくれはりますか」

「ええ、伝えます。私から連絡しますので、あらためてお越しいただけますか」

小山田は名刺を差し出した。

「あの、もう一つだけよろしいですか」

良美が遠慮がちに訊いた。

「朝霧社長と奥さんの弥生さんは、夫婦仲がいいわけではなかったと聞いたのですが」

葉月はそう言っていた。

「いや、そんなことはないでしょう。仲が良くなければ、六年目の新婚旅行の実現などしないですよ」

「そうですか」

「いったい誰からお聞きになったのですか。うちの社員ですか」

「いいえ、違います」

良美は首を振った。

# 4

正午近い時間帯であったので、安治川と良美はランチを食べることにした。安治川は、値段が安くて誰でも利用できる大阪市役所地下の食堂はどうかと提案したが、良美は「できたら、もう少し小洒落《こじゃれ》たところがいいです。ああいう立派なオフィスを見てしまうと」と手を合わせた。そこで二人は中之島公会堂の地階にあるレストランに足を向けた。ランチで単品ならばそれほど値は張らない。二人はここの看板メニューの一つである牛肉煮込みのオムライスを注文した。

「すいません、わがまま言ってしまって。でもこうして重要文化財の建物の中で食事ができるなんて幸せです」

「この建物の設計者の一人は、東京駅を設計した辰野金吾《たつのきんご》はんや」

「そう言えば、外観が少し似ていますね」

「正式名称は、大阪市中央公会堂ていうんやが、なんで大阪市立という呼称やないんか、知っているか」

「いえ、知らないです」

「一人の民間人が私財を出して大阪市に寄付したことででけた建物やから、大阪市立とは呼ばへんのや」

「え、一人の寄付ですか」

「現在の貨幣価値に換算したら数十億円になる金額を、北浜《きたはま》の風雲児と呼ばれた岩本《いわもと》栄之助《えいのすけ》はんがポンと出したんや。彼は、渋沢栄一《しぶさわえいいち》たちとともに渡米実業団の一員としてアメリカに行ったときに、富豪たちによる公共施設寄付の文化に感銘《かんめい》したことで寄付を決めたということや」

「北浜の風雲児ということは、株式市場で儲けた人なのですか」

北浜には、大阪証券取引所の建物がある。

「そうなんや。今で言うところの億り人、いやそれをずっと上回る大稼ぎをした。ところがや、第一次大戦による株式相場の大変動で巨額の損失を出してしまう。周りの人は、公会堂建設資金の一部返還を大阪市に求めることを勧めたが、岩本はんは『それは大阪商人の恥になる』と聞き入れなんだ。そして不幸なことに自殺をしてしまう」

「せつないですね。さっき伺ったモーニング・ミストも凄《すご》い勢いで急成長していますけど、同じようなことになるかもしれないんですかね」

「企業の平均寿命は、設立から三十年やそうやで。百年以上続いている老舗《しにせ》も入れてやから、新しい会社の平均寿命はもっと短いことになる」

「なかなか続かないということですね」

「ベンチャービジネスというのは華やかさと脆《もろ》さが同居しているんとちゃうか。わしには無縁の世界やが」

　オムライスが届いた。

「朝霧社長とはいつ会えるんですかね」

「これを食べたら、もう一度さいぜんの小山田課長に連絡してアポを取るつもりや。やはり同行していた夫に話を聞かんことには」

「けど、小山田課長さんは亡くなった女性社員のことで、出かけはりましたよね」

「その前に、北千里署に照会をする。社長夫人に続いて女性社員が急死した。そのことが、なんや引っかかるんや」

「まだ若いって受付の女性が言っていましたね」

「単に急死が重なっただけなのかもしれへんが、事実関係を確かめてみたい。大宮という名前やったな」

北千里署への照会によって、以下のことがわかった。

死亡していたのは、モーニング・ミスト広報担当社員の大宮怜香《れいか》・二十九歳であった。昨日の月曜日は事前に休暇届が出ていたが、けさの火曜日になっても出勤することなく、電話連絡もなかった。彼女は京都府綾部《あやべ》市の出身で、北千里のマンションでの一人暮らしである。同居家族が居ないので、欠勤の事情の摑《つか》みようがなく、庶務担当社員で彼女と同期入社でもある牧由起夫《まきゆきお》が自分から手を挙げて、様子を見に行った。部屋のチャイムを押しても電話をかけても応答がないので、管理会社に連絡してマスターキーで部屋を開けてもらったところ、大宮怜香がキッチンの床にぐったりと倒れていて動かなかった。牧はすぐに救急車を呼んだが、搬送先で死亡が確認された。搬送先の医師によると、急性心不全が死因と見られるということであった。普段着でエプロンをしていたから、料理をしようとして倒れた姿が想像できた。

「女性社員も急性心不全だったのですね」

「偶然の一致かもしれへんが」

安治川たちは、北千里へと向かうことにした。

# 5

「やはり厄払いが必要なようです」

小山田はマンションのホールで、溜《た》め息混《いき》じりにそう言った。

「大宮さんの実家に連絡しました。お母さんがすぐに来てくれるということです」

綾部市からなら電車で約二時間だ。車を使えばもっと早いだろう。

「彼女も急性心不全やったのですな」

「ええ。お母さんの話によると、小さい頃に心臓の弁膜の手術を受けたことがあったそうです。重度のものではなく手術も成功して、その後は症状は出なかったそうです。私は初耳でした。いつもは元気な女性でしたが、頑健《がんけん》というタイプではなかったですね」

「社長さんにアポの連絡はしてくれはりましたか」

「はい。大宮さんの件の報告もあったので、連絡をしました。取引先から社のほうに戻り次第、会うことができるということでした。私のほうは大宮さんのお母さんが到着するまでここにいます。牧君もまだ警察から戻ってきませんし、彼のことも気になります」

「牧君というのは、死体を見つけた社員はんでしたな」

病院に入院していての死亡ではないから、とりあえずは不審死となる。不審死の場合は、第一発見者への事情聴取は定石《じょうせき》である。

「そうです。噂をすれば影です」

若い男性社員が疲れた表情でホールに入ってきた。小山田も瘦《や》せているほうだが、彼はさらにヒョロ長い。目も眉も細く、唇も薄くて、薄っぺらい印象を受ける。眼鏡をかけて、髪は七三分けにしている。

「まいりましたよ。いろいろねちこく訊《き》かれました。警察官って、どうしてあんなにしつこいんですかね」

牧は、小山田に愚痴《ぐち》った。

「真相究明のために、詳細に尋ねることもおます。ご理解くださいな」

牧は、何者なんだという顔で安治川を見た。

「大阪府警の消息対応室の安治川信繁といいます」

「同じく新月良美です」

「そうでしたか。てっきり親戚《しんせき》のかたかと思っていました。大阪に伯父さんと従姉妹《いとこ》がいると聞いたことがありましたので」

　牧は頭を掻《か》いた。

「大宮さんと親しかったのですか？」

　良美が訊いた。

「いや、まあ。同期入社でしたから……おっと、僕を疑わないでくださいよ。大宮さんは病死だと搬送先の病院で診断されたのですから」

「疑っているわけやあらしません」

「先週末まで大宮さんは元気に仕事をしていました。無断欠勤などこれまで一度もありませんでした。それだけに気になったので、訪れただけのことですよ。プライベートなことを詮索《せんさく》されるのは不愉快です」

「詮索はしとりません」

「こちらの身にもなってください。僕は大宮さんのことを案じて、自分から手を挙げて安否確認に来ました。彼女は一人暮らしなので、もし風邪などでダウンしていたならフォローしようと思いました。ただ、それだけのことです」

　牧は少しムキになったように言った。

　小山田の携帯が鳴った。

「もしもし、ああそうですか。今、北千里で御一緒しております……承知しました」

小山田は電話を切ると、安治川たちのほうを向いた。

「朝霧社長が、まもなく戻られるようです」

「わかりました。すぐに向かいます」

## 6

先ほどの受付の奥の小部屋ではなく、広い社長室に入れてくれた。全面ガラス張りの向こうに、堂島川がゆったりと流れている。

「初めまして、朝霧成志郎です」

朝霧はがっしりした体格で、胸板が厚い。背広の上からも腕の太さがわかる。小山田や牧が痩せていただけに、よけいに逞《たくま》しさを感じる。色黒の顔は、眉が一文字で太い。鼻はツンと高く、丸い目の眼光の鋭さと相まって、どこか黒豹《くろひょう》を連想させる。

「忙しいところを時間を取ってもろて、えらいすんません」

安治川と新月は名刺を差し出したが、朝霧は名刺を渡そうとしなかった。

「安治川さんは、巡査部長待遇という肩書なのですね」

「ええ。再雇用でして、退職時の階級である巡査部長に準ずるという扱いですのや」

「人生百年時代ですから、シルバーのかたが現場で働かれるのは、いいことだと思います。うちも、そういう意味の社会貢献をしたいのですけど、ＩＴの分野は日進月歩《にっしんげっぽ》ですので、若い人でないとなかなか仕事にならないんです。お会いになった小山田課長が、うちでは最年長です。まあ、どうぞ」

　安治川たちは勧められるまま、応接セットのほうに座った。座り心地のいい高級そうなソファだ。

「それでご用件は？　小山田からは私のワイフのことだと聞きました」

「ええ。実は、弥生はんが亡くなった案件についてきちんと確かめてほしいという要望がありましたもんで」

「その要望の主は、義姉《あね》の葉月さんですね」

「まあ、誰からということは別にして、二、三お尋ねしてもよろしいですやろか」

「やましいところはありませんから、拒否はしません。しかし、歓迎はしていないということは言っておきます。ワイフを亡くして、葉月さんよりも私が悲しんでいます」

「申し上げるのが遅うなりましたけど、おくやみ申し上げます。発見しはったときの様子を、教えてもらえますやろか」

「あの日は午後から都城市まで、仕事関係の相手に会いに行きました。それを終えて、夕方にホテルに戻ったところ、ワイフが化粧台のあるほうの部屋の床に倒れていました。その夜はホテルのフレンチを予約していましたので、彼女はメイクに取りかかろうとしていたのだと思います。あわてて駆け寄りましたが、ぐったりとしていくら呼びかけてもまったく動きません。それで、あわててフロント係に連絡しました。九州でも屈指《くっし》の一流のホテルですから、提携している近隣のドクターがいます。ドクターは、すぐに駆けつけてくれました。しかし、聴診器を当てて『心音がしません』と険しい表情でした。それでもAEDを施《ほどこ》しながら救急車を呼んでくれました。私は到着した救急車に同乗して、病院に向かいました。フレンチの予約をキャンセルすることなど、すっかり忘れていました。病院では、応急手当の準備をしてくれていたのですが、死亡が確認されて、あっけなく終わりました」

「弥生はんは、心臓の持病はお持ちやなかったのですね」

「ええ。でも突然死というのは、まさしく急にくるものだそうです。年齢が若いと確率は低いですが、誰しも起こりえるものだと、ホテルの提携ドクターから説明を受けました」

「翌日に荼毘に付さはったのですね」

「はい。大阪まで遺体を運ぶことも考えたのですが、ワイフが六年前から訪れたがっていた青島神社と隣接する植物群落に連れていってやろうと思いました。私はこれまで、自分がやろうと決めたことは必ず実行することで、ここまで上がってくることができました。五日間という私にしては長い休みをもらって、やっとワイフの願いを叶えることができたのです。それにワイフが亡くなったのは三日目でした。大阪まで霊柩車で運ぶとなるとすぐに業者が見つかるとは限らず、搬送時間だけでも半日以上はかかるそうです。大阪の火葬場が都合良く空きがあるとは限りません。神戸で商談をすることは決まっていましたので、きょうは出社しておきたかったのです」

小山田も同じようなことを言っていた。

「お別れの会を開いたあと、散骨しはる予定やそうですな」

「散骨は、海が好きだったワイフが希望していたことです。でも、私としてはするかどうかはわかりません。密葬のとき、お義父《とう》さんは『嫁に行ったのだから、そちらのほうで決めてくれたらいい。いずれにしろ、うちの墓には入らないのだから』という意見でした。墓を建てるか散骨するかはまだ決めていません。もし警察が証拠を隠滅したいから散骨するのではないか、と疑っているならば、散骨はいたしません。遺骨はいつでも提出いたしますから、存分に調べてください」

「疑っているなんて、ひとことも言うてしませんで。ところで、けさ社員さんがこれまた急性心不全でお亡くなりになりましたな」

「はい、驚いています。優秀な女性でしたので、痛手です」

「彼女は、小さい頃に心臓の手術をしてはるそうですね」

「それは知りませんでした。誰から聞いたんですか？」

「お母さんが言うてはるそうです」

「社長とはいえ、社員の細かいことまでは把握《はあく》しておりません。それに、身体《からだ》に関することは相手が女性社員だとセクハラと言われかねない御時世ですから」

朝霧は、良美と目が合うと視線をそらせた。

「会社としては、大宮さんには規定の退職金のほか、弔慰金《ちょういきん》も支払う予定です。葬儀には献花もします。しかし、社務遂行中でもなく、残業などで忙しくしていた過労死でもないので、そこまでです。何か問題でもありますか？」

「そいつは警察が扱う分野やないので、何とも答えようがあらしません。ところで、弥生はんのお別れの会はいつしはるんですか？」

「おそらく来々週になると思います。われわれ経済人にとっては冠婚葬祭も、仕事上の交際の場という性格を持っています。関係先や取引先に通知を出して、アクセスのいい新大阪のシティホテルで行なう予定です」

「社長はんというのは、なかなか大変ですな」

「仕事人間にならざるを得ないです。社員とその家族の生活を背負っているのが、社長という存在です。親方日の丸の公務員のようなわけにはいきません。あ、失礼、公務員でも警察官のかたは例外だと思っています」

朝霧は、取ってつけたように言った。

「創業しはったのは六年前やと聞きました」

「ええ。若い感性と体力のあるうちでないと、起業はできません」

「御出身は大阪ですのか」

「大阪です。大学に行けるような経済的な余裕がない家庭でしたので、手に職を付けるのがいいと考えて工業高校に進学して、卒業後は社員寮の備わった機械メーカーに就職しました。しかし、どうも自分の性分に合いません。別の会社に転職して今度はセールスマンになったのですが、やはりしっくりきませんでした。あれこれ本を読んで、起業のことを考え始めました」

「セールスマン時代に弥生はんと知り合わはったのですね」

「ええ。ワイフは、お得意先の社員をしていました」

「起業時の資金を、弥生はんの実家に出してもらわはったそうですね」

「やはり、義姉の葉月さんが要請者なんですね。言っておきますが、貸してもらった資金は、法定利息を付けて全額返しております。私の家は父が中学時代に亡くなって、母も私が就職した翌年に死んで、何の貯《たくわ》えもありませんでした。だから、ワイフの実家にやむなく借りました」

朝霧は壁時計を見た。

「そろそろ引き揚げていただけませんか。次の来客者との予定がありますので」

「わかりました」

「葉月さんにお伝えください。ワイフが亡くなったことを私は心から無念に思っております。夫婦ですから、ときには価値観の食い違いから言い合うことがなかったわけではないです。仕事で夜遅くに帰宅することもありました。接待で高級クラブに行くこともありました。ワイフは義姉《ねえ》さんに愚痴るようなこともあったかもしれません。けれども、私がワイフの死を望んでいたことはいっさいありません、と」

# 7

モーニング・ミスト社をあとにした安治川と良美は、堂島川の左岸に足を運んだ。遊歩道として整備がされている。

「朝霧社長の存在感に圧倒されて、うちはほとんどしゃべれませんでした。でも、訊きたいことは全部、安治川さんが問うてくれました」

「頭のええ男やという印象を受けたな。話しかたの速さは、葉月はんとどっこいどっこいとちゃうか」

「筋は通っているんですけど、どこか腑《ふ》に落ちないものが残るんです」

「たとえば？」

「それが出てこないから、よけいに奥歯に物が挟まった気分になるんです。朝霧さんのワイフという言いかたも、なんだかキザっぽくありませんか」

安治川は携帯電話を取り出した。

「そろそろ、時間的には大丈夫やろ」

中之島公会堂を出て北千里に向かう前に、安治川は宮崎県警の知り合いに電話をかけていた。彼は、現在は違う部署であったが、きょう中に調べておくからと快く引き受けてくれた。

「お手数かけてすんまへん。安治川です」

相手に通話代を負担させないために、こういうときは自分から電話をかけるのが安治川の流儀だ。

「朝霧弥生さんは亡くなった先週の土曜日のうちに、事件性がない自然死と判定されたので、調書は簡単なものでした」

「死因は、何やったのですか」

「虚血性心不全と記されています」

急性心不全という言葉は一般的に使われる用語だが、他の病気や死因でも最終的には心臓が停止して不全の状態となるので、死亡診断書や死体検案書では現在では使われていない。他の病気や死因ではなく、心臓固有の機能停止の場合は、虚血性心不全または虚血性心疾患と記載される。

「ホテル提携のドクターと、搬送された病院の救急担当医がともにそう診断しています。複数の医師が診《み》ているわけです。もちろん、彼らは利害関係人ではありません」

専門家による客観的な見解が重視されるのは当然だ。

「朝霧成志郎はんへの事情聴取は？」

「もちろん行なっていますが、供述に不審な点はないということでした。ホテルのフロントマンは、朝霧さんが戻ってきてすぐに、『戻ってみたらワイフが倒れている。至急、提携ドクターを呼んでほしい』と内線電話で連絡があったと証言しています。つまり朝霧さんは、奥さんが倒れたときは不在だったということになります」

「朝霧はんが戻ってきたことが、なんでわかったんですか」

「その夜のホテルのレストランでフレンチを予約してあったのですが、奥さんがエビが苦手であることを伝えていなかったが今からでも間に合うだろうか、という相談を受けたそうです。朝霧さんはホテルの外から戻ってきたところでした。まだディナーまでは時間があるので、その意向はフロントから伝えておきますと答えたそうです。その直後に、部屋に戻った朝霧さんからフロントに、奥さんが倒れているという慌《あわ》てた声の内線電話が入ったのですよ」

「朝霧はんが遺体を見つけたときの様子はわかりますか？」

「そこまでは調書にはありませんね」

「えらいお手数かけましたな。頼みついでに、調書をＦＡＸしてもらえませんやろか」

「いいですよ」

「よろしゅう頼みます」

安治川は礼を言って電話を終えた。

「宮崎県警の調査に対して疑問に思える点は何もないんやけど、なんやモヤモヤしたもんが少し残る。疑問の余地がなさ過ぎるんや」

「ですよね。たぶん、岡崎葉月さんも同じ思いだと思います。支局に頼んで調べてもらったけどどこか納得できなくて、大阪府警への行方不明者届提出という裏ワザを使うことにしたのでしょう」

「散骨の可能性を聞いたときは、DNA鑑定を恐れているのやないかと思うたが、散骨にこだわらへんということやから、せやなさそうや」

「でも、火葬してしまったら、DNA鑑定はできなくなるのではなかったですか」

「二回火葬したら、完全に不可能や。一回でもかなり困難やが、最新の科捜研技術を使えば、でける場合も少ないながらあるそうや」

「でも、死因の再確認は、火葬されたら無理ですよね」

「それは、どないもならん」

「死因を検証されないために、現地で早々に荼毘に付したということは、考えられませんか」

「そいつはどやろな。医師二人による死亡確認と死因診断がなされている。それは動かしようがあらへん」

「そしたら、やはり朝霧弥生さんは病気による自然死でしたと、岡崎葉月さんに報告するしかなさそうですね」

「弥生はんの遺体は、小山田課長も確認してるさかい、亡くなったことは否定しようがあらへん。わしらから葉月はんへの報告はそうなる」

「うちも同感です。完全にストンと落ちないところはあるのですが、行方不明者ではないことは間違いないのですから」

## 8

消息対応室に戻ろうと地下鉄の駅に向かいかけた安治川の携帯が鳴った。

芝室長からだった。

「安治川さん、今どこかね？」

「中之島から戻るところです」

「岡崎葉月さんから電話が入って、安治川さんと話がしたいそうだ。そっちの番号を教えてもいいかね」

「ええ、かましません」

あまり間隔を置かず、再び携帯が鳴った。遊歩道に他に人はいないので、安治川はオンフックにした。

「本邦新聞社国際部記者の岡崎です」

やはり早口だ。

「大阪府警にお任せだけして何もしないのはポリシーに反しますので、私なりに動いています。弥生と大学時代に一番仲が良かった竹原蓉子《たけはらようこ》という女性に会うことができました。彼女は親友的な存在で、大学卒業から今に至るまで弥生の相談相手にもなってくれていました。私が彼女とお会いしたのは弥生の結婚披露宴のときだけですが、弥生と私の会話には何度も登場しました。連絡をして、会って話を聞くことができました。彼女は、最近も弥生と食事をしていました。弥生は『夫のことをだんだんと怖いと思うようになってきた。暴力はもちろん暴言もないけれど、そのうち離婚を切り出される予感がしている』と言っていたということでした。弥生には子供が居ませんでした。私と違って仕事が忙しいというわけではないのですが、妹は子供が苦手なので、育てる自信がなくてあまり望んでいなかったのです。体質的にもできにくいようです。弥生は『夫と同世代の起業家仲間には、跡取りが生まれている人が多くて、彼も早く欲しいと言うのよ。今の彼のステータスなら、離婚してすぐに若い女性と再婚することは可能だわ。でも、私は離婚を切り出されても、絶対に応じない。実家から創業資金を貸してもらうなど、内助の功は果たしてきたのに、踏み台のように捨てられるのはたまらない』と親友に打ち明けていたのです。弥生がこの世からいなくなればいい、と朝霧成志郎が考えていた状況証拠になりませんか」

「つまり、あんさんは弥生はんは殺されたのやないかと推測してはるのですか」

「はい。だから彼は、早く遺体を火葬したわけです」

「そいつは無理とちゃいますか。急性心不全という診断が出ているのですさかいに」

「だけど、司法解剖されたのではありませんよね。急性心不全という症状が出る毒物が使われたのかもしれません。現場検証はなされたんですか」

「病死ということなら、現場検証はありまへん」

「司法解剖も現場検証もなく、早々に火葬がなされているのです。くり返しますが、弥生には心臓疾患はなく、まだ三十二歳と若いんです」

「せやけど、突然死というのは誰にも起こりえます」

「弥生が死んだとされている時間の成志郎のアリバイはどうなんですか?」

「都城市在住の市民発明家のところを訪れていて、ホテルに帰ってきて、弥生はんが倒れているところを見つけたということでした」

「毒物を使ったなら、アリバイがあっても、犯行は可能ですよね」

「わしらの仕事は、行方不明案件の調査と、一般行方不明者・特異行方不明者の判別です。殺人事件の調査やありませんのや」

「しかし、殺人の動機はありますよね。『すべての警察官は、進んで捜査の端緒《たんちょ》を得るように努めなければならない』と犯罪捜査規範五十九条に定められています」

「それはそうでっけど」

「さらに弥生は、『夫の不倫を勘ぐっている』と竹原蓉子さんに打ち明けていました。夫の携帯に電話をしていても電源が切られていることが何回かあったようなんです。昼間なら会議とか商談も考えられますけれど、きまって夜間なんです」

「接待で高級クラブに行くこともあると言うてはりましたけど」

「いくら接待中でも電源を切る必要はないですよね。それに弥生は、竹原蓉子さんに『夫の携帯電話をそっとチェックしてもメールなどの不倫の証拠は出なかった。でも、別のものを摑んだ』と言っていたということです。残念ながら、その内容までは聞いていないそうですが」

「たとえ不倫があったとしても、それで殺人までは普通はいきませんやろ」

「弥生の性格は、私のほうが親友よりも知っています。彼女は裏切りを許しません。高校時代につき合っていた恋人が妹に黙って他の女の子とカフェでデートしていたところを見つけて、カフェに押し入って頭の上からコーヒーをぶちまけたことがあります。騒ぎになって学校に知れましたが、弥生は『私は悪くない』と職員室で大声で主張したそうです。そんな妹ですから、成志郎は懸念《けねん》を持っていたことでしょう。ネットで拡散させるとか、いろいろ方法はあります。青年起業家といえども、世間の風評《ふうひょう》は怖いです。下手《へた》をすれば会社の業績にも関わります」

「家計はどうしてはったんですやろ」

「家計は弥生が握っていました。でも、不倫の軍資金くらいは社長なら交際費を流用するなど方法はあるでしょう。疑惑がある以上は、私なりに調べます。忌引《きびき》休みはもらいましたが、国際情勢次第ではいつ戻ってくるようにという指示が出ないとも限りません。だから、ムダに時間を過ごすことはしません。警察がやってくれないなら、家族がするしかありません」

　そう言って、岡崎葉月はほぼ一方的に電話を切った。

「お別れの会がなんや心配になってきたな」

「来々週ということでしたね。葉月さんも出席するんでしょうね」

「遺族を呼ばへんわけにはいかんやろ」

「葉月さんは、忌引休みという表現をしてましたね。当初は行方不明者だという主張をしていましたが、本心では妹さんが死んだことは認めているのでしょうね」

「死んだことは動かせへんでも、他殺の疑惑は消えてへんと、自分なりに調べるつもりなんやろな」

安治川は、携帯をしまおうとした手を止めた。そして額を押さえた。

「どうかしたんですか？」

良美が怪訝《けげん》そうに見る。

「モヤモヤの正体を考えているんや。それは、きょうモーニング・ミストの若い女性社員が、朝霧弥生はんと同じ急性心不全で亡くなったことが関係してるような気がする」

「でも、大宮怜香さんは犯罪性のない病死だと北千里署が断定しました」

「同じく朝霧弥生はんも犯罪性のない病死と宮崎県警が判断した。それぞれには、不審点はあらへんけど、二つが合わさるとモヤモヤになるんとちゃうか」

　安治川は額から手を離した。

「きょうの第一発見者になった牧由起夫という痩せた男性社員に、もう少し話が聞きたい。さいぜんは、朝霧社長が社に戻ったということで切り上げて、わしらは北千里から引き返した」

「何を尋ねるんですか」

「彼は、わしらを見て『大阪に伯父さんと従姉妹がいると聞いたことがありましたので』と言うたやないか。大宮怜香はんと個人的に親しくしていた可能性がある」

「そっか。安否確認も彼が自分から手を挙げていましたよね」

「まだ北千里の現場におるのやろか」

「牧さんの携帯番号は聞いていませんでしたね。モーニング・ミストで教えてもらいますか」

　良美は社屋の入っているビルを振り返った。

「いや、それはせんほうがええ。彼は北千里署でねちこく事情聴取を受けたとボヤいていたやないか。北千里署は当然、訊いているはずや」

　安治川は、北千里署に連絡を取った。そして携帯番号を訊いて、牧にかけた。

「まだ、何かあるんですか？」

牧の不機嫌そうな声が返ってきた。

「今も北千里にいやはるんでっか」

「いえ。綾部のほうからお母さんが到着しました。あとは小山田課長にお任せしました。大宮さんの死体を目《ま》の当たりにしてしまったショックと、警察でねちこく訊かれたことで、とても戻って仕事をする気になんかなれません。小山田課長に許可を得て、きょうは有給休暇扱いにしてもらいました。地下鉄を梅田で降りて、早めに開いている居酒屋に入ったところです。あまり飲めないんですが、まっすぐ帰宅する気になれません」

「ほなら、梅田でちょっとだけ話を聞かせてほしいんや」

「もうごめんですよ。警察はなんてしつこいんですか」

「まあ、そない言わんと。わしは、あんさんを疑うているんやあらしません」

「当たり前ですよ。大宮さんは、病死ですよ」

「そやから話を聞きたいんです。社長はんの奥さんが三日前に急死しはったのは、知ってはりますやろ」

「ええ」

「そして女子社員はんがけさ遺体で発見されました。どちらも急性心不全でした。ひょっとしたら、なんぞ関連があるかもしれへん。そう思うのは、そないに不自然なことやおませんやろ」

「連続殺人事件だと考えているのですか。サスペンスドラマでもあるまいし」

「そういうことやあらしません。とにかく電話ではなんですさかいに。梅田のどのへんにいやはりますのや？」

9

「もう最悪の日です」

あまり酒に強くなさそうな牧は、安治川からの到着電話を聞いて赤い顔をして居酒屋から外に出てきた。

「酔い覚ましに冷たいもんでも、いきまひょ」

安治川と良美は、すぐ隣にあるカフェに誘った。

「僕は高校生だったときの通学時に、交通事故で親子連れが亡くなっていて救急車が駆けつけている現場を通りかかりました。近所に住んでいる親子でした。あのときも衝撃的でしたけど、第一発見者ということであれの何十倍もきついです。今夜は寝られそうにありません」

酒が作用してか、牧は安治川が予想していたよりもよくしゃべった。

「大阪に、伯父と従姉妹がいることを聞いてはったんですね」

「まあ、同期入社でしたから」

「同期入社は何人いやはるんですか」

「僕たちの前後はもっと多いんですが、採用の谷間みたいな年で、大宮さんと僕の二人だけです」

「会社帰りに、こんなふうにカフェに行ったり、飲み行ったりしはったんですか」

「ええ、たまには」

「きょうは、自分から安否確認に行くと手を挙げはったそうですな」

「同期のよしみです」

牧は少し下を向いた。

「あの、失礼を承知で質問します」

良美は軽く頭を下げた。

「大宮怜香さんとお付き合いなさってはりませんでしたか。うちにはお似合いカップルに見えます」

梅田への移動中に、交通部に頼んで大宮怜香の運転免許証の画像を送ってもらっていた。大宮怜香は色白で、飛鳥《あすか》時代の仏像を想起させるアーモンドのような目が特徴的な整った顔立ちだ。髪は薄めの茶髪でショートカットだった。実際に彼女と会ってもいないのだから、口から出任せに近いが、牧は反応した。

「ありがとうございます。実は、カップルでいた時期もありました。だけど、短い期間で終わりました。勇気を出して告白をしようと何度も思いながら、自分自身に自信が持てないまま悶々《もんもん》としていたのですが、向こうからそれに近いことを言ってくれました」

牧は初めて少し笑った。

「彼女は、正直に話してくれました。『牧さんが好意を持ってくださっていることは、気づいていました。でも、あたしには大学三回生のときから続いている二年先輩の恋人がいたんです。だけど、だんだんと彼の嫌な面が見えてくるようになったんです。お互い、距離を置きましょうという提案をして、了解してもらうことにしました。これまでは、オレに付いてこいみたいな強い男性がタイプでしたけど、あたしも少しずつ大人になるにつれて、考えが変わるようになりました。いっしょに築いていける男性の良さがわかってきたのです』と言ってくれました。僕はこの機会を逃してはいけないと『今までの同期生という間柄を、少しずつ超えていきませんか』と提案して、受け入れてもらいました」

「失礼ついでに訊きますが、それまでずっと片思い状態だったのですか?」

「まあ、そうですね。僕は恋愛経験も少なくて、自分のルックスにもコンプレックスを持ってきました。他に好きな人もいませんでした。無理だなと思いつつ、ときたま大宮さんに消極的なアプローチをかけていました」

「それなら、嬉しかったでしょうね」

「まさに天にも昇るような気持ちでした。けれども、半年も続きませんでした。別れは向こうから切り出されました。『ごめんなさい。やはり少し違うな、と思えてならないんです。いろいろよくしてくださるのはありがたいのですけれど、かえって重荷にも感じるんです。勝手を言いますけれど』と……」

「そうだったんですね」

「熱くなり過ぎたのがいけなかったのだと思いました。反省して意を決して、『もう一度やり直してほしい』と切り出したのですけれど、『ごめんなさい。やっぱりあたしは引っ張ってもらう人がいいんだ、と気づきました。けっして遊びのつもりで、牧さんにアプローチしたのではないということだけは、わかってください』と頭を下げられました。前の恋人と元サヤに戻ったんだと思います。それからは、また片思い状態になりました。でも、諦めきれませんでした。前の恋人と元サヤになったんだから、もしまた別れたら、僕とも復活してくれるかもしれないという期待は持っていました」

「前の恋人と元サヤに戻ったという確証はあったんですか」

「『やっぱりあたしは引っ張ってもらう人がいいんだ、と気づきました』というのは、そういう意味でしょう?」

「とは限らないのではないですか。同じタイプの別人かもしれません」

「はあ……」

「社内に、親しい男性がいた可能性はなかったですか」

「それは感じませんでしたが」

牧は考え込んだ。少し酔いが醒《さ》めてきた様子だ。

安治川の携帯が受信を告げた。

カフェの外に出て通話ボタンを押す。芝室長からだった。

「今、どこにいる?」

「梅田の商店街で、新月巡査長といっしょにおります」

「モーニング・ミスト社に戻ることはできるか」

「なんぞありましたんか？」

「岡崎葉月記者が乗り込んできて、朝霧成志郎社長を厳しく問い詰めているということなんだ。朝霧社長も相手が義姉ということで社長室に通したが、まるで妻を殺したかのような追及をするので、『もう帰ってくれ』と促したが、聞き入れようとしない。岡崎記者は『府警の消息対応室も疑問に思っているが、人権侵害と批判されることを懸念して及び腰になっている』と主張しているということなんだ。『本当にそうなのですか。もし違うのなら、彼女を説得してくれませんか』と今しがた、小山田総務課長からうちに電話が入ったんだ」

「葉月はんとは電話で少し話しましたけど、わしはそういうふうには言うてしまへん」

「対処してくれるか」

「わかりました。今から向かいます」

牧のほうは良美に任せて、安治川は地下鉄に乗った。梅田からは一駅だ。

受付カウンターの前では、小山田課長が首を長くして、安治川が着くのを待っていた。

「何とかしてくださいな。北千里から戻ってきて一息つこうとしていたら、社長の義姉さんが押しかけてきました。親族なので追い返すわけにいかなくて、社長室に通してしまいました」

安治川は、社長室に入った。外の景色はすっかり夕暮れになっている。

「警察を呼ぶなんて、卑怯《ひきょう》じゃないですか」

岡崎葉月は、安治川の姿を見るなり、朝霧社長を睨《にら》んだ。

朝霧はそれを無視するかのようにして、安治川に「どうも」と一礼した。

「すんまへん。失礼します」

安治川は、葉月の斜め向かいに座った。受付担当の若い女性が、茶を運んでくる。

朝霧と葉月の前にはすでに湯飲みが置かれているが、新しいものと取り替える。

受付係の女性が黙礼して出ていくと、安治川は葉月に問いかけた。

「あんさんは『府警の消息対応室も疑問に思っている』と朝霧社長に言わはりましたか？」

「ええ。安治川さんとやりとりをして、そう感じました」

「わしは、急性心不全という診断が出ているのですさかいに、弥生はんが殺されたという推測は無理とちゃいますか、と言いましたで」

「でも、言外に納得しきれてない口ぶりだったわ」

「新聞記者はんが、自分の感想を、あたかも発言があったかのように表現したら、あかんのとちゃいますか」

「朝霧社長の反応を見るための方策《ほうさく》よ。警察が動かないなら、市民は自力でやるしかないでしょう。私には幸い、ペンの力があります」

「ペンの力は濫用《らんよう》したらあかんのとちゃいますか。警察官は、近親者が関わった事件には携わることができしません。感情にとらわれて冷静さを失いかねませんし、公正さを疑われることにもなりますさかいに」

「警察と新聞社は違います」

「理屈はそうですけど、わしが言うてへんことをあたかも言うてるみたいに表現しはるのは、行き過ぎですやろ」

「やはり朝霧社長の味方をするのですね。警察に限らず、お役所は力のある者には弱いわ」

「そういうことやないです」

「大阪府警は消息対応室というセクションを作って、捜査の見落としを防ごうとしていると思ったけど、それはゼスチャーだけよね。だから、倉庫の二階で三人だけの小さな組織なんだわ」

岡崎葉月は、立ち上がった。

「もう警察はアテになんかしない。でも私は絶対にあきらめないから」

そう言い残して、彼女は前を向いて出ていった。

社長室の温度がぐんと下がった気がした。

「どうも、御足労かけましたな。小山田が要請したようですね」

朝霧は、頭を下げた。

「社長はんの指示やなかったんですか」

「違います。かと言って、小山田を叱《しか》りはしませんが」

「少しだけ、質問させてもろてよろしいか」

安治川は、朝霧の向かいに移動した。

「助けてもらって、嫌とは言えませんね」

朝霧は軽く苦笑した。

「弥生はんは、『離婚を切り出される予感がしている』と言うてはったと聞きました」

「それも義姉が情報源のようですね。ワイフが本当にそう言ったかどうかは証拠はありませんよね。たとえ本当だとしても、それはあくまでもワイフの主観です」

「社長はんとしては、どうやったのですか」

「離婚をすれば、起業家としてマイナス評価になりかねません。家庭内をうまく操縦できない者は、社員たちを管理する能力がない、とね」

「操縦ですか」

「操縦という表現が悪ければ、調整能力ですな。夫婦といえども人間対人間の関係ですからね」

「弥生はんは、『夫の不倫を勘ぐっている』と言うてはったそうですけど」

「それも、義姉からの伝聞ですな……あくまでも一般論としてお訊きしますが、仮に不倫があったとしても、不倫自体は犯罪行為ではないですね」

「ええ、それは」

刑法に不倫罪というのはない。

朝霧は少し間を置いてから、切り出すように言った。

「先ほど義姉は、警察批判をしましたが、実は私も違う不満をずっと警察に対して抱いてきました」

「違う不満、と言わはりますと?」

「安治川さんは、行方不明案件を扱うセクションでしたね」

「ええ」

「私はかつて行方不明者届を出したことがあるんですよ。父が突然居なくなって、母とともに肥後橋署を訪ねました。中学三年生でしたから十九年前のことです」

安治川は、肥後橋署の総務課教養係にいたことがある。教養係というのは、職員の研修や昇任試験などに関する事項を所管する内勤セクションだ。親の介護のために定時帰庁が必要となり、府警本部刑事部から転任させてもらった。

「父は小さな下請けの町工場をしていました。海外から安い製品がどんどん入るようになって、父は四苦八苦していました。祖父から受け継いだのですが、一人息子の私には継承させないと常々言っていました。子供ながら、父が借金をしていたのは知っていました。何とかして黒字に業績を回復させようと、新しい機械を思い切って購入したのですが、うまくいきませんでした。そのうえ、元請けからも切られてしまいました。利益がほとんど出ない仕事を徹夜も休日返上もいとわずに頑張ったのですが、結果は無残でした。貸金業者は、容赦《ようしゃ》なく返済を求めてきました。工場は借地でしたし、機械も担保に入っていました。貸金業者は数社あって、貸金業者同士が鉢合わせして、うちが優先だと言い合いしたこともありました。そんなある日、父は突然に蒸発したのです。配達で使うポンコツの車も姿を消していました。母と私は、肥後橋署に行方不明者届を出して、捜索を頼んだのですが対応は冷たかったです。借金の取り立てが厳しくて行方をくらますことは往々にしてある、と言われました」

朝霧の父親は、自発的な失踪の一般行方不明者とされたわけだ。その判定自体に誤りがあるとは言えないだろう。借金からの逃避という事例はよくあることだ。

「肥後橋署は、『お父さんは、ひょっこり帰ってくるか、あるいは逃亡先が見つかったとして君たちを連れて夜逃げするために戻るかもしれない』という対応でした。しかたなく待ちましたが、何の連絡もありませんでした。もう一度肥後橋署に母と足を運びましたが、対応は同じでした。父は姿を消す前に、別の金融業者から二十万円を新たに借りていました。もう限度一杯に借りていたので、かなりブラックなところからでした。肥後橋署は『それは逃走資金だろう。お父さんはもう君たちのところには帰らずに、どこかで新生活をするつもりなのかもしれない』と言いました。だとすれば、自分たちは見捨てられたということになります。私は悲しい思いにとらわれる一方で、借金の取り立て屋からは父の行き先を本当に知らないのかと厳しく迫られました。ろくに通学もできない状態でした。父の仕事仲間だった人が見るに見かねて、私と母を匿《かくま》ってくれました。しかしいつまでもそういうわけにはいきません。もうどうしようもない状態でしたが、しばらくして肥後橋署から連絡が来ました。捜索を始めるという連絡ではありません。和歌山県の山道で、父の車が通行を塞《ふさ》ぐ形で停まっていて、車の横の崖下で父の転落死体が見つかったのです。車の中には父の自筆遺書が残されていました。父は生命保険に入っていたのですが、自殺だと一定期間が経《た》たないと保険金が下りません。それまであとわずかだったので、父は逃走して車中生活を送り、期間が過ぎた翌日に、投身自殺をしたのです。すぐに見つかるように、車を道の中央に駐めていたわけです」

朝霧は両目を潤ませた。

「遺書には、返済先と金額もきちんと書いてありました。私や母に対する手紙も入っていました。資産は残せなかったけれど、生命保険金で借金は完済できる。どうか元気で、自分の分まで長生きしてほしいという趣旨のことが綴《つづ》られていました。父は、私と母のために、命を絶ったのです。私はそのおかげで高校に進学することもできました。でも、やりきれませんでした。たとえ借金取りに追われても、親子三人で暮らしたかったのです。警察が、私たちの訴えに耳を傾けて全力で捜索してくれていたなら、父は死なずに済んだのです。自己破産とかいろいろ方策はあったのですが、父にはそういった知識もありませんでした。警察が父を探し出してくれて、しかるべき機関に引き渡してくれていたなら、と思うと残念でなりません」

「せやったんですか」

肥後橋署の対応が妥当でなかったとは言えない。あくまでも自発的な蒸発であったし、借金問題のような民事には（取り立て時に暴力でもあれば別だが）不介入《ふかいにゅう》の原則がある。けれども、朝霧少年が抱いた不満と悲しみは理解できる。

「私は、警察嫌いになりました。今もそうです。初対面のときに、名刺を出さなかったのはそれが影響しています。警察という文字を見るのがイヤなんです。頼る気もありません。ですから、小山田課長がそちらに連絡したことは、私の意向ではないということです」

朝霧は、窓の外を見遣《みや》った。陽はさらに落ちていた。

「父のことがいろいろ思い起こされて、ついしゃべりすぎましたね。安治川さんも、自分が身を置いている警察への批判はしにくいでしょう。でも、なかなか仕事熱心なかただと思います。私が中学生のときに応対したのが安治川さんなら、あるいは動いてくれていたかもしれませんね」

「いや、わしが応対していても結果は同じやったと思います」

自殺に向かっていることが明らかな場合は、警察は一般行方不明者であっても、人命保護のために動く。しかし、そういったケースではなかった。

「個人的なことをべらべらと話してしまいました。しかし、警察嫌いということはわかっていただけたと思います。小山田が連絡したことで来ていただいたことには感謝しますが、先ほども言いましたように、私には警察に頼る気はありませんし、逆に協力するつもりもありません。起業して自力でやっていこうとする者たちはみんな、官の力はアテにしません。官に取り入ろうとする者は邪道と言えます。義姉は、全国紙の新聞記者という肩書があるから、府警もむげには扱わないのでしょうが、私に言わせればそれも邪道です。もし義姉が肩書を持たない一女性なら、かつての私のようにその声を府警は取り上げないのではないですか」

安治川は返答に窮《きゅう》した。中之島署の署長や府警本部の幹部は、岡崎葉月のバックである全国紙に忖度《そんたく》して、消息対応室に案件送付してきたのだ。

「小山田課長には、今後は安治川さんに頼らないように指示しておきます。他の社員たちにも、いくら私の義姉であっても、社屋には入れないように命じておきます。では、これで」

朝霧は、応接ソファから立ち上がった。

# 10

安治川は、消息対応室に帰室した。良美は一足先に戻っていた。

「安治川さんも、新月君も、ごくろうさんだった」

退庁時刻を過ぎていたが、ミーティングを始めることにした。

「消息対応室として、これからどうしていくかを決めたい。朝霧弥生さんがすでに亡くなっているのは明らかであり、犯罪性のない自然死であることも確実なのだから、岡崎葉月さんからの行方不明者届は受理できずお返しする――これが一つの結論だ。新月君は、どう思う？」

「現段階で結論を求められたなら、そうなると思います。でも、安治川さんも言っていたのですが、どこかしっくりこないところがあるんです」

「さいぜん、牧君との話をわしは中座することになったが、どないやった？」

「あれから、もう少し大宮怜香さんのことを訊きました。これはうちの根拠のない直感なんですけど、怜香さんが元サヤに戻った可能性は低いと思えるんです。女性は基本的に上書き消去です。『やっぱりあたしは引っ張ってもらう人がいいんだ、と気づきました』ということでしたけど、元カレではなく、違う方向に引っ張ってもらう男性に惹《ひ》かれ始めたのではないでしょうか。そこで、弥生さんが『夫の不倫を勘ぐっている』と大学時代の親友に打ち明けていたことが、うちの頭の中でリンクしました。弥生さんは『夫の携帯電話をそっとチェックしてもメールなどの不倫の証拠は出なかった』ということでした。朝霧社長の近くにいて、携帯電話やメールをしなくても連絡が取り合える相手は、社内の女性ではないでしょうか」

「そのお相手が、大宮怜香さんということか」

「牧さんにその可能性はないかと訊きましたが、『まさかそんなことは』と言いながらも、怜香さんがブランド物のバッグやアクセサリーを最近よく身につけていることに気づいていました。経済的に余裕のある恋人からのプレゼントなんだろうなとは思っていたそうです」

「実は、わしも同じような仮説を持っていますのや。朝霧社長にさいぜんまで会うてましたんで、そのことを差し向けてみようと思うていたんですけど、彼は以前の自分と警察との関わりを詳細に話しました。そして警察嫌いということを強調しました。まるでこちらに質問をさせる時間や隙《すき》を与えへんかのように」

父親の行方不明者届を出したことや父親が車中生活を送ったうえで生命保険の免責

期間の経過を待って自殺をしたことは真実だろう。記録を調べれば、嘘ならすぐに露呈する。しかし朝霧はまくし立てるように喋《しゃべ》った。父親のことなので感情が入ったことは否めないが、朝霧は冷静な男だ。

「実は、私にも引っ掛かることがある。安治川さんが宮崎県警の知人に頼んでＦＡＸしてもらった調書を読んだのだが、病死判定には疑義がない。ホテル提携ドクターと救急病院の二人の医師の診断がある。唯一の証明ではなく、複数の証明だ。朝霧夫妻が宿泊したのは、最高級のリゾートホテルであり、ホームページを見ると、提携のドクターがいることが特徴の一つとして書かれている。朝霧社長はフロント係に内線電話をかけて、大急ぎで提携ドクターへの連絡を頼んだ。しかし、よくよく考えてみると、外出先から帰ってきて妻が倒れているのを見つけたら……それも急性心不全でぐったりとして動かない状態なら、救急車を要請するほうが普通じゃないかな」

「そうですよね。勝手がわからない外国ならともかく、自分の携帯で一一九に連絡したほうが処置が早いと考えますよね。うちなら、そうします」

「久々の休暇の旅行中に、市民発明家に会いに行くという仕事を入れているのも、不自然と言えなくもない。そのときだけは妻と別行動で、その間に妻が亡くなった」

「朝霧社長は、アリバイを作ったということですか。病死ということなら、本当に市民発明家に会ったかどうか、県警は裏取りは取っていない可能性があるかもしれませんね」

「調書には、そこまでは書かれていない」

「わかりました。わしのほうから、裏取りしたかどうか確認しときます」

「うちには、会ってみたい人がいます。モーニング・ミストで大宮怜香さんと一番仲が良かった社員は、牧さんによると、受付カウンター担当の磯部《いそべ》さゆりという女性だということです。彼女は怜香さんより二つ年下ですが、京都府福知山《ふくちやま》市の出身で郷里も近く、怜香さんに可愛がってもらっていたそうです。彼女なら、牧さんが知らない怜香さんの一面を知っているかもしれません」

良美と安治川が来訪したとき、最初に顔を合わせた社員だった。彼女はハンカチを手に握り、目を潤ませていた。

「私も、もう少し死因について調べてみたいと思っている。岡崎葉月さんの主張する『急性心不全という症状が出る毒物が使われた』という仮説には賛成しかねるが、二人とも同じ死因で亡くなったというのは、まったくの偶然とは言えないかもしれない。突然死の死因で最も多いのが、急性心不全だということだが」

「急激なショックや恐怖でも、心臓の停止はありえますよね」

「どうやら消息対応室の結論は、あともう少し調べてみるということになりそうだな。それで異議はないかな」

良美も安治川もうなずいた。

## 11

「そうですね。気になる人はいるって話は、大宮先輩から聞いたことがあります。私が四年来つき合っている人とうまくいかなくなって、相談したときです」

良美は、磯部さゆりに堂島川の遊歩道まで来てもらっていた。

「いつごろのことですか?」

「半年くらい前です」

「どんな人なんでしょうか」

「そこまでは聞いていません。大宮先輩は美人でしっかりした女性ですから、お相手もそれに見合うかたなのだと思います」

「ブランド物のバッグやアクセサリーを最近よく身につけていたということを聞きましたが」

「ええ。それは私も気がつきました。プレゼントで贈られたものでしょう。私たちのお給料で実家暮らしではない者には、手が届きません」

「唐突《とうとつ》な質問を許してほしいのですが、そのお相手が朝霧社長だったということはないでしょうか？」

「でも、社長は既婚者ですよ」

「大宮さんは不倫をするような女性ではなかったですか」

「さあ、それはわかりませんけど……あのう、もうよろしいでしょうか。あまり社内のことをあれこれ訊かれるのは避けたいのです。四十人ほどの限られた人数の世界で、私はこれからも仕事をしていくのです。よけいな噂を立てられるのはイヤです。ましてや、不倫とかそういうのは」

「けど、あなたが親しくしていて世話にもなった女性のために、協力してもらえませんか」

「いったい何の協力なんですか。大宮先輩は病気による突然死だと聞きましたが」

　磯部さゆりが、とくに何かを隠しているというふうには見えなかった。

　そのころ、安治川は宮崎県警の知り合いから連絡を受けていた。

「朝霧成志郎氏に聴取した刑事に話を聞くことができました。救急車より先に提携ドクターに頼ったのは、『これだけのホテルだからAEDがあるだろうし、海沿いのリゾートホテルで市内中心部からは離れているので、救急車を呼ぶよりもそのほうが早いと考えたからだ』ということでした。そして彼は、『ワイフは、前の夜に少し動悸《どうき》がすると言っていたので、心臓疾患を想起した』と話したそうです。それから、市民発明家の男性についても聴取はしています。朝霧成志郎氏はその日に間違いなく訪れていました。しかし提示された買い取り条件が低かったので、朝霧氏の会社に発明品のアイデアを売ることはしなかったとのことです」

「そうでしたか。お世話になりましたな」

電話を終えたあと、北千里の大宮怜香のマンションに向かった。

彼女の母親が、片付けと荷物整理を黙々としていた。

「きのうはこの部屋に泊まりました。娘の部屋だと悲しみを感じるので、近くのビジネスホテルにしようと思っていたのですが、あまりお金もなくて」

「なんぞ手伝えることがあったら言うてくださいな」

「ありがとうございます。でも、もうほとんど終わりました。怜香は車を持っていましたので、それにのせて帰ります」

「日記のようなものは残してはりませんでしたか」

「怜香は書くことが苦手でした。手紙なんかほとんどもらったことがありません。大阪に出てきた頃はときどき電話をくれましたけれど、だんだんと少なくなっていきました。お正月や盆を含めて帰省してきたのは、社会人になってからは、一、二年に一度でしたね。実家や家族のことがあまり好きではなかったんだと思います」

「何人家族ですのか」

「夫と夫の母、そして私と怜香の兄二人です。小さな畑と養鶏《ようけい》で暮らしています。怜香は高校生のときから家を出たがっていました。兄二人は高卒でしたが、怜香だけは奨学金を借りて大学まで行きました。私立は授業料が高いので、国立の教育大学に入りました。学校の先生になるつもりは全然なくて、自分の偏差値で現役で合格できるところという基準で選んだみたいです。そういうのも、全部自分で決めました。しっかりしているように見えましたが、親から見たら独りよがりで危なかしかったです」

「ほなら、モーニング・ミストへの就職も自分で選択しはったんですね」

「ええ。何の相談もありませんでした」

「恋人とか結婚について、なんぞ聞いてはりませんか」

「大学四年生のお正月に帰省してきたときに、大学の先輩とつき合っていると聞きました。彼はもう社会人なので、デート代は全部出してもらっていると少し自慢げに話していたことがありました。それ以降は聞いていません。それとなく尋ねても、だんまりでした」

怜香の母親は、寂しそうな横顔を見せた。

「怜香はんは、心臓に持病がおましたんでしたね」

「ええ、そうです。小さい頃に一度手術を受けています。心臓の手術の中では比較的簡単なほうだとは聞きましたが、失敗したら命に関わるのでとても心配しました。成功はしましたが、万一のことがあるので体育の授業程度は問題ないだろうが、スポーツ系のクラブ活動はしないようにとお医者様に指示されていました。怜香はクラブ活動には興味がないということで、それは助かりました。大学進学で一人暮らしを始めたときは、怜香の心臓のことが一番気がかりでした。学生時代は何ごともなかったのですが、やはり就職してからは仕事で無理もしたのかもしれませんね。料理はできるほうだったので、偏食《へんしょく》などはなかったと思いますけれど」

「通夜や葬儀はどないしはるのですか？」

「実家のほうで、あさってに通夜をして、しあさって葬儀をします。怜香の遺体は、運ばれた病院の提携業者さんに頼んで、あすの午前中に綾部まで運んでいただくことになりました。小山田課長さんは『大阪で葬儀をするなら協力します』とおっしゃってくださいましたが、会社のかたには突然死で迷惑をかけたので、これ以上甘えるわけにはいきません。それに、故郷にはまだ同級生や幼なじみもいます。退職金や弔慰金もいただけるということなので、費用は心配していません」

「ブランド物のバッグやアクセサリーは、ようけありましたか？」

「はい、驚きました。値段の高そうなバッグや靴が段ボール二箱ありました。アクセサリーはここに」

母親は、エコバッグに入れたジュエリーケースを取り出した。

「拝見させてもろてよろしいですか」

ペンダントやピアスが眩《まばゆ》く輝いていた。

「それから、こんなものもありました。高校や大学の卒業証書を入れてある箱の中にあったのです」

母親は、真新しい小さなビロードケースを取り出した。中には、エメラルドを頂いた純金の指輪が入っていた。ケースの中には品質保証書も入っている。梅田にあるデパートの宝飾品販売部のものだ。日付は約一ヵ月前の土曜日になっている。安治川はそれを携帯で撮らせてもらった。

その足で、安治川は梅田のデパートに向かった。

「はい。この女性のお客様が一人でお見えになって、現金で購入していただきました。エメラルドは誕生石だとお聞きしました」

宝飾品売り場の男性店員は、安治川が差し出した大宮怜香の運転免許証の写真を見て、そう話した。

「実は、記憶に残っているのは、変更があったからなんです」

「変更と言わはりますと？」

「お買い上げいただいた際に、指輪の裏に刻印を希望されまして、承ったのですが、翌日朝一番にお見えになって刻印をキャンセルしたいと申し出られました。キャンセル料も支払うとおっしゃったのですが、まだ発注前でしたので、頂戴しませんでした」

「どないな刻印やったのですか」

「お待ちください」

男性店員は受付簿を持ってきた。発注者には、大宮怜香の名前が書かれていた。金額は百万円を超えていた。

「アルファベットで、S→Rでした」

「それを注文翌日にキャンセルしはったのですね」

「そうでございます」

受付簿で確認しながら、男性店員は答えた。

（繋《つな》がったかもしれへんな）

Rは怜香のイニシャルだ。Sは成志郎ではないだろうか。

朝霧成志郎社長と大宮怜香は、愛人関係にあった。その愛の証《あかし》として、これまでにもバッグや靴をプレゼントした。そして何かの記念日のときなのか、この指輪を贈ることになった。しかし朝霧は売り場には同行せず、またイニシャルの刻印のことを聞いてすぐに取り消すように指示したことが想像できる。

（朝霧弥生は、不倫を勘ぐっていると大学時代の親友に漏《も》らしていた）

その勘は、当たっていたかもしれない。だが、朝霧は発覚しないように細心の注意を払っていた。部下の大宮怜香が相手なら、連絡は携帯電話を使わないで社内で直接にすることもできる。

（不倫の終着駅は、愛人との関係清算か、妻との離婚か、のいずれかになることが多い）

その愛人と妻の両方が死亡したのだ。しかも、同じ虚血性心不全という診断を下されて……。

（いったいどない捉えたらええんや）

岡崎葉月が言っていた「司法解剖されたのではありません。急性心不全という症状が出る毒物が使われたのかもしれません」という言葉が突飛《とっぴ》なものではない、という気もしてきた。

（弥生のほうは火葬されたから、もはやどうしようもあらへんけど、大宮怜香のほうはまだ遺体解剖は可能や）

芝から府警本部に具申《ぐしん》してもらえば、解剖送致は許可される可能性はある。ただ、その場合は、怜香の葬儀は延期してもらわねばならないだろう。怜香の遺族にも説明して了解を得る必要もある。

（具申の前に、愛人と妻の両方が死んだ謎を解かなあかん）

大宮怜香だけが亡くなったのなら、愛人との不倫関係の清算という図式も成り立つ。朝霧弥生だけが亡くなったのなら、妻を亡き者にしての再婚という構図もありえる。だが、そのどちらでもないのだ。

安治川の携帯が鳴った。岡崎葉月からだった。デパートの階段の所までいって、通話ボタンを押す。

「新聞社の上司から連絡が入りました。かねてよりオファーしていたEU最高幹部への単独インタビューの許可が下りました。私がインタビュアーをする条件なので、きょうのうちに日本を発《た》ってブリュッセルに向かいます。当分日本に戻れそうにないので、そのことを朝霧社長に伝えました。私を会社に入れないように社員への指示を出していたようですが、掛け合って五分間だけ面談の時間をもらいました。妹の死については あくまでも自然死という主張を変えませんでしたが、妹の遺骨を私が引き取ることを不承不承ながら同意しました。彼は遺骨からはDNA鑑定はできないと考えているようですが、アメリカには近親者との親族関係という限定なら一定の確率で鑑定ができると謳《うた》っている民間の鑑定会社があります。できるかどうかは未知数ですが、妹の遺骨と私の検体を送付して姉妹関係の鑑定を依頼するつもりです。姉妹ではないという鑑定結果が出たなら、遺骨は別人のもので、やはり妹は死んでいないという可能性が出てきます」

「そうでしたか」

　もう渡欧するから妹のお別れの会にも出られない、と強引に朝霧に迫ったのではないだろうか。

「朝霧社長は、病院に運ばれて死亡が確認されたときの妹の写真を見せてきました。『義姉さんは行方不明者届を警察に提出したそうですが、これでも行方不明だと主張しますか?』と勝ち誇ったかのようでしたが、妹が眠っている、もしくは失神している状態の写真を見せたのかもしれません。小山田という社員が妹の火葬に同席したという証言もありますが、彼は子飼いの部下ですから嘘を述べていることもありえます。そんなことでは納得できません。やはり遺骨が何よりの証拠になると思います」

岡崎葉月は、いつもの早口でさらに付け加えた。

「遺骨鑑定の結果次第では、また休暇を申請して日本に帰国します。きょうまで安治川さんにはお世話になりました。もし再度帰国したときには、よろしくお願いします」

「ヨーロッパまで、お気をつけて」

「国際記者ですから移動は慣れています。それじゃ、どうも」

安治川は、電話を終えながら軽い立ちくらみを覚えて、階段の手すりを摑んだ。彼女が言った「また休暇を申請して」という言葉を聞いて、日欧間は片道十二、三時間はかかるから、そのときは三日間くらい休暇を取る必要があるなと思ったことが、立ちくらみの誘因だった。

（わしは、えらい単純なことを見落としていた。なんで今まで気がつかへんかったんや……）

安治川は、自分にゲンコツを見舞いたい気分だった。

朝霧成志郎は、弥生を伴って、結婚したときにハネムーン旅行先として計画していながら行けなかった南九州行きを実現するために五日間の予定を組んでいた。久々の五日間の休暇であったが、小山田課長が言っていたように「土日を入れて」の五日間であった。弥生が亡くなったとされたのは三日目の土曜日であり、死亡から二十四時間経過後の日曜日に現地で荼毘に付して、翌月曜日に大阪で密葬を済ませた。死亡から火葬までは二十四時間置くことが法的に求められているから、最短のスケジュールだ。急いで終わらせたことになる。もちろん、社業に支障が出ないように休暇中に組んだという理由は成り立つ。火曜日には、成志郎は神戸での商談が入っていた。

一方、安治川たちがモーニング・ミスト社を訪れた火曜日に、出社してこない大宮怜香の様子を、牧由起夫が見に行って死体を見つけていた。彼女は、その前日の月曜日は事前に休暇届が出ていたので不審に思われなかったが、火曜日になっても出勤することなく、電話連絡もなかったので、その事態になったのだ。

（月曜日は休暇届が出されていて、その前が土日やったんやから、大宮怜香は三日間、

社員の誰も姿を見てへんのや）

朝霧成志郎が弥生と南九州旅行に出かけた前週までは、大宮怜香は元気に仕事をしていたと牧由起夫は話していた。土・日・月は出社していない。南九州まで行こうと思えば可能なのだ。

## 12

安治川はすぐに行動に移した。芝に説明して、南九州行きの許可を得た。宮崎県警の知人に頼ってばかりはいられない。

大阪から宮崎まで飛行機のフライト時間は、約一時間十分だ。車だと高速経由で十時間は必要だろう。安治川は、機上の人となった。

良美は、綾部市に戻った大宮怜香の母親に連絡を取った。

「すみません。少し調べたいことがあって、許可を頂きたいのです」

「もしかして怜香の遺体を調べるのですか。でももう通夜と葬儀の手配をして、みなさんに通知も出しました」

「いえ、怜香さんの御遺体ではなく、車のほうなのです」

「実は、怜香の車を買い取りたいという申し出がありました」

「もう引き渡したのですか」

「いえ、まだですが、口約束はしました」

「それはどうか待ってください。お願いします」


安治川は、朝霧夫妻が泊まったリゾートホテルに向かった。市内中心部からは車で三十分ほど離れていて、自然豊かな空気の澄んだ場所に建っている。碧《あお》い海が拡がる日南海岸《にちなんかいがん》に面した広大な敷地に、沖縄《おきなわ》を想起させる赤屋根のコテージが百個ほど並んでいる。各コテージがそれぞれ独立した宿泊ルームだ。お互いが適度に離れたプライベート空間を保ち、コテージの間には南国らしくシュロやヤシの木が多数植えられている。

ホテル専用のビーチやプールやテニスコートも備わっているが、敷地の周囲には高い塀《へい》が設けられているのでセキュリティは良さそうだ。その塀にもツタが茂っていて威圧感はない。少し離れた場所にゴルフコースが設けられていて、シャトルバスで行けるようになっている。

この空間は日常や仕事を忘れて、リゾート気分を味わえる工夫が尽くされている。

さすがに九州トップクラスの宿泊料金を取るだけのことはある。敷地に隣接して、ホテル専用の駐車スペースもある。そこには、本数はあまり多くはないが、路線バスの停留所も設けられている。

宮崎県警の調べでは、朝霧夫妻は到着した木曜日はテニスコートを借りて、ラケットやウェアのレンタルを受けている。手ぶらで楽しめるのが、このホテルのコンセプトの一つになっている。翌日の金曜日は、タクシーを半日貸し切って霧島神宮《きりしまじんぐう》に参拝したあと霧島高原を回っている。

三日目の土曜日の午前中は、道具を二人分レンタルしてプライベートビーチにある海釣り用の埠頭《ふとう》でフィッシングをしている。そして成志郎は、午後から都城市内の発明家のところへ出向いている。それが午後一時半頃だ。そして五時頃に倒れた妻を見つけてフロントに連絡している。

念のため、市民発明家のところへも安治川は訪れてみた。古びた小さな一軒家で一人暮らしをしている。足の踏み場もないくらいに様々な部品や図面が拡がり、棚には彼の発明した試作品が雑多に並んでいる。

「いやあ、電話をもらったときには、絶好のチャンスが来たと思ったんじゃが」

物理学者のアインシュタインを連想させる風貌《ふうぼう》の市民発明家は、欠けた歯を見せながら残念そうであった。

「実際に会って、発明品をあれこれ見せたんじゃが、色よい反応はなく、提示された買い取り価格はとても低かった。あれじゃあ、まるで冷やかしじゃないかね。時間をかけていろいろ説明したが、手土産《てみやげ》の粟《あわ》おこしの小さい箱を一つもらっただけだよ」

「朝霧社長との接点は、それまでにおましたんか」

「いや、全然なかった。十年以上前に作ったものの、リアクションがないので放置していたわしのホームページを見て、営業社員から連絡があったんじゃよ。大阪のベンチャー企業の社長が来てくれるということで小躍りしたんじゃが、糠喜《ぬかよろこ》びに終わってしもうた。どれも傑作の発明品じゃと思うが」

彼は棚にある試作品を手に説明を始めた。


そのあと安治川は、ホテルの提携ドクターのところを訪れた。

「フロント係さんから要請があって、マイカーで急ぎました。ホテル利用者の急患はたまにありますが、たいていは腹痛です。旅先では、慣れないものを口にしたり、ついつい食べ過ぎてしまいますから」

「先生が到着したときには、もう息を引き取っていたんですね」

「ええ。鼓動はなく、瞳孔《どうこう》も開いていました。心音もしませんでした。夫の男性が、『蘇生《そせい》に一縷《いちる》の望みを賭けたい』と熱心に頼みました。それは徒労《とろう》に終わるだろうと思ったのですが、まだお若い奥さんで、しかも突然の死だけに、気持ちはよくわかりました。それでAEDを施しながら、救急車を呼んで到着を待つことにしました。提携医となって七年目ですが、死亡事案は初めてでした」

「念のためにお訊きしますけど、外傷や絞殺痕などはあらしませんでしたか？」

「宮崎県警の刑事さんにも確認されましたけど、そういうものは何もなかったです。今言いましたように、ホテルで死亡なさった宿泊客は初めてのことでしたので、提携医として慎重に診ました。私の診断は虚血性心不全でしたが、何か不審点でもあったのですか」

「いえ、診断自体には、何の疑義もあらしません」

「夫の話によると、『新婚旅行の行き先として宮崎を予定していたが、まだ経済的に苦しくて夢で終わりました。六年経って余裕ができたので実現することにしたのですが、まさかの事態になりました』ということでした。彼は本当に意外そうな表情で落胆していました。お気の毒でした。あの落胆ぶりはとうてい演技とは思えませんでしたね」

新月良美は、朝霧弥生が大学時代に最も仲が良かった竹原蓉子という女性と会うことにした。

そして弥生が好きな服や行きつけのブティックを教えてもらった。

# 13

ホテルに戻った安治川は、フロントで当日の宿泊者名簿を写真に撮らせてもらって、その画像を消息対応室に送った。

「朝霧成志郎さんから、『提携ドクターを呼んでほしい』とコテージから内線電話で連絡があったのですね」

「はい、そうです。私は直ちに提携ドクターに連絡して、すぐに来ていただきました」

「この日、他になんぞ変わったことはおませんでしたか？」

フロント係に確認する。

「いえ、とくにはございませんでした。特筆すべきことは、朝霧弥生様がお亡くなりになったことだけでした」

「前後の日はどないですか」

「それも、とくにはございません。電話でチェックアウトなさった横着《おうちゃく》なお客様が一人いらっしゃいましたが、料金は前払いでいただいていましたので、問題はなかったです」


消息対応室で待機していた芝は、安治川が送信してきた宿泊者名簿に基づいて、照会の往復葉書を大急ぎで送った。

着実に調査は進んでいた。

## 14

中之島の約一キロ上流に、造幣局《ぞうへいきょく》がある。明治政府は、旧金座ならびに旧銀座を接収して新しい貨幣鋳造に取り組んだ。そして明治四年に大蔵省造幣寮の創業式が大阪で挙行され、硬貨の製造が始まった。戦後になっても東京への移転はなされていない。

安治川は、その造幣局庁舎に隣接する川岸に立っていた。このあたり一帯は、桜之《さくらの》宮《みや》公園の一角として春にはソメイヨシノが華麗に咲き誇り、水面《みなも》とピンクの帯のコントラストがよく映《は》える。

朝霧成志郎は、不満そうな顔でやって来た。

「いったい何の目的で、こんなところまで呼び出すんですか？」

「申し訳ありまへん。けど、御社のすぐ近くの中之島遊歩道やと、会社関係者のかたの目につくと思いましたんや。ここやったら気兼ねのう話ができます」

「私は、誰かに気兼ねしなくてはならないことはしていない」

「この川の対岸は、都島《みやこじま》区網島《あみしま》町になります。近松門左衛門《ちかまつもんざえもん》が〝心中天網島《しんじゅうてんのあみじま》〟として脚色した実在の事件の舞台となりました」

小売紙商の治兵衛は妻帯者であったが、妓婦の小春に恋をする。治兵衛は親族たちに諌《いさ》められていったん別れるが小春を忘れられない。身請けの大金を用意した別の客の存在を知り、小春が連れ去られる前に治兵衛は連れ出して、二人は寺院の境内《けいだい》で心中をして果てる。近松門左衛門の最高傑作という呼び声が高い。

「今で言うところの不倫カップルが命を果てた大長寺《だいちょうじ》は、現在も網島町の近くにあり、治兵衛と小春の塚が置かれてますのや」

「そんな蘊蓄《うんちく》を語るために、呼び出したのか？」

「いや、せやおません。ただ、色と金という二大欲求のシンボルが、この川を挟んで対峙《たいじ》しておることを、わしは常々おもしろいと思うとります」

「老人の暇つぶしにつき合う気はない。忙しい身なのだ」

朝霧は、きびすを返しかけた。

「待っとくなはれ。宮崎のリゾートホテルまで行ってきましたんや」

「やはり、ずいぶんと閑《ひま》なんですね。再雇用というのは、なかなか気楽な御身分のようですな」

朝霧は、そう言い捨てて立ち去ろうとした。安治川はその進路を塞ぐように回った。

「再雇用はたしかに気楽ですのや。もう退職金をもろてますさかいに、クビになってもしれてます。せやから現役やったらできひん思い切ったこともやれます」

安治川は、朝霧弥生の死亡診断書のコピーを取り出した。

「死亡確認者ならびに死因記載者は救急病院の医師ですけど、他にホテルの提携ドクターも確認をしとります。証明は唯一やないのです。せやから、病死は疑いのないものとされました。宮崎県警の判断を責めることはできしません。そやけど、証明が唯一やなかったことが、かえって引っかかりましたのや」

「何が言いたいんだ」

「ホテルのホームページには提携ドクターがいることが書かれてありますし、日南海岸に面しているロケーションやさかい、市街地から離れているのも事実です。けど、息もせんと倒れている人間がいたら、普通は救急車を呼ぶんやないですやろか。現に提携ドクターも手に負えないとばかりに、ＡＥＤを施しながらも救急車を要請してはります」

「誰だってあんな予想外の場面にでくわしたなら、冷静な判断はできない」

「予想外の場面やったのは、間違いあらへんかったでしょう。けど、あんさんは冷静な判断をしはりました」

　安治川は死亡診断書のコピーをポケットに入れた。

「提携ドクターにも話を聞いてきました。『提携医として慎重に診《み》ました』というのはほんまやと思います。救急搬送先の病院の医師が書いた死亡診断書にもミスはありしません。けど、どの医師かて診るのは、患者の症状や身体の状況です。顔色は見ますけど、顔立ちではおません」

「意味がわからんな」

「ほな、端的に申し上げましょう。初対面である二人の医師が診たのは、あんさんのワイフである朝霧弥生はんやのうて、秘密の愛人やった大宮怜香はんやったのです。スイートルームで女性が倒れていて、夫が青い顔で寄り添っていたなら、提携ドクターは奥さんが倒れたと思うて当然です。ホテルから来た救急車に同乗してきたのやさかい、救急病院の医師もあんさんたちが夫婦やないとは疑わしません。おそらくあんさんは病院でも、『ワイフ』を連発しはったことでしょう。もちろん、朝霧弥生はんの健康保険証は、持ってきてはります。健康保険証には顔写真は付いておりまへん」

安治川はもう一度死亡診断書を取り出した。

「亡くなったのは、小さい頃に心臓の手術を受けてはった大宮怜香はんでした。けど、朝霧弥生はんが虚血性心不全で急死しはった死亡診断書がでけました。死亡診断書にも顔写真は貼られとりまへん」

「そんなのは言いがかりだ」

朝霧成志郎は、短く反発した。

「いいえ、言いがかりではないですよ」

木陰に控えていた芝が姿を現わした。ショルダーバッグを左肩に掛けている。

「あなたとは、まだお会いしていませんでしたね。大阪府警消息対応室で室長をしています芝隆之です。弥生さんが亡くなったとされた日の、あのホテルの宿泊者は全部で八十七組、百四十一人でした。宿泊者名簿に基づいて、私はそのかたたち全員に葉書を送りました。そうしたら、一枚だけ〝宛て先不明〟で返ってきたのです。その日から二泊で単身で来館していた〝伊藤愛〟という二十二歳の女性で、職業は大学生と記されて京都市内の住所が書かれていましたが、デタラメの町名と番地でした。でも普通はそういう身元チェックはホテルのフロントはしませんよね。その〝伊藤愛〟さんは、約二ヵ月前の土日にも泊まっていました。下見目的だったと思われるのです」

芝はショルダーバッグから宿泊者名簿を取り出した。

「彼女の宿泊者名簿からは、当日分も約二ヵ月前分も、ホテルスタッフ以外の指紋は出ませんでした。それも不自然ですよね。おそらくファッション性のある薄手の手袋をしていて筆跡も崩したと思われます。〝伊藤愛〟と名乗った女性は、大宮怜香さんだったのではないか、と私は推測しました。彼女は車で来ていたと思われます。あとで説明しますが、車で来る必要があったからです。あのホテルは日常を忘れることができるというコンセプトのもとでのリゾートホテルなので、無粋な防犯カメラはあまり多くは設けられていません。それでもゼロではないので、彼女は下見のときに防犯カメラの位置を確認したうえで、当日はつばのある帽子をかぶり、マスクをするなど対策を取ったでしょう。現にフロントでのチェックインの映像では、顔はしっかりとは見えませんでした。けれどもカメラは、ホテルの防犯カメラだけではありません。それで、私どもが出した葉書なんですが、依頼文が書いてありました。インスタ映えするリゾートホテルですから、宿泊者たちは写真をたくさん撮ります。当日の館内で撮影をした写真があれば、その画像を送ってほしいという協力の依頼です。画像をプリントしなくても手軽に送信できる便利な時代になりました。送信してもらった写真の中に、館内のレストランの片隅で一人黙々とパンケーキセットを食べる〝伊藤愛〟さんが映り込んでいるものがありました。画像拡大をすると、大宮怜香さんだと判明しました。食事をするときはマスクも外しますからね。私どもの葉書には、車で来館されたかたでドライブレコーダーをお持ちのかたには、駐車場の映像提供もしていただくようにお願いしました。そこにも車から降りる大宮怜香さんが一瞬ですが、映っていました」

「それがどうしたと言うんだ」

朝霧成志郎は、ほとんど表情を変えない。

安治川が半歩前に進み出た。

「当初の計画は、こうやったんとちゃいますか。大宮怜香はんは、月曜日の休暇を事前に取って土日を入れて三日間の時間を作りました。そして金曜の夜から車を走らせて宮崎のリゾートホテルにやってきました。土日と二日間滞在の予約で、あんさんたちのコテージからそう遠くない部屋を借りていました。あんさんが市民発明家に会うために外出したときが一回目のチャンスです。あんさんのアリバイが明確なときに、大宮怜香はんはコテージを訪れます。弥生はんは驚きますやろけど、社員なんやからコテージには入れますやろ。そこで怜香はんは隙を見て弥生はんを殺害します。そのあと、怜香はんは弥生はんになりすまして滞在するのです。そして〝伊藤愛〟さんとしても滞在します。つまり土日の二日間は一人二役です。コテージ型のリゾートホテルなら、それも充分に可能です」

芝が安治川の言葉を引き取る。

「弥生さん行きつけのブティックを調べました。あなたは旅行のときに着てもらいたいと、弥生さんを同伴して来店したうえで新作の服を三着もプレゼントしましたね。弥生さんは喜んだことでしょう。その直後に、大宮怜香さんが通販サイトで同じ服を購入していたことも摑めました。彼女は同じ服を着て、髪も弥生さんと同じ黒髪ストレートのウイッグをかぶります。ショートカットの女性が、ロングヘアになるのは瞬間で可能です。メイクも似せはったことでしょう。計画による予定はこうでした。日曜の朝まで滞在してチェックアウトして、あなたと弥生さんに扮《ふん》した怜香さんは、駅までタクシーに乗ります。そしてあなたは電車で帰阪します。しかし怜香さんのほうは駅からホテルにトンボ返りをして、自分の部屋で着替えてウイッグも外して、〝伊藤愛〟としてチェックアウトします。そして車で大阪に向かうわけです。トランクには弥生さんの遺体が入っています。あなたは火曜日に出社して平然と仕事をこなします。怜香さんも同じです。そして、そのあと弥生さんが自発的失踪をしたことにするのです」

「あんさんは、わしに父親の件を話さはりましたな。警察に対する不満がずっと溜まっていたことやと思います。あんさんの父親は、一般行方不明者となったことで、頼んでも警察は捜索してくれず、車中泊を続けたうえで遺書を残して崖から投身自殺をしはりました。生命保険金が下りるためには遺体が見つかることが必要ですさかいに、あんさんの父親はすぐに発見されるように、車を道の中央に駐めてはったわけです。『警察が、私たちの訴えに耳を傾けて全力で捜索してくれていたなら、父は死なずに済んだのです』とあんさんは残念そうに言わはりました。それやのに、なんで死亡届が出ている弥生はんについて警察が動いているんやという不公平感があると、わしは感じました。けど、それだけやなかったんとちゃいますか。あんさんの父親は、借金ゆえの一般行方不明者として、警察は動きませんでした。警察が動かない……つまり犯罪性がないと判断される。それこそが、究極の完全犯罪ですのや。アリバイや密室などの策をなんぼ弄《ろう》しても、警察が捜査に乗り出して人員と費用を投じて機動力と鑑識力を駆使して調べたら、いつかは崩されてしまいます。日本の警察の検挙率は世界屈指です。けど、そもそも〝犯罪性あり〟とされへんかったら、捜査は始まらへんのです。一般行方不明者と判定されたら、捜索も捜査もなされまへん」

「君たちが言わんとすることが、さっぱりわからないな」

　朝霧は小さく両手を拡げた。

「怜香がワイフになりすましたうえで、怜香がワイフを殺したなんて、バカげている。だいいち、怜香は病死しているんだぞ」

「死者が殺したなんて、言うてしません。怜香はんは亡くなる前に、弥生はんを殺して、あんさんは弥生はんが失踪したことにする……その計画やったんです。けどその計画は幻に終わりました。怜香はんは、計画を実行する前に、虚血性心不全で突然死してしもうたんです。都城市の市民発明家のところへ行くことでアリバイをあんさんは作っていました。市民発明家は『あれじゃあ、まるで冷やかしじゃないかね。時間をかけていろいろ説明したが』と不満を口にしていました、それもそのはずです。ビジネス契約をする気は最初からなかったんですやろから。そしてホテルに帰ってきたあんさんは、何よりも首尾《しゅび》が気になったと思います。まだ月曜の朝までチャンスはあるけれど、あんさんが都城へ行っている土曜の午後が最大の好機やったからです。そやけど、偽名で泊まっていた怜香はんのコテージを訪れたあんさんは、さぞかしびっくりしましたやろ。怜香はんが倒れていて、息もしてへんかったんのですから。ホテルの提携医はんは『彼は本当に意外そうな表情で落胆していました』と言うてはりましたが、ほんまにまさかの事態やったと思います。一方で、弥生はんは何ら変わることなくピンピンしてはりました。あんさんは愛人関係にあったわけですさかいに、怜香はんが小さい頃に心臓の手術を受けていたことは知ってはりましたな。金曜日に仕事を終えた怜香はんは、夜を徹して大阪から宮崎まで車を走らせました。そして殺害を実行するというプレッシャーがのしかかっていました。心臓にかなりの負荷がかかっていたわけです。あんさんが凄《すご》い男やと感心するのは、そこからの対応力です。普通やったら、愛人が同じホテルで突然死をしてしもうたら、どうしたらええか頭を抱えたままで終わるでしょう。愛人であることがバレへんようにするのが、精一杯ですやろな。けど、あんさんは予期していなかったピンチを、逆に千載一遇《せんざいいちぐう》のチャンスにする新しいプランを考えつきました。一つの自然死をうまく利用して、二つの自然死とする。ほんまはその二つの死のうちの一つは殺人ですねけど、それを自然死としてしまう巧技です。自然死ということなら、やはり捜査はなされまへん」

朝霧は黙ったまま何も言わない。

安治川はかまわずに推論を展開していった。

当初の計画では、怜香が弥生を殺害したあと、怜香が弥生になりすますということだったので、同じ服は用意していた。そこで、彼女のコテージで死んでしまった怜香に、朝霧成志郎は当日弥生が着ていたのと同じ服を着せた。そのうえで、自分のコテージに戻って、弥生を殺した。本来なら自分の手を汚さずに済む当初の計画のほうが楽であったし、それだからこそ怜香の提案にも乗った。しかし、こうなってしまっては事態の収拾《しゅうしゅう》を図《はか》るしかない。怜香の死体がコテージで見つかれば、不倫の事実はもはや申し開きができない。そうでなくても、起業時の資金を出したといくらでも高圧的になる弥生は、ますます増長して一生優位に立たれてしまう。子供がほしいという成志郎の思いなど聞き入れるはずがない。怜香はいなくなったが、もっと若くて素直な可愛い女性を手に入れる機会は、自分のスペックがあればきっと来る。ただし独身であることが前提だ。

怜香は、弥生の遺体を入れて車に運ぶために大きなキャリーバッグを持ってきていた。成志郎は自分たちのコテージで弥生を殺したあと、それに遺体を入れる。痕跡が残ってしまう殺しかたは避けなくてはいけない。血が出てしまう刺殺はもちろん撲殺《ぼくさつ》もよくない。バスルームに沈める溺死も外見から発覚してしまう。顔に布団や枕を押しつけての窒息死も、鼻などの顔面に不自然さが出てしまいかねない。毒物の用意はしてきていない。そうなると、扼殺《やくさつ》が最適切だ。ロープなどを使った絞殺は、首に絞めた跡形が付いてしまう。腕を後ろから回して窒息死させる扼殺がいい。同じ部屋にいる夫婦なのだから、背後に回れるタイミングは十二分にあった。

弥生の命が果てたことを確認した成志郎は、空《から》のキャリーバッグを怜香のコテージから運んできて、弥生の遺体を入れていったん怜香のコテージに移したあと、今度は怜香の遺体を入れて、自分たちのコテージに運んだ。空になったキャリーバッグは、怜香のコテージにまた戻しておく。

それからホテルのプライベートビーチなど少し外に出て頭をクールダウンさせたうえで、さも帰ってきたばかりのようなふりをして正面玄関から入ってフロント係に、フレンチディナーを予約してあったが、ワイフがエビが苦手であることを伝えていなかったことを相談する。そのあと自分のコテージに戻って、フロントに慌《あわ》てた声で、「戻ってみたらワイフが倒れている。至急、提携ドクターを呼んでほしい」と内線電話で連絡をする。怜香は急性の心疾患で死んだのだから、それ以外の診断は出ない。

救急病院に搬送されたのは怜香だが、虚血性心不全という死亡診断書が朝霧弥生として出される。それをもとに死亡届を出せば、二十四時間後には火葬にすることができる。「ワイフと一緒に最後の時間を過ごしたい」と救急病院から怜香の遺体をコテージに戻して、再びキャリーバッグを使って弥生と怜香の死体をすり替える。そして翌日に、弥生を現地で火葬にする。死亡診断書に基づいて埋葬許可が出ているから、火葬場は疑わない。骨になってしまえば、もはや死因の検証はされようがない。岡崎葉月は、遺骨を出すように求めた。それは成志郎にとって痛くも痒《かゆ》くもなかった。遺骨は弥生のものなのだから、たとえＤＮＡ鑑定が成功したとしても、弥生が死んだという結論しか出ない。

「あんさんは荼毘に付す際にも、手立てをしはりましたな。忠僕《ちゅうぼく》である小山田はんを呼んで同席させて証人として、弥生はんの死に顔を見せておきました。念のため、写真にも収めておきましたな。これも、唯一やない証明を用意したわけです。けど、ちょっと完璧を期し過ぎたんやないですか。かえって屋上屋《おくじょうおく》を架《か》したようになりましたで。証明はどっちか一つでよかったんとちゃいますか」

朝霧は依然《いぜん》として黙っている。

安治川はさらに続けた。

日曜日に火葬を終えた成志郎は、弥生の遺骨を手に青島神社へと向かった。現地で荼毘に付す理由にしたのだから、行っておく必要がある。そして月曜日の朝にチェックアウトをして、怜香の乗ってきた車のトランクにキャリーバッグに入った怜香の遺体を積んで、彼女が住む北千里へと運んだ。彼女のマンションには何度か行っているから、目立たない地下からエレベーターに乗る方法も知っている。それでも大きなキャリーバッグを引いている姿を目撃されるのは避けたいから、月曜日の深夜にした。室内に入って、服を普段着に着替えさせてエプロンを身につけさせたうえで、キッチンの床に寝かせた。

怜香がバッグに入れていた部屋の鍵は、テーブルの引き出しに入れておいた。合鍵を持っているから施錠《せじょう》して出ることは容易だ。カラになったキャリーバッグに、怜香が用意していた服や旅行用品を詰めて持ち出す。怜香が南九州に行ったという痕跡が残らないようにしたのだ。秘密の不倫関係であるだけでなく、怜香は殺人を敢行する予定であったのだから、南九州行きのことは彼女は誰にも言っていない。

弥生の遺骨は、怜香の車にのせてきたので、それは持って帰る。怜香の車に、自分の指紋が残らないように拭《ぬぐ》うことも怠らなかった。

これで、怜香は休暇明けの火曜日に、遺体として発見される。正真正銘の急性心不全なのであるから、自然死を疑われることはありえない。したがって、警察の捜査が行なわれることもないのだ。

「忙しゅう動いて、ずいぶんと疲れはりましたやろ。一つの死体で、二つの自然死の診断書を得る方法を考えついたのは、見事でしたな。殺害計画が突然に変更せざるをえない状況になったにもかかわらず。さすが起業をして成功しはっただけのことはあります」

朝霧成志郎は黙ったままだが、かすかにシニカルな苦笑を浮かべたように見えた。

「細かい工作は、他にもしはりましたな。怜香はんはホテルのコテージで亡くなりましたけど、それを明るみにはでけしません。北千里のマンションで発見されなあかんのです。問題はチェックアウトですのや。当初の計画やったら、月曜日の朝に怜香はんは一人で先にチェックアウトを済ませて、車の中で弥生さんの服に着替えてウイッグをかぶって戻り、あんさんがフロントでチェックアウトするときにはロビーのソファで座って姿だけをフロント係に見せておくという算段やったと思います。ところが怜香はんは急死しはりました。コテージに書き置きを残して出ていく方法もないわけやないけど、筆跡も残りますし、不審がられる可能性もあります。フロント係に聞いたところ、コテージからの内線電話で若い女性から『お世話になりましたが、この電話で終わりにします。ごめんなさい』と連絡があって、コテージの机の上に部屋の鍵が置かれていたそうです。チェックインのときに二日分の宿泊代は前金で支払われていて、追加料金もなく、部屋の中は清掃されたかのようにきれいやったので、『横着』ではあったものの問題視まではされへんかったそうです。あんさんは指紋などを消すために頑張らはったんでしょう。フロントへの電話は、市民発明家のところへ出かけて戻ってきたあんさんが弥生はんに『商談不成立になったんだが、しつこく何度も電話で食い下がってきそうなクセのある男だ。この電話で終わりにします、という応答メッセージを録音しておいて対応することにする。私の声よりもソフトな女性の声のほうがよさそうだ。生涯独身で女性が苦手だと言っていたからな。すまないが協力してくれ』とでも持ちかけて、弥生はんに吹き込んでもろたんですやろ。そしてそのあと扼殺に及びました。若い女性の声で、怜香はんのコテージから内線電話があったなら、フロント係は怜香はんからの申し出やと思いますわな」

芝が、安治川のあとに続いた。

「あなたは、いろいろ策を弄しましたが、策士策におぼれるという言葉もあります。その印象が拭えません。証明は複数なくてもいいんですよ。それでいて、一つミスがありました。あなたが怜香さんにプレゼントした指輪です。弥生さんを亡き者にして結婚しようという契りの意味の指輪だったようですね。あなたはデパートの店員に二人でいるところを見られないように、お金を渡して怜香さん一人を買いに行かせましたね。怜香さんは嬉しくて、指輪の裏に刻印を頼みました。それを聞いたあなたは、『ワイフがまだ生きているのに、そいつは早過ぎる』とすぐに撤回させました。それでも思い入れのある指輪だったので、怜香さんは大事にしまい込んでいました。あなたにとっては、それほどのものではなかったのかもしれませんが、回収しておくべきでしたね。宮崎からの長距離運転と遺体運搬でお疲れだったとは思いますが」

「朝霧はん。さいぜんも言いましたように、犯罪性なしとされて警察が動かへん状態なら、捜査は始まりませんし、逮捕もあらしません。せやけど、犯罪性ありと判断されたなら、そうはいかしません。厳しい追及がなされます。実は、怜香はんの車を、母親の許可をもろうて鑑識課に運びました。いくら車内を掃除していても、微細《びさい》な証拠は何か残っているはずです。あんさんも、それが懸念なので怜香はんの母親に買い取りを提案しはりましたね。それもかえって墓穴になりましたな。単に社長と一社員という関係なら、買い取ろうなんて提案はせえしません。さらに、宮崎から大阪までの道路における防犯カメラや対向車のドライブレコーダーなどを精査したら、あんさんが怜香はんの車を運転して帰阪した画像も得られますやろ。提携ドクターや救急病院の医師に、怜香はんと弥生はんの写真をじっくりと見てもろうたら、死亡診断した女性がどっちやったかの証言も得られるんとちゃいますか」

安治川は語りかけるように言った。

「あんさんも、生き馬の目を抜くビジネスの世界で、会社を急成長させはった才覚の持ち主です。せやからこそ、引き際も悟ることができるはずです。これ以上の事業や投資を続けても傷口が拡がると感じたなら、経済人としては堂々たる撤退をすべきですな」

朝霧は、ようやく口を開いた。

「堂々たる撤退か……」

「それも……一理あるな」

「あんさんは、まだ若いです。罪を償《つぐの》うて、そのあとやり直す時間がおますのや。わしにとっては羨《うらや》ましいことですワ」

「私は、安治川さんが羨ましい。以前なら定年になって引退していた年齢なのに、生き生きと仕事をしている。充実ぶりが、伝わってくる。起業して必死でフルスロットルで飛ばしてきた私は、三十四歳にしてもう疲れ切っている。端《はた》から見たら、成功者に映るかもしれないが、限界ギリギリだ。もっともっと稼いで、四十代で悠然《ゆうぜん》としたリタイアライフを送ることを目標にしてきた。そんな私からしたら、安治川さんは、老骨鞭《むち》打って働かなければならない哀れな存在に初めのうちは思えた。しかし、今は違う」

「褒めてくれはって、おおきにです。あんさんの動機の重点は、どこにおましたんや。弥生はんからの足枷《あしかせ》をのがれて、跡取りとなる子供がほしかったということですのか」

「子供は好きなので、人並みに二人くらいほしかったが、跡取りにするつもりはなかった。こんな重圧のかかるしんどいことは、我が子にはさせたくない。ワイフの呪縛《じゅばく》があったのは事実だ。成功しろ、稼ぐんだ、と鞭を毎日入れられる思いだった。ワイフは何もしないくせに……だから、大宮怜香に安らぎを求めた。しかし本当に安らげていたかどうかはわからない」

朝霧は話し始めると、言葉を続けた。

「大宮怜香に計画を提案されて、それに乗った。何よりも自分がアリバイのある間に、手を汚さずに実現できるというのが魅力的だった。だが、よくよく考えてみたら、今度は弥生に替わって、怜香の呪縛が待っていたと思う。犯行に私も加担したのは否定できない。その弱みが新たな足枷となる。薄々そう感じていたのだろうか、怜香が倒れて息絶えていたときは、ホッとした気持ちがあった。そして、この千載一遇のチャンスを活《い》かしてやろうと、不思議と冷静に頭と身体が動いた」

安治川は、対岸の網島町のほうを向いた。

「きょう最初に言いました近松門左衛門の〝心中天網島〟というタイトルには、実在地名の〝網島〟と〝天網恢々疎《てんもうかいかいそ》にして漏《も》らさず〟という老子《ろうし》の格言が掛け合わせてあるそうですな。悪事を行なえば、一時的に逃げおおせてうまくいったように見えても、結局はその報《むく》いを受ける……万事そういうことやないですかな」

「うまく逃げ切っている奴もいるだろ。あくどい者がビジネスの世界ではしぶとく生き残っているじゃないか」

「あんさんの年齢なら、まだそうかもしれません。けど、わしらの歳《とし》になると、せやないと思えますのや。〝おごれる者は久しからず。盛者必衰《じょうしゃひっすい》のことわり〟という言葉が実感でけます」

「結局、怜香に買ってやった指輪が、証拠というアダになって私を追い詰めた、ということのようだな」

「お金の力で、いろんなものを吸い上げることができますやろ。そやけど、その副作用もあるということやないですかな」

朝霧成志郎は、起業をして財をなそうとした。自殺して生命保険金で借金を返した自分の父のようにはなりたくないという反発心が根底にあったからだろう。弥生の実家から創業資金を借り、弥生もまた成志郎を投資先と考えた。弥生は高いリターンを求め、成志郎が成功すればするほど高慢《こうまん》にもなった。成志郎は新しい愛を怜香に求め、金で惹《ひ》きつけようとした。豊かな都会での生活に憧れていた怜香はそれに乗っかり、さらには一生の保証を得ようと考えた。お互いの思いが、金というキーワードで回転していた。

「もういい。早く連行してくれ」

成志郎は、観念したかのように両腕を前に差し出した。

「私たちは、手錠を持たない警察官なのですよ。あそこの桜宮《さくらのみや》橋《ばし》のところに中之島署のパトカーが待機していますので、一緒に行きましょう」

芝は成志郎の腕を下ろすと、横に並んで、安治川とともに挟むように歩き始めた。川岸を二百メートルほど北に行けば、国道一号線に架かる桜宮橋がある。銀橋《ぎんばし》という通称のほうが大阪では親しまれている。

三人は無言で歩いた。左手の造幣局では、今この時間も数多くの機械が絶え間なく動いて、次々とお金を鋳造していた。

# 第二話　二度の死亡

## 1

「今夜うちの人が出張で東京泊まり、なんて嘘でしょ？」

西十条美江《にしじゅうじょうよしえ》は、坂下翔一《さかしたしょういち》に確かめる。

「嘘ですよ。われわれの法人で東京に出張できるのは、キャリア出身の天下《あまくだ》り組だけです。でもおかげで、奥さんとこうしてゆっくり会えます」

「奥さんはやめて、って言ったでしょ。あなたがコーチって呼ばれたくないのと同じよ」

美江は、約三年前に翔一と知り合った。美江が通っていた尼崎《あまがさき》市北部にあるテニススクールのコーチだった。翔一は当時、大学院に通いながら、アルバイトで週三回コーチをしていた。

「女のところなんでしょうね。甲斐性《かいしょう》もないのに浮気だけは一人前なんだから。たまらないわよ。元華族ということで、もっと上品な男だと思っていたのに」

「今どき、元華族なんて肩書が生きているというのが信じられないですね」

翔一は、美江を軽く抱きしめる。月に一、二度だが、こういう関係が三年近く続いている。もちろん、夫の西十条徳正《のりまさ》には秘密だ。

美江は翔一と関係ができたときに、テニススクールのアルバイトコーチを辞《や》めてくれるように頼んだ。長身でクールな顔立ちの翔一は、独身既婚を問わず、スクールの女性受講生に人気があった。アルバイトを辞めてくれる見返りに、美江は翔一に月額十万円を保証した。そのサポートは、翔一が社会人になってからも続いている。

「西十条の本家は、戦前には貴族院議員も輩出《はいしゅつ》していて、京都のほうで大きな屋敷を構えているのよ。旧華族同士での集まりもあるって聞いたわ。だけど、うちは分家なのよ。義父《ちち》も甲斐性《い》のない人だったから財産を減らしてしまった。それに義母《はは》が認知症になってお金が要ることになった。自宅介護なんてとてもやってられないから有料老人ホームに入れたけど、そこがまた一時金も月々の利用料も高かったのよ。夫は見栄っ張りだったから、安いところに入れようとしなかった」

「でも、お祖父《じい》さんは、大使も務めた外交官だったと聞きましたよ」

「義祖父までは良かったのよ。義祖父は、デキの悪い義父はあきらめて、孫であるうちの人に期待して外交官にしようとした。それでアメリカやポルトガルにも留学させた。でも、ダメなものはダメなのよ。外交官はおろか、国家公務員にもなれなかった。東大も現役と一浪で二回落ちたし、国家公務員試験も二回不合格となって、しかたがなく義祖父のコネで今の特殊法人に就職した」

「まあ、そのおかげで、僕もそこに就職できました」

国の官僚たちが定年前に勇退したときに天下るために、さまざまな外郭団体《がいかくだんたい》が用意されているが、坂下翔一の勤務先も、西十条美江の夫・西十条徳正と同じ特殊法人である。天下りキャリア以外の一般職員は採用試験で選考される建前《たてまえ》になっている。けれども実状は、内部からの推薦が必要な閉鎖社会なのだ。徳正は、当時まだ健在であった祖父による伝手《つて》で推薦を受け、坂下翔一は美江に頼んでもらって徳正が推薦人になってくれた。美江は「世話になっているテニススクールの担当コーチで優秀な人だから」と翔一を紹介した。そのころから二人の秘密の関係ができ始めていたということは、現在も徳正は知らない。

「結婚してわずか二年でうちの人に失望したわ。だいたい二十四歳で結婚したのは早過ぎたのよ。四国の小さな町から大阪に出てきたあたしは世間知らずだった」

　美江と徳正の橋渡しをしたのも義祖父であった。高齢であったが義祖父は元外交官の経歴を持ち、大使館や領事館にも人脈があった。義祖父は、可愛がっていた孫の徳正が四十歳目前なのにまだ独身であることを気に掛けていた。そしてかつての部下に声をかけて、嫁候補を集めていた。その中の一人に梅田近くにある領事館内で働く美江がいた。美江の写真を見た徳正は、会ってみたいと即答した。それまでの数人に対しては煮え切らない態度だったのと対照的であった。義祖父は、自分の目が黒いうちにと熱心に動いた。そして徳正の結婚に漕《こ》ぎ着けた。

「奥さんは、誰しもが認める美人ですよ。あ、また奥さんと言ってしまいました」

　翔一は頭を掻《か》いた。

「でも義祖父はそのあと入院して、結婚式には出席できなかったのよ。うちの人の結婚がまとまったことで、それまでの心の張りがなくなったのかもしれない。あたしの両親は田舎者だから、『都会の名家に嫁入りできるなら光栄なことだ。十五歳の年齢差は気にすることはない』という意見だった。あたしは高卒で、うちの人は大学卒で留学経験まであるのだから、そちらのアンバランスのほうをむしろ気にしていた。もちろん、あたしも玉《たま》の輿《こし》に乗れたという高揚感で結婚したのは事実だわ。うちの実家は小さな写真館を家業としてやっていたけど、過疎《かそ》で住民もいなくなって、廃業寸前だった。母は道の駅でパートで働いていたけれど稼ぎはしれていた。この家を初めて見たときは、あたしも凄《すご》い名家でお金持ちだと思ったわよ」

「でも現実は違ったのでしたね。そろそろシャワーを浴びますか」

そのころ西十条徳正は、奥園《おくぞの》アイカの住むワンルームマンションにいた。徳正の母親は去年まで、有料老人ホームに入っていた。奥園アイカはそこで働くヘルパーの一人であった。頻繁《ひんぱん》に有料老人ホームを訪れていた徳正は、次第に奥園アイカと話をするようになった。

奥園アイカはドライフラワーの技術を覚えて、徳正の母親の部屋も飾ってくれていた。徳正は子供の頃は植物学者になりたいと思うほど草木が好きであった。徳正は何度も母親のために花束を持参して、アイカはそれを毎回ドライフラワーにしていった。

去年母親が亡くなり、徳正は大きな花束を持ってアイカにこれまでの感謝を表わした。そして「御礼に食事に招待したいです。食事の前に、植物園に行ってみませんか」と誘った。これまで学生時代を含めて、積極的に女性に声を掛けることなどあまりなかった。結婚前は小遣いは潤沢《じゅんたく》に与えられていたので、キャバクラや風俗遊びは人並み以上にした。それで性的満足感は得られた。ずっと独身でもいいと思っていた。祖父は見るに見かねて、結婚話を進めた。妻となった美江は、徳正の好みのルックスであり、彼女なら伴侶《はんりょ》として連れて歩いていても誇れると思った。

だが、結婚生活は甘くはなかった。何かと後ろ盾《だて》になってくれた祖父はすぐに亡くなり、その三年後に父も病死し、母は老人ホームに入居した。美江は制約が取れたとばかりに、羽を伸ばし始めた。子供がいないということもあって、二人の会話は急速に減っていった。徳正は、結婚してからもキャバクラやクラブに足を運ぶことはあったが、最近では奥園アイカの存在がどんどん膨《ふく》らんでいった。

植物園デートのあと、アイカは身の上話をしてくれた。徳正より七歳年下の彼女は離婚歴があった。福井県の高校を卒業したあと大阪に出てOLをしていた彼女は、友人の紹介で知り合った一つ年上の会社員と知り合い、二十八歳で結婚して翌年男児が生まれた。だがそのころから夫との意見のスレ違いが多くなった。

何とか修復を考えたが、夫は好きな人ができたから離婚してほしいと言ってきた。子供を引き取って、養育費を貰《もら》う生活が始まったが、次第に養育費の仕送りは滞り始めた。

やむなく子供を福井県の実家の母親に預けて、ヘルパーの資格を取り、有料老人ホームで働き始めた。実家の母親は子供好きで、息子もよくなついているが、時間ができれば帰るようにしている、仕事は慣れるまでは大変なこともあったが、今ではＯＬ時代よりは楽しくやっている。

そんな深い話をしてくれたアイカに、徳正は距離感の近さを感じた。徳正もまた自分の話をした。

祖父や父母が居なくなった今、もう美江とは家庭内離婚に近い状態になっている。六年の間に、美江はすっかり変わってしまった。

徳正も変わったと、自分でも思う。結婚前は、何よりもルックスが最重視だった。キャバクラやクラブでは、キャバ嬢やホステスの会話力や気遣いなどは、どうでもよかった。一人だけ例外の子がいて、外見はそれほど好みのタイプではなかったが細かな気配りができるホステスがいた。いっしょに旅行にも行くようになったが、ハプニングがあって会えなくなった。

結婚後は違ってきた。女性の内面を見るようになった。会話の波長も大事だと考えるようになった。振り返ってみれば、美江とは結婚当初から、いや結婚前からろくに会話ができていなかった。結婚披露宴の会場も新婚旅行先も彼女が希望を出し、徳正はそれに従った。だから、かなりの浪費をした。

美江に比べて、アイカは十人並みのルックスで、年齢も美江より八歳も年上だ。老人ホームではほぼノーメイクで服装もきわめて地味だった。だが、美江にはない慎ましさや嫋《たお》やかさがあった。会話も続いた。デートのときは、お洒落《しゃれ》もメイクもしてきた。香水もさりげなくつけてきていた。

こうしてアイカのワンルームマンションに上がり、手料理を食べさせてもらう時間は、新婚時代にも味わえなかった家庭を感じることができた。美江は家事力は乏《とぼ》しかった。美人だからといって、部屋をきれいに清掃したり、美味《おい》しい料理を作れるとは限らない。考えてみれば当たり前のことなのだが、徳正は結婚するまではわからなかった。

「きょうは、少し大事なことを訊《き》きたい」

食事を終えて、徳正は切り出した。アイカを初めて食事に誘ったとき以来の緊張感だ。

「君の手料理をもっと食べていたい、と言ったなら、君はどう思う？」

「えっ」

一瞬だが、アイカの目が輝いた。少なくとも徳正にはそう映った。

「ずっと毎日食べ続けたい、という意味だよ」

「それって……でも、徳正さんは結婚してらっしゃいます」

「関係ないよ。妻とはすでに事実上の離婚状態にある。正式な離婚はいつでもするつもりでいる」

徳正は、勇気を出して言ったが、少し上擦《うわず》った声になった。もちろん本心だ。もう父母も祖父母も他界している。しがらみはない。

「私、バツイチの子持ちですよ」

「もちろん知っている。それを前提に言っているんだ。子供は福井のお母さんに預かってもらっているんだね。君が懸念《けねん》している経済面は、保証する」

勤め先の有料老人ホームでは、アイカは契約社員の非正規雇用の身で、給与はそれほど高くない。高額の入居料を取っているわりには、職員は低待遇だ。

「本当ですか……嬉しい。もっと広いところに転居して、息子がそばにいたなら、どれだけ楽しいことでしょう」

「返事はすぐでなくていい。考えてほしい」

「徳正さんは、簡単に離婚できるのでしょうか」

「なあに、問題ないさ」

徳正は、頬《ほお》の火照《ほて》りを覚えながら立ち上がった。

「そろそろシャワーを浴びようか」

## 2

それから約三ヵ月が経《た》った。

「徳正さんからは、まだ依然《いぜん》として何の連絡もなくて、音信不通ですか？」

坂下翔一は、西十条家に美江を訪ねていた。

「ええ。ずっと携帯は繋《つな》がらないわ。勤務先のほうはどう？」

「同じです。徳正さんは充分な準備をしていました。職場の机の中には自分がいなくても困らないように引き継ぎ事項を整理したファイルを作って入れてありました。退職願は自宅に署名捺印《なついん》のうえ置かれてあったので、美江さんから受け取って僕が提出しました」

「退職金はどうなるの？」

「法人の職員は公務員ではないのですが、公務員に準ずることになっていて、年度途中の自己都合であっても一定の退職金は出ます。勤続十八年ですから、概算で八百万円前後でしょう。しかし、徳正さんは共済組合のほうから限度額いっぱいの五百万円を借りていますので、それが相殺《そうさい》されます」

「じゃあ、あたしは三百万円しかもらえないのね」

「所得税が引かれますので、もう少し手取額は減ります。ただし、退職願の受理が認められて依願退職となった場合の話です。もし突然の職場放棄ということで懲戒解雇ということになったら、退職金は出ません」

「そんな」

「徳正さんは有給休暇を十二日残しています。内規では二週間前に退職願を出さなくてはならないことになっていますが、土日を入れたなら、何とかクリアできます。引き継ぎのためのファイルも残していますので、懲戒解雇にまではならなさそうです」

「あなたのほうからも、上のほうにうまく取りなしておいてよ」

「僕にはそんな力はありません。われわれの法人では、上のほうと下のほうは、別の人類みたいなものですから」

省庁を勇退したキャリア官僚と一般職員とでは、天と地以上の開きがある。西十条徳正も、総務会計課調整係長という肩書があるものの、単なる一般職員だ。

「うちの人はいったいどうやって暮らしていくつもりなのかしら。借りた五百万円だけでは底をつくわよね」

「留学経験がある徳正さんは、英語とポルトガル語がしゃべれます。海外に知り合いもいると思います。渡航をして、物価の安い海外で暮らす可能性はあります。その気になれば仕事も見つけられるでしょう」

「そうね。その手はありそうね。もしかしたら、外交官だった義祖父の人脈も使えるかもしれない」

「ところで、徳正さんは生命保険に入っていましたか？」

「ええ。領事館時代のあたしの同僚が転職して生保レディをしているのよ。彼女の勧誘を受けて、そこの生命保険会社に乗り換えて、増額もしたわ」

「いくらくらいの受取額ですか」

「三千万円よ。でも単に失踪《しっそう》して所在がわからないというだけではダメでしょ」

「だけど、七年以上生死が不明なら、失踪宣告を家庭裁判所から受けることができます。そうなれば、生命保険金を受け取れることになります。相続も開始します。そして三年以上生死が不明なら離婚もできます」

「ずいぶん詳しいのね」

「僕は、徳正さんと同じ総務会計課ですが法務係ですから」

翔一は、イギリス産のタバコを取り出して火を点《つ》けた。ネット通販でしか手に入らないが院生時代から好んでいる。

「相続と言っても、尼崎のこの家は義母の介護費用のために銀行の抵当に入っているし、他に不動産はなく、現金や株券もそんな多くない。とうてい旧華族なんて威張れるものではないのよ。でも生命保険金は魅力よね。だけど七年も待たなきゃいけないのね」

「それはしかたありません」

翔一は紫煙《しえん》を吐き出した。美江が飼っているカナリアが煙たそうに籠《かご》の中で鳴き声を上げる。

「いつから起算して七年なの？」

「最後の連絡が取れなくなったときからです」

「じゃあ、もし何年後かに連絡してきたら、それまでの期間はカウントされないの？」

「そうなります。生死不明ではなく、生存が判明したことになりますから」

「離婚もできなくなるのね」

「まあ、でも妻を放置して、扶養《ふよう》義務も放棄しているということから、別の理由で離婚が認められる可能性は充分にありそうです」

「七年経ったら、あたしは三十七歳か」

「失踪宣告を受けるためには、もう一つ要件があります。警察に行方不明者届を提出しておく必要があるんです」

「行方不明者届？」

「以前は、捜索願と呼ばれていたのですが、犯罪性がなければ警察は捜索しないので名称が変わりました」

「面倒くさそうね」

「いえ、たいしたことはありませんよ。形式的なものです」

「でも、警察に行って届を出すときに、あれこれ訊かれて嫌な思いもしそうね」

「心配いりません。徳正さんは自分の意思から失踪したことがはっきりしています。美江さん宛ての書き置きを持参すれば立証できます」

　美江が趣味のジャズダンス教室から帰ってくると、出かけるときは在宅していた徳正の姿は煙のように消えていた。居間のテーブルの上には、封筒に入った二通の短い書き置きが残されていた。どちらも徳正の筆跡であった。

　一通は封筒に〝美江さんへ〟と記されていた。

〝勝手をする私を許してくれ。四十五歳という人生の折り返し点を迎えて、別の生きかたをしたくなった。どうか探さないでくれ。すまない。　徳正〟

もう一通の封筒は法人の代表に宛てられたものだった。〝二十七歳で就職してから十八年間お世話になりました。期することがあって、みなさんとお別れしたい気持ちになりました。これまでありがとうございました。申し訳ありません。他にも多大な御迷惑をかけております。まことにすみません。　西十条徳正〟

美江宛てには離婚届が同封され、法人の代表宛てには退職願が同封されていた。後者は翔一が美江から受け取って職場に提出した。

「それよりも、離婚届を出したほうがいいのじゃない。あたしの署名欄以外はすべて埋まっていたから提出は簡単よ」

「離婚したら、夫婦ではいられなくなります。そうなったら、七年が経過して失踪宣告によって死亡扱いになっても、生命保険金は下りないでしょうし、財産の相続もできませんよ」

「それは困るわ。慰謝料も何もないのだから、せめてそれくらいはもらわないと……でも七年は長いわね。ねえ。七年間もあたしを待っていてくれる?」

「どうしてそんなことを訊くんですか」

「うちの人に裏切られたからよ。失踪してきっと女のところに行ったのよ。もう浮気じゃなくて本気よね」

「浮気、いえ本気の相手は、誰だかわからないのですか？」

「知らない女よ。でも、前にも話したけれど、一度見かけたのよ。日曜日に三宮《さんのみや》のデパートで買いものをして、タクシーに乗って帰る途中で、交差点で楽しげにうちの人が女を連れて歩いているのを車内から目撃した。向こうはまったく気づいていなかった」

「徳正さんはよくキャバクラやクラブにも行っていた時期があったんですよね」

「あんな女がキャバクラやクラブに採用されるわけがないわよ。あたしよりも年上で、かなりのブスなんだから」

「徳正さんのお相手は一人だけなのですか」

「ええ。遅く帰宅したときや土日に出かけていったときに、着ていた上着から漂ってくる香水の匂《にお》いは同じだったから。あたしはあんな安物の香水は使わない」

「女の勘というのは鋭いですね。浮気をたしなめたことはなかったんですか」

「あたしも、あなたとこうして会っているじゃないの」

「徳正さんは感づいていなかったのですね」

「大丈夫よ。男の不倫はたいていバレるけど、女のほうはめったにわからない。男は嘘をつくのもごまかすのも下手《へた》だし、脇も甘い。そのうえ鈍感なのよ。さっき話をしていた知人の生保レディも十年来の浮気相手が居るけど、夫のほうは何も知らないまま愛妻家を自称して、真面目に毎日仕事に行っているわ」

「女性は怖いですね」

「もう一度、訊かせて。七年間もあたしを待っていてくれる?」

翔一は、タバコを指に挟んだまま立ち上がった。そして美江を抱きしめた。

「これが答えです」

3

「あのう、安治川《あじがわ》さんはいらっしゃいますか」

消息対応室に電話が掛かってきた。

「安治川ですが」

「以前に娘が行方不明になってお世話になりました太子町《たいしちょう》の上尾浩子《うえおひろこ》です。覚えてくださっていますか」

「ええ、もちろんです」

太子町の駅前で、失踪した一人娘の消息を知ろうと、彼女は情報提供を求める手製のチラシを必死で撒《ま》いていた。だが、たいていの人は見向きもしない。たまたま通りかかった安治川はその姿を見るに見かねて、声をかけたのだった。そしてそれをきっかけに、安治川は一人娘の行方を探し出すことに成功した。

「娘はんは元気にしてはりますか？」

「はい。おかげさまで、新しい仕事を見つけて毎日出勤しています。前の交際相手とも復活したようです」

「それはよかったですね」

「娘の行方を見つけてくださった安治川さんには、足を向けて寝ることができません。それで実は、またお願いしてみたいことができたのです。直接には安治川さんのお仕事とは関係しない私的なお願いになるかもしれないのですが、話を聞いていただけないでしょうか。私のほうは、きょうは休みなので何時でも都合がつきます」

「ほなら、昼休みに近くで会いましょう」

私的だとすれば、職場は避けたほうがいい。

天王寺《てんのうじ》公園の南側にある〝てんしばエリア〟の入り口に、上尾浩子は先に来て待っていてくれた。芝生が広がり、レストランやカフェやドッグラン施設などがある。

二人は、アジアンテイストのカフェに入った。

「私には腹違いの兄がおります。名前は清彦《きよひこ》です。兄の母親は早くに病死しまして、私の母と再婚した父の連れ子として、幼少時代は私といっしょに過ごしていました。優しい兄で、私のことをよく可愛がり、かばってもくれました。一つ違いで、今年四十六歳になります」

「そうでしたか」

「でも、私の下に弟が二人できると、私の母も、そして父すらも兄を疎《うと》んじるようになって、結局のところ兄の母方の親戚《しんせき》に引き取られていきました。現在のように携帯電話を子供でも持てるという時代ではなかったので、生き別れのようになってしまいました。気にはなっていたのですが、どこかで元気に頑張ってくれているだろうと思いながら、私自身も仕事や子育てや夫との死別や再婚そして離婚などに忙殺《ぼうさつ》されていました。それで、先月のことなんですが、その父が病院で息を引き取りました」

「それはご愁傷様《しゅうしょうさま》でしたね」

「安治川さんのおかげで、父が亡くなる前に、娘も病院に連れて行くことができました。それで末期《まつご》の父は、四人の子供の一人である兄のことを気にかけていました。長らく消息を知らないが、自分が死んだら、わずかだが遺産の四分の一は渡してほしいという意向を私に託しました。兄は、母方の親戚のところに引き取られたものの、そこでも折り合いが悪くなって、施設に預けられたそうです。施設には高校卒業まではいたのですが、そのあとは出ていかなくてはいけなくて、大手のラーメン店に就職したそうです。でも、兄はあまり丈夫なほうではなくて、身体《からだ》を壊して数年後に退職したそうです。父が知っているのは、そこまでです。病院代と葬儀代を引いて、父の遺産は六百万円ほどでした。その四分の一である百五十万円を何とかして兄に渡したいのです」

「うーん、ちょっと手がかりが少のうおませんか」

ラーメン店を退店したのが、二十代前半だ。今年四十六歳ということだから、約二十年もの空白がある。

「一つだけヒントがあります。そのラーメン店を私は訪ねました。そしたら、五年ほど前に兄を見かけたことがあるというかつての同僚店員がいたのです。その同僚店員はボランティアで、あいりん地区での無料炊《た》き出《だ》しをしていて、兄を見かけたのです。兄はラーメンではなく、もう一つのカレーの無料炊き出しの行列に並んでいました。いわゆるホームレスのいでたちだったそうです。声を掛けたらビックリした様子で、逃げるように行列を離れていったということでした。その店員さんはその後もときどき炊き出しボランティアに参加しているが、兄を見かけたのは、五年ほど前の一度だけだったそうです」

「せやったんですか」

あいりん地区は、大阪市西成《にしなり》区北部の一部の通称である。かつては日本最大の寄せ場として簡易宿泊所や手配師が集まり、日雇い労働者や路上生活者が多くいたが、近年ではそれらの数はかなり減少している。

「私は、あいりん地区でホームレスの人たちの更生《こうせい》に携わるNPO法人を訪ねました。そして兄のことが少しだけ摑《つか》めました。兄は、数年間はあいりん地区で軽作業の日雇い労働に従事していて、そのあとはホームレス生活もしていたようなのです。そして五年ほど前から、姿を消しました。ラーメン店の同僚店員さんが姿を見たという時期とほぼ一致します」

「昔の仲間に姿を見られて居づらくなったということですやろか」

「私はそう思いました。兄はシャイな性格でしたから。ところが、そのNPO法人のスタッフさんの中に、違うことを小耳に挟んだと話す人がいました。兄はホームレス仲間に『探していたものがようやく見つかった。ここにいては少し遠いので離れることにする。今まで世話になった』と挨拶《あいさつ》をして出ていったというのです」

「ほう」

「それ以上の情報は得られませんでした。あいりんの人たちに聞き取りをしていったら、何か摑めるかもしれませんが、やはり女の身では近寄りがたい部分もあります。それに兄の写真が幼少時代のものしか手元にはありません。安治川さん、何とか助けてもらえないでしょうか」

上尾浩子は、彼女なりに動いていた。娘の居場所が知りたいと手製のチラシを作って休みの日のたびに駅前で撒いていただけのことはある。

「娘のときのような行方不明者届を、妹の私でも出せるんですか」

「それは提出でけます。けど、ホームレスということなら九割九分、自発的な一般行方不明者になりますね。所轄署はまず動かしません。それに、現在の身長や体重を記入する必要がありますし、なるべく最近の写真も必要です」

「身長や体重はわからないです。最近の写真もありません。行方不明者届が出せないのなら、どうしたらいいんですか」

「わしが個人的に協力させてもらいます。きょうは金曜ですさかい、土日をつこうて動いてみます」

「よろしいんですか」

「どこまでわかるのか、やってみんことには何とも言えしませんけど。やっぱし写真がほしいですな。最近のものは無理でも、高校に行けば卒業アルバムはありますやろ。ラーメン店でも採用時の履歴書をまだ残してくれているかもしれません」

「それは、午後から私が動いて入手してきます」

「フルネームをまだ聞いてしませんでしたな」

「小嶋《こじま》清彦です。私も元は小嶋姓です。結婚して改姓しましたが」

「何か身体的特徴はあらしませんか」

「兄が六歳のときまでしかいっしょにいなかったので、そういうことはわからないですね。あ、でも、もしかしたらですけど、背中にやけどの跡がまだ残っているかもしれません。それほど大きなものではないですが」

「やけどの跡なら成長しても残っている可能性はありますな」

「兄と二人で遊んでいて、ヤカンを私がうっかり倒してしまったのです。本当なら私に熱湯がかかっていたところでしたが、兄が覆いかぶさって、私の身代わりになってくれたのです。そんな優しい兄でした」

# 4

上尾浩子は、小嶋清彦がラーメン店に勤めていた頃の従業員忘年会での写真を借り受けてきた。貸してくれた店員は、二十四時間営業である同店のシフト制勤務に身体が馴染《なじ》むことができなかったことと、人づき合いが下手であったことが小嶋清彦が退職した主な理由ではないかと話していた。彼は「無口で朴訥《ぼくとつ》だったけど、いい奴だったよ」と付け加えた。辞めたあとはビル清掃の仕事をしていたと聞いたが、具体的なことは知らないということだった。

写真を渡された安治川は、土日を利用して、あいりん地区に詳しい広沢《ひろさわ》というフリーライターに会い、彼とともに調べを進めた。かつては高度経済成長をさまざまな現場で支え、その反面では暴動騒ぎも起きる治安の悪い地域であったが、今ではずいぶんと様変わりした。高齢化によって日雇い労働者は減少し、ＮＰＯや宗教家たちの努力や行政のテコ入れもあって路上生活者も少なくなった。しかし、現在でも千人以上のホームレスがいるとされており、毎日のように流入と流出があるため、国勢調査や人口統計でも正確な数字は摑めていない。

調べるのは容易《ようい》ではなかったが、手応《てごた》えが一つあった。

小嶋清彦を知っている老人がいた。彼の話によると、小嶋清彦は公園のゴミ箱に捨てられた週刊誌や新聞を拾い出し、それを束《たば》ねてリサイクル業者に売って日銭《ひぜに》を得ていたが、ある日に拾った雑誌の中から、「凄いものを見つけた」と目を輝かせていたということだった。その老人は「ゴミ箱に捨てられていることが珍しい女性雑誌だったよ。小嶋はその中の記事に惹《ひ》きつけられたようだった。しかし詳しいことを訊いても、話そうとはしなかった。頬を赤らめてニヤニヤして、何だか気味が悪かったね」と語った。それからしばらくして、小嶋は「ここを出て、大阪城公園のほうに移動することになった」と挨拶に来て、それっきり会っていないということだった。「今から四年前ぐらいだったかな。ここで暮らしていると時間の感覚がなくなるんで、正確には憶《おぼ》えていないよ」と老人は付け加えた。雑誌のことがあいりんを離れた理由に関わりがあるのかどうか、彼の話からだけではわからなかった。しかし、大阪城公園というのは手がかりになるかもしれなかった。

安治川とともに行動してくれた広沢は、今は完全に更生しているが、かつては詐欺《さぎ》を働き、安治川が検挙していた。彼は、あいりん地区で一時期行なわれた貧困ビジネスの手先として働いていたこともあった。ホームレスたちを低家賃住宅に押し込むように集めて、生活保護を申請させ、その給付金の大部分を家賃として吸い上げる生活保護費の搾取《さくしゅ》行為だ。彼はホームレスたちに声をかけて引っ張ってくる役をしていた。

広沢の話によると、大阪城公園のホームレスはあいりん地区よりさらに減少していて今ではわずかな人数だが、それだけに結束力が強くて排他的だということだ。「グループの代表格である〝ムラオサ〟と呼ばれる長老を知っていますよ。他にもグループがあるかもしれないから、小嶋清彦がそっちに属しているのならお手上げですが、ムラオサに話をしてみることはできますので、行ってきます。ムラオサは天王寺公園をフェンスで囲う政策をめぐっての反対運動で先頭を切って戦って敗れたことで、警察や役所に対する反感を強く持っている男ですから、安治川のダンナには控えてもらって、あっしに任せてもらえますか」と彼は言った。安治川としてはそれを受け入れるしかなかった。

大阪城公園の中にある太陽の広場の一角にあるベンチに座って、安治川は広沢を待った。大阪城天守閣は市内屈指《くっし》の観光名所になっているから、ムラオサたちは目立つようなところには簡易住居は作らないそうだ。昼間は木陰のようなところで過ごして、夜になると数人単位で集まってくるということであった。

総面積百五ヘクタールを超える広大な大阪城公園の中でも、多目的スペースである太陽の広場は広い。野外フェスも開催されるが、メーデーの集会場所にも使われる。制服警官時代の安治川も警備に動員されたことがあった。その頃に比べると、今は自由に仕事ができている。メンバー三人だけの小所帯ということもあるが、再雇用という立場でいられるのが大きい。肩書は巡査部長待遇という曖昧《あいまい》なものだが、制約もまた緩《ゆる》い。給料は退職前の半分以下になったが、やりがいは倍以上も感じられている。

「お待たせしました。手間取りましたが、ムラオサと会うことができました。小嶋清彦はムラオサのグループに属していました。まあ、グループと言っても集団生活をしているわけでもなくて、助け合い仲間みたいなもののようですが」

広沢は少し疲れた表情で戻ってきた。時計の針は夜十時になろうとしていた。

「ご苦労さんでしたな」

「ムラオサに用件を伝えました。ムラオサは『小嶋清彦に会ってくるから待っていろ』と言い残して、消えていきました。一時間ほどして帰ってきました。『妹と一対一のサシでなら会ってみたい。しかし父親に対しては何も孝行できていなかったから、遺産をもらうつもりはない、と言っている』ということでした。彼らは単純ではないです。施《ほどこ》しのような形で寄付を受けることを嫌う者もいます。自分だけが思わぬ臨時収入を得ることでやっかみを受けたり、仲間はずれにされることを懸念する者もおります」

「まあ、妹さんと会うてくれるなら、わしとしてはそれでええ」

あとは兄妹という個人同士の話し合いに託すべきことだ。

安治川は、電話で上尾浩子に首尾を伝えた。

「ありがとうございます。私一人ではとてもできませんでした。兄に会えるのなら、どこへでも行きます。時間帯も合わせます」

彼女は素直に喜んだ。

翌々日の夜に会えるようにセッティングをして、安治川は上尾浩子を送り出して、再び太陽の広場で待つことにした。

予定の時間を大きくオーバーして、上尾浩子は上気した顔で戻ってきた。

「兄は、外貌《がいぼう》はかなり変わっていました。いろいろ苦労したのだと思います。でも、話し出してみると、昔の優しい兄のままでした。ホッとしたのは、今の暮らしに満足していたことでした。『公園に捨てられている空き缶を回収して、それをリサイクル業者に売ることでわずかな収入を得ている生活だが、そのかわりに制約のない自由があるし、仲間もいる』と言っていました。着ているものも元々は捨てられていたものですし、食べ物だってコンビニなどの消費期限切れがほとんどだそうですけど、それで不自由に思ったこともないし、おなかを壊したこともないそうです。現代人はまだ使えるのに簡単に捨ててしまう身分不相応な暮らしをしている、とも言っていました。お酒もタバコもやらないので、お金を使うこともほとんどないということです」

「なるほどのう」

昭和の半《なか》ばに生まれた安治川としては、共感できることがあった。安治川の子供時代は今のように飽食《ほうしょく》ではなく、ゲーム機器などもなかった。それでも駄菓子で充分に満足できたし、鬼ごっこやケンケン遊びで夢中になれた。

「『世間からは邪魔者扱いされているかもしれないが、迷惑はかけていないし、リサイクルで少しは社会の役に立っている。生活保護をもらったなら、みんなの税金を減らすわけだし、居所などの制約も受けてしまう。だから辞退している』と言っていました。兄と引き合わせてくださったムラオサさんも、同じようなことをおっしゃっていました。そして兄はやはり、遺産は相続しないという意向でした。でも、せめて一割の十五万円だけでももらってほしいと頼んだら、了承してくれました。よかったです。近いうちに現金を用意して持っていきます。次は安治川さんにこうして待機していただかなくても、一人で大丈夫です。怖いイメージがありましたけど全然違いました。兄は『十五万円をもらったら、仲間みんなで分ける。あまり多額を手にすると、生活が変わってしまってよくない』とも言っていました」

「豊かさや金銭の多さだけで、幸せの度数は測れへんということやな。参考になる話や」

「実は、安治川さんに謝らなくてはいけないことができました。兄と会えたことと、不幸な思いの日々を送っていないことがわかって、私は嬉しくなって、安治川さんのことを話してしまいました。兄が『よくここまで辿《たど》り着いたな』と感心したもので、つい……ごめんなさい」

上尾浩子は頭を下げた。

「いや、それは気にせんでもええで」

「でも、兄のほうがひどく気にしたのです。『え、警察の人が……もしかしてあのときの男が告発したのか』と言ってきたのです。聞き捨てならない言葉でした。世間には『迷惑をかけていない』としながらも、何か告発されるようなことをしているのかと、私は不安になりました。それで、兄に説明を求めました。そうしたら、少し前の夜に大阪城公園でカップルの男性とトラブルになって殴りつけてしまったということでした。優しい兄の性格からは想像もできないことでした。兄は『ノゾキ男、あっちへ行け』と怒鳴られて、ついカッとなったと言っていました。『それで警察が被害届を受けて、こちらの行方を追っているのではないか。そうなったら、グループの仲間もあらぬ疑いを掛けられかねない。そのことを口実にグループの仲間たちが行政から排除されるかもしれない。恩を仇《あだ》で返すどころではなくなる。そうなる前に出ていく必要がある。ここを離れたくはないんだが』とひどく困惑顔でした。兄が、カップルの男性を殴ったことは事実のようです」

「それは、わしは何も聞いとりません」

大阪城公園は大阪市中央区に属するので、中央署に照会したなら、被害届の有無はわかるだろう。

「兄と別れて、ムラオサさんにお礼を述べに戻ったとき、そのことを相談しました。ムラオサさんは、兄の暴行のことを知っていました。グループの仲間の一人が、男性同士が言い合う声や女性の『やめて』という叫びを聞いて近づいてみたら、兄が男のほうに馬乗りになってボコボコに殴っていたそうです。見ていた仲間が止めに入れる雰囲気ではなかったということです。ムラオサさんは、その仲間の人に黙っているように指示しました。普段の兄はおとなしくて温厚なので、よほどのことがあったに違いない。兄が自分からムラオサさんに言ってくるまで知らんふりをしようと考えたそうです。結局、兄はきょうまでムラオサさんに何も言ってきていないそうですが」

「馬乗りでボコボコというのは、尋常やあらしませんな」

相手は負傷しているかもしれない。

「はい。ムラオサさんも兄の穏やかな性格からは絶対に想像できないとおっしゃっていました」

安治川は、その場で中央署に電話をかけることにした。刑事課の当直者が応対して調べてくれたが、そのような暴行の被害届は出されていないという返答であった。

暴行罪や傷害罪は親告罪《しんこくざい》ではないが、被害届が出されていなくて被害者不詳なら調べる手立てがない。

「よかったです。兄のことですから、警察沙汰になったなら自分からここを出ていくでしょう。せっかく馴染《なじ》んでいるようなのに可哀想です。次に行くところも簡単には見つからないでしょうし」

上尾浩子は胸をなで下ろした。

# 5

西十条徳正は、奥園アイカに現金の束がぎっしり詰まったボストンバッグのファスナーを開けて見せた。

「これだけあれば、充分な生活資金になる」

「いくらあるの？」

「ざっと四千五百万円だ。重いぞ」

「そんなに退職金が出たの？　公務員っていい御身分ね」

「公務員ではなく、準公務員だ。退職金ではなく、共済組合からの借入金だ」

「それなら返さなきゃいけないんでしょ」

「返還の必要はない。担保となっている退職金と相殺される。だから、実質的には退職金と言えるかもしれない」

徳正は、平素の仕事で使うような言葉で説明した。

「やはり多額の退職金が出るのね」

「退職金だけではないんだが……そんなことはどうでもいい。早く新天地で生活を始めよう」

「四千五百万円は大金だけど、それでずっと遊んで暮らせるわけではないわ」

「何かいい仕事があるようなら、やってみる気はある。だが、なくても大丈夫だ」

「そんなことはない。二人で贅沢《ぜいたく》なしの並み以下の暮らしでも年間三百万円ほどは必要だから、十五年間もつかもたないかよね」

「日本ではそうかもしれないが、物価の安い国なら違う」

「え、外国へ行くの？」

「こう見えて、英語とポルトガル語はしゃべれるんだぞ。とりあえずは、ブラジルを考えている。日系人も多くいる。祖父のコネがまだ効くだろうから、いろいろと便宜《べんぎ》を図ってもらえそうだ。この金は国際送金する」

「待ってよ。外国なんて聞いていないわ」

アイカは固まった。

「『どこへでもついて行く』って言ったじゃないか」

「『外国でもどこでも』とは言っていないわよ。あなたは外交官の孫で留学もしているから外国暮らしに慣れているでしょうけど、私は何語も話せない。だいいち、息子と離れてしまう。福井なら特急サンダーバードに乗れば二時間で会いに行けるけど、外国なら遠すぎる」

「無粋《ぶすい》な子供の話はしないって、前に約束したじゃないか」

「あなたが外国に行くなんて言い出すからよ」

「海外が一番いいんだよ」

徳正は、ボストンバッグのファスナーを閉めた。

「だめよ。外国は絶対だめ」

「聞き分けのないことはよせよ。おまえのために、これだけの金を作ったんだから」

「それとこれとは別よ」

## 6

坂下翔一は、宝田《たからだ》三紗子《みさこ》の邸宅を訪ねていた。

大阪環状線の森ノ宮駅から徒歩十分の好立地にある一戸建てだ。

「夫は当直だから、ゆっくりしていって」

三紗子の夫は、大阪で屈指の大病院の外科勤務医だ。

「そうします」

宝田三紗子は四十六歳という実年齢よりずっと若く見える。エステに通い、美顔施術も受けている賜物《たまもの》だ。けれども、肉体の衰えは否めない。西十条美江は三十歳と若さはあるが、翔一は三紗子のほうを優遇している。それは美貌《びぼう》という埋由もあるが、もらえるお手当ての額が多いからだ。

尼崎のテニススクールのコーチを辞めた翔一は、花博《はなはく》会場にもなった鶴見緑地のテニススクールでコーチを始めた。もちろん美江には内緒だった。

大学生の頃から、翔一はママ活のバイトをしていた。最初はＳＮＳやサイトを通じて、仕事一筋で頑張ってきたキャリアウーマンや女性経営者と接点を持った。海千山千の男性たちと伍して渡り合ってきた彼女たちは、若い男子大学生に癒《いや》しを求め、また気を遣わなくてもいい会話をしたがっていた。男性がするのと同じように、年下で美形の異性をはべらしたいという成功者欲求もあるようだ。ホストクラブで解消する女性もいるが、プロである彼らは本心を見せることなく、客として扱ってくる。それでは満たされないことも少なくないようだ。

食事代が浮き、デート終わりにお小遣いをもらえるママ活を始めたら、他のバイトはバカらしくなってできなくなった。愚痴《ぐち》を言ってくる女性も多いが、聞き役に徹して適当に相槌《あいづち》を打っておけばよかった。彼女たちは相談をしているわけでもなく、回答を求めているわけでもない。「すごくわかりますよ」「それは大変でしたね」といった共感を求めているのだ。

彼女たちは露骨にセックスを求めてくることは少なかったが、それも可能なのだと匂わせておけば、乗ってくる女性もいた。お小遣いの額は当然増やしてくれる。けれども、ドンと貢《みつ》いでくれる女性とは、翔一は出会えなかった。神経をすり減らして額に汗して稼ぐ彼女たちは、経営学でいうところの費用対効果を考え、無制限に財布のヒモを緩めてくることはしなかった。

またママ活という言葉が世間に浸透《しんとう》するにつれて、ライバルの大学生も増えてきた。翔一は偏差値が並以下の私立大学の経済学部生でブランド力はない。ルックスにはまあまあの自信があるが、知的な部分にはむしろコンプレックスがあった。難しい用語を使ってくる高学歴女性を相手にするときは苦労も感じた。

仕事で多忙な彼女たちは、そんなに頻繁にはママ活をしない。稼ごうと思ったら、十人くらいをカードとして持って、回転していく必要がある。誰がどうだったか、混線してしまいそうになることもあった。スケジュールのバッティング回避にも腐心《ふしん》した。

ママ活で自分を鍛えた翔一は、仕事を持たない有閑《ゆうかん》マダムで、経済的余裕がある女性にターゲットを移すことにした。子供には金がかかるから、いないほうがいい。高収入の夫が稼いでくるのなら、痛みを感じずに金を出せる。時間も向こうから合わせてくれる。

彼女たちは、キャリアウーマンや女性経営者たちのようにはSNSや出会い系サイトをあまり使わないようなので、カルチャースクールの講師やスポーツクラブのトレーナーといった古典的な形で知り合うのが適切であった。翔一は中高時代にはテニス部に所属し、あと一歩でインターハイに出場できた腕前であった。それを活《い》かさない手はなかった。

翔一は豊中《とよなか》市内に住んでいたが、金持ち夫人が多いイメージは芦屋《あしや》をはじめとする阪神間であった。芦屋市や西宮《にしのみや》市にもテニススクールはあったが、翔一は尼崎市内のテニススクールでコーチを始めた。金銭を得る以外にも目的があったからだ。

その尼崎のテニススクールで知り合えたのが、西十条美江であった。夫の稼ぎはたいしたことがないが、名家だけに貯えはありそうだった。美江は優雅な生活を期待して嫁いできたものの、夫に不満を持ち、姑《しゅうとめ》とも軋轢《あつれき》がありそうだった。

美江は予想していたほどのお手当てを出してくれなかったが、就職の斡旋《あっせん》をしてくれるという話はありがたかった。美江の夫が勤める国の外郭団体は、キャリア官僚の天下りポストのために作られたような法人だった。その種の法人は関西には少ないだけに、関西出身のキャリアにとっては貴重な存在のようである。キャリア以外の一般職員は、実質的に推薦人が必要な縁故《えんこ》募集であった。

外郭団体もさまざまであり、収支の多寡《たか》もあった。職員は公務員ではないものの、それに準ずる扱いとされているが、外郭団体の財政状況によって給与は違っていた。美江の夫が勤める法人は、競馬や競輪や競艇といった公営ギャンブル競技を領域としており、常に黒字であった。

翔一は就職の斡旋を頼んだ。三流大学では有名企業への就職は難しく、学生時代を延長したくて大学院に進んだものの、学者になる気は皆無《かいむ》で、またその可能性もなかった。

夫の徳正とも会った。良家のお坊ちゃんがそのまま中年になったような男だった。妻の不倫相手であるとは、彼は夢にも思っていない。彼からの言葉は「仕事はハードではないが、キャリア出身者と一般職員とでは月とスッポンの差がある。それに不満を持っていては続かないよ」という一点だけであった。

ペーパーテストと面接を経て、無事に採用してもらうことができた。

就職してしばらくはおとなしくしていた。ママ活のサイトも抹消《まっしょう》した。徳正が言っていた月とスッポンは実感した。元キャリアの天下り組は公営ギャンブル競技の主管庁である農水省、経産省、国交省からの割り当てによって赴任し、本省でもかなりのエリートコースに乗っていた者たちであった。尊大ではなかったが、自分たちは違う存在だという意識は強く持っていた。

公営ギャンブルは必ず胴元が儲《もう》かり、税収も取れるという仕組みになっていることもわかった。誘致《ゆうち》が計画されているカジノは脅威《きょうい》であった。サイト賭博も新しいライバルであった。民衆がそちらに流れていけば、それだけ収益は減ることに繋がる。カジノ法案が公営ギャンブルにとって不利にならないように、サイト賭博が規制されるように、政治家に働きかけることも必要であった。そのための裏金も用意されていた。徳正や翔一たち総務会計課の一般職員たちは裏金を作るために、新幹線チケットや収入印紙などをせっせと購入し、それらを金券ショップで現金に換えた。裏金を使って政治家と会食をするのは、天下り組たちに限られていた。ヒエラルキーというのは三角形であるが、この法人では上層と下層しかない鏡餅のような構造であった。下層から上層に昇れることは絶対にない。だから下層の人間たちは、他のことで欲望を埋めるしかなかった。酒に逃げる者もいれば、マニアックなフィギュア収集に活路を見いだす者もいた。徳正はおとなしい風貌《ふうぼう》に似合わず、女に求めるタイプであった。美江は、「うちの人は独身時代はキャバクラや風俗店に通っていて、結婚を機にかなり減ったものの、義母が亡くなってからまた箍《たが》が外《はず》れて不倫をするようになった」と話していて、実際そのとおりであった。

翔一としても、ずっと法人に身を置く気にはなれなかった。給料は安定していたが、メリットはそれだけであった。野望を満たせる組織ではなかった。

美江との関係を続ける一方で、翔一はもう一人マダムを見つけることにした。

尼崎市のある兵庫県は避けて、大阪の鶴見緑地にあるテニススクールのコーチをすることにした。約一年半前にそこで知り合ったのが、宝田三紗子であった。夫が医師というだけあって、三紗子からもらえるお手当ては美江の約二倍であった。昔からの家柄よりも今の財力ということが実感できた。

もっと多くの有閑マダムを相手にすればさらに儲かるのだが、院生時代ほど時間の余裕はなかった。それに翔一には、他に目標もあった。

二人のマダムから得た金は、とりあえずは投資に充《あ》てて増やすようにしている。株や先物取引やＦＸといった投資もまたある意味では公営ギャンブルと言える。しかし競馬などに比べると、儲かる確率は高いと翔一は思う。それに馬任せや選手任せではない。自分ですべてを決めることができる。

右から左に数字を動かすだけで一日に何千万円もの利益を得ている個人投資の成功者を見ていると、毎朝ラッシュ時に通勤する自分が哀しくなる。もちろん、三流大学卒であろうとなかろうと、何の関係もない世界だ。キャリア出身組か一般採用組かで、越えようのない壁があるのとは大違いだ。

西十条徳正は、あっさりと職をなげうった。おとなしい性格に見えたが、法人では階級社会で苦しい思いをし、家に帰れば美江の尻に敷《し》かれる生活からの発展的解消をしようとしたのだろう。彼は退職に際してそっと引き出物を持っていった。共済組合からの借入金のことではない。総務会計課が金庫の中に保管してある裏金を持ち出したのだ。徳正や翔一たち一般職員が新幹線チケットなどを金券ショップで換金して蓄えた政界工作などに使う現金だ。

被害のことはすぐにわかったが、表には出ていない。違法献金になりかねない目的のための隠された資金なのだ。被害届を出すわけにはいかない。課内では「西十条係長があんな大胆なことをやるとは予想できなかったな。それにしてももうまいことやりやがった」と持ちきりだった。裏金は二つの金庫に分けて入れてあるが、合計で四千万円ほどになる。もちろん美江はこのことは知らない。課内では箝口令《かんこうれい》が敷かれている。

徳正の推薦で入った翔一は、財務担当の元キャリアから広い個室に呼び出されて、行方に心当たりがないかと訊かれた。

「知るわけありません。青天の霹靂《へきれき》で、とても驚いています」

突然の退職も持ち逃げも、本当に何も知らなかったのだ。

「真面目な人物だと思っていたが、残念でならない」

彼にとって残念なのは、裏金が消えてしまったことだろう。一般職員の退職など痛くも痒《かゆ》くもないはずだ。

「坂下君は、西十条係長の被推薦人だから、行き先について何か推測できるのじゃないかね」

「いいえ、自分は西十条係長の奥さんのテニスコーチという間柄でした。係長とは面識がなかったのですが、ご厚意で推薦してくださいました」

それが事実であった。美江との深い関係はもちろん言えない。

「係長の行方について何か知ってくれていると、君にとってもいいんだが」

彼は言外に、推薦人が不祥事を起こしたのだから被推薦人にも連座が及び、君の将来に影響する。西十条徳正を探し出して裏金を取り戻してきたなら話は別だが――と匂《にお》わせていた。

徳正に不倫相手がいるであろうことは美江から聞いていた。しかし美江も、相手の女性の正体まではよく知らない。

「君なりに探す努力をしてくれたまえ」

いかにも元官僚の物言いだった。

「承知しました」

そう答えはしたが本音ではない。この組織で、出世に影響が出てもしれているのだ。しょせんは、鏡餅の下の部分でのはなしに過ぎない。

## 7

安治川は、上尾浩子から電話を受けた。

「安治川さん。昨夜、もう一度大阪城公園に行きました。兄に遺産の一部の十五万円を手渡してきました。兄は『残りは、弟たちと分けてくれ』と言いましたが、私は兄の相続分の残額は預かっておきます。もし病気など何か困ったことが兄の身に起きたときは、それを充《あ》てることにします。私の携帯番号を兄に伝えることもできました。兄は携帯電話は持っていませんが、いざというときは公衆電話からかけてくれるでしよう。ムラオサさんにも、私の番号を書いた紙を渡しておきました」

「よかったですね」

連絡を取り合うことはないにしても、緊急のときの備えができたのは望ましいことだ。

「暴行事件については警察が調べていないことを伝えると、兄は安堵《あんど》していました。『どうしてそんな無茶なことをしたの。お酒を飲んでいたの？』と尋ねると、『いや、酒はまったく飲まない』と答えました。『ノゾキ男、あっちへ行け、と怒鳴られて腹が立ったのね』と訊くと『そういう侮蔑《ぶべつ》には慣れている』と言うんです。『だったら、どうして』と不思議がったら、『女のほうが弄《もてあそ》ばれているのがわかったからだ』とボソッと答えました。女性が乱暴されそうになったから助けに入ったのかとも思いましたが、そうでもなかったようです。『男が横柄《おうへい》だったので、つい見ていられなくて』と言いましたが、それ以上は口をつぐみました。どうもよく事情はわからなかったですけど、反省はしているようでした」

「そうでしたか」

被害届が出ていなかったということは、被害者男性のほうに名乗り出にくい事情があったのかもしれない。殴られたとはいえ、たいした程度ではなかったとも考えられた。いずれにしろ、反省をしているのなら二度目はしないだろう。

「安治川さん、本当にありがとうございました。兄のことはずっと気になっていたのです。就職したり、結婚したりという普通の人生とは縁がないようですが、不幸ではなさそうなので安心できました。それに結婚がいいとは限りませんわね。私は二回目の夫に酷《ひど》い目に遭《あ》わされましたから。もう結婚はコリゴリです」

上尾浩子は、もう一度礼を言って電話を切った。

# 8

「ラブホテルまで出てくるのは面倒くさいわ。あたしの家でも、もう何の気兼ねも要らないのに」

美江はバスルームに湯を張りながら、翔一に声をかけた。

「理由があるんですよ。きょう職場で、気になることを聞きました。同僚が京橋《きょうばし》のアーケード街で徳正さんとよく似た男を見かけたと言っているんです」

「えっ」

美江はあわててベッドルームのほうに戻ってきた。

「徳正さんは立ち飲み屋で生ビールをぐいぐい飲んでいたそうです。徳正さんはたしかに生ビールは好きでしたけど、立ち飲み屋に行きますかね？」

「若い頃は行ったことがあったそうよ。同僚さんは何か話しかけなかったの？」

「職場とは無関係の友人二人と歩いていて、外から見かけただけで、店内には入らなかったということです」

「他人のそら似でなければ、大阪のどこかに住んでいるということかもしれないわね。もう外国にでも行ったのかと思ったけれど。復職の可能性なんてあるの？」

「それはゼロです。もう自己都合退職が確定して、借入金と退職金の精算も終わっています。引き継ぎ事項は書類で書き残してあったとはいえ、やはり法人に迷惑をかけたことは事実です。それに例の件も」

そう言いかけて翔一はやめた。

「例の件って？」

「法人内部の件です。奥さんに説明してもわからないですよ」

「また、奥さんって言ったわね。もう実質的にも奥さんじゃないのよ。でも……もし生存がはっきりしていたなら、失踪宣告は無理なんでしょう」

「そうなります」

「離婚届を出そうかしら」

「いいんですか。離婚をしてしまったら相続できなくなるし、生命保険金ももらえないかもしれませんよ」

「生命保険金は、あたしが受け取り名義人でしょ」

「しかし、〝妻・美江〟となっているはずです。さっさと離婚してしまって、あとから保険金を受け取りますと言っても、ケチな生命保険会社は認めない可能性がありますよ」

「そうなの」

「いずれにしろ、行方不明者届を出してまだそんなに日が経《た》っていないのですから、もう少し待ちましょう」

行方不明者届は翔一が記載して、美江に提出してもらった。

「ええ。でもひょっこり帰ってきたら、困惑するわ」

「あまり心配してもキリがないですよ。とりあえず、僕たちが会うのに尼崎の自宅はやめましょう」

京橋で同僚が見かけたという話は翔一の作り話だ。それを出してみて、美江の反応をうかがうのが目的だ。

「それなら、翔一君のワンルームマンションに行きたいわ。前から望んでいるのに、一度も叶《かな》えてくれないじゃないの」

「僕のところは狭いし、散らかっています。それにシャワーしか備わっていないと説明したでしょ」

「シャワーだけでもいいのよ」

「よくないですよ。そんなことより、先月分のお手当てをまだいただいておりません。お願いしますよ」

「電話で請求されたから、ちゃんと持ってきたわよ。しつこく言わないで。興ざめするわ」

9

「安治川さん。たびたび、すみません……本当にすみません。でも安治川さんに相談するしか手立ては見つからなくて……」

上尾浩子がまた電話をかけてきた。申し訳ないという気持ちが電話越しに伝わってくる。

「どないしはりました？」

「大阪城公園のムラオサさんが公衆電話を使って私のところに連絡をくださいました。何かあったならと、こちらの番号をお伝えしておいたので」

そのことは聞いていた。

「兄の姿が見えないそうなのです。一日や二日なら、みなさんそういうこともあるのでしょうが、もう一週間も姿を見せていないのです。兄がいつも持ち歩いているハンドキャリーカートは、置いたままだということです。寝袋や生活道具をそこにまとめて、いつでも移動できるようにしているのが、ムラオサさんのグループのルールだそうです」

移動可能ということにしておけば、段ボールなどで小屋のような住まいを作るのではないから、目立たないし、取り締まられにくいということなのだろう。

「寝袋や生活道具を置いたままにしてあるのは不自然だし、兄の性格ならグループを離脱して出ていくのなら、ムラオサさんや他のメンバーたちにきちんと挨拶をしていくはずだと言うんです。私も、兄はそういう律儀《りちぎ》な人間だと思います。私が渡した十五万円も、みんなで平等に分けたそうです。だからそんなに所持金も持っていません」

「なんぞ手がかりはあらしませんのか」

「ムラオサさんは、仲間に聞いてみたが誰も何も知らないとおっしゃっています。安治川さん。まことに申しわけありませんが、もう一度お力を貸していただけませんでしょうか」

「行方を探すということですか」

「はい、もしかして大阪城のお堀に落ちたりしていないかと心配です」

「慣れた庭のようなもんですさかいに、そういうことは考えにくいですやろ。お酒を飲む習慣もあらへんということでしたし」

「でも、私の力では探しようがありません」

「ムラオサはんは、再雇用とはいえ警察官であるわしが入ってくることを避けたがってました」

だから上尾浩子は一人でムラオサと会ったのだ。

「そのこともムラオサさんと話しました。『悪い予感がするから、人捜しの名人に来てもらうしかない。こっちから頼める立場にないのはわかっているが』とムラオサさんはおっしゃっていました」

「名人やあらしませんけど、それなら行方不明者届を出してもろうたら、動けそうです」

上尾浩子から、所轄署である中央署に行方不明者届を提出してもらった。写真がラーメン店勤務のときのものしかなかったが、ここはやむを得なかった。中央署から送付を受けて、安治川は上尾浩子とともに大阪城公園に足を運んだ。

ムラオサは、安治川のイメージと少し違っていた。剛直さはなく、華奢《きゃしゃ》なほど細身で小柄な白髪頭《しらがあたま》の老人であった。反対運動の先頭を切って戦ったという闘士像とはかなり離れていた。腰も少し曲がっていた。

「まだ行方は摑《つか》めとらんのじゃが、一つ情報があった。われわれにはいろんなかたが温かい手を差し伸べてくれるのじゃが、そういうかたの一人で、ときどきタオルやティッシュペーパーなどの日用品を差し入れてくれる牧師さんがおる。宗教の勧誘とかはいっさいなくて、あくまでも篤志《とくし》じゃよ。その牧師さんが、森ノ宮の教会の近くで小嶋清彦君を見かけたというのじゃよ。それが意外にも女連れだったと」

「ほう」

「牧師さんが目撃した夜以降、清彦君を見た仲間はおらんのじゃ」

「それは、いつのことですか？」

「十日ほど前の大雨の降った夜じゃよ。稲光《いなびかり》もあって、それに照らし出されたときに牧師さんは清彦君とすれ違い、清彦君のほうから会釈《えしゃく》を送ってきたということだから、彼に間違いない」

「荷物は置いてあったのですか」

「そうじゃよ。われわれはだいたいねぐらが決まっておる。清彦君はいつもはケヤキの大樹の陰に寝袋を敷くが、大雨のときは野外音楽堂の軒下《のきした》を借りる。そこに荷物が置きっぱなしになっておった。そのままでは一般の公園利用者に迷惑になりかねないので、やはり野外音楽堂を寝所にしている仲間がここまで引っ張ってきてくれた」

ムラオサは皺《しわ》が目立つ手で指差した。釣り人やキャンプをする者が荷物を載せて運ぶハンドキャリーカートが置かれてあった。鮮魚店などが使う発泡スチロールの箱が三つ重ねられている。

「清彦君はいつもコウモリ傘を背骨のように縦に入れておるが、それがないんじゃよ。野外音楽堂の下に荷物を置いて、戻ってくるつもりで傘だけ持って出かけていったと思われるが、出かけたところを見た者はいない」

「発泡スチロールの箱を開けてみてもよろしいですやろか」

「かまわんよ」

三つの箱はきちんと整理されていた。一つめには寝袋やビニールシートやコップなど、二つめには衣服やタオル類、三つめには爪切りや日常的薬品などが入っている。使用頻度《ひんど》順に上の箱になっているようだ。三つめの箱の底にはポリエチレン袋に入った高校の卒業アルバムがあった。そして卒業アルバムとともに表紙が折れた女性雑誌があった。小嶋清彦を知っていたあいりん地区の老人が言っていたゴミ箱に捨てられていた女性雑誌がこれだったかもしれない。

ムラオサは衣類を手に取って見ていった。

「われわれはそんなに服を持っておらん。清彦君は夏服と冬服のほか、少しだけマシな上っ張りだけじゃった。その上っ張りがないのう。仲間のささやかなお誕生会やボランティアの人たちとの交流会といったときに着ておったがのう」

「どないな上っ張りですやろか」

失踪時の服装は、手がかりになることがある。

「ブレザーじゃよ。色は濃い紺で、薄いブルーのチェックが入っておった。ゴミとして捨ててあったものじゃと言うておったな。ええもんでも流行遅れになったら廃棄されてしまうもったいないご時世じゃよ」

「高校の卒業アルバムを大事に持ってはったようですね。中学校や小学校のものは見あたりません」

「そのことは聞いたことがなかったが、ええ思い出が高校時代にあったんやないかのう」

「そうでしょうね」

ポリエチレンの袋で丁寧《ていねい》に入れられていたのだ。

安治川はその足で、目撃したという牧師の小さな教会を訪ねた。

「はい。ときおり雷が混じる雨の夜でした。ミサのあった日ですから、九月十七日です。時間は夜の九時ごろでしたね。このすぐ近くで、小嶋清彦さんとすれ違いました。向こうから先に見つけてくれて会釈をしてくれました」

「女性連れやったのですね」

「ええ。赤い傘に白いスカートの女性がすぐそばにいて、とても意外でした。ムラオサさんのグループのかたはほとんど異性に縁のないかたたちばかりです。別にメンバーになる条件があるわけでもないのでしょうが、結婚歴があったかたもあまりいらっしゃらないと聞いています」

「どないな感じの女性でしたか」

「赤い傘で隠すようにしておられたので、顔はまったくわからないです。小嶋さんは小柄な体格ですが、女性も同じくらいの身長でしたね。少し小太りだったと思います」

「ボランティアの人やったということは、あらしませんか」

「ボランティアのかたたちはみなさん顔見知りです。小嶋さんが会釈をしてきたのに、挨拶もしてこないということはありえません。それにあまり派手な格好をする女性はいません」

「年齢はいくつくらいに見えましたやろか」

「顔を見ていないのでわからないですが、若そうでしたよ」

　そのころ新月良美《しんげつよしみ》と芝《しば》室長は、小嶋清彦の写真を手に教会周辺での聞き込みをしていた。行方不明者届の送付を受けたのだから、もはや安治川が個人的に頼まれた案件ではなく、消息対応室の仕事になった。

　大阪城公園の東端は大阪環状線に接する。環状線の東側は城東《じょうとう》区になる。教会は城東区に入ったばかりの位置にある。環状線を過ぎているのだから、環状線に乗っていないことだけは確かである。

「大雨の夜に、いったいどこに向かったのだろうか」

芝は首をひねる。

「城東区には環状線以外にも鉄道路線が多く走っていますよね」

ＪＲの東西線、地下鉄の長堀鶴見緑地線《ながほりつるみりょくちせん》、中央線、今里筋線《いまざとすじせん》、そして京阪《けいはん》本線とアクセスが多彩な区だ。

「鉄道に乗ったとは限らない。車かもしれないし、このあたりに逗留《とうりゅう》している可能性だってある」

「いっしょに行動しているのだから、以前から知り合いの女性なんでしょうね」

「普通はそうだろうな」

二人はさらに範囲を拡げたが、収穫は得られなかった。

「このあたりの交番を回って頼んでみよう。小嶋さんの写真のコピーを渡して、もし巡回中に見かけたなら連絡してもらおう。彼は紺色のブレザーを着ていたと思われるが、逗留していたなら新しい服をもらっているかもしれないから、あまり服装は強調しないほうがよさそうだ」

三つめの交番で、意外なことがわかった。

「この男性なら、本官は職務質問をした記憶があります」

若い巡査が写真を見ながらそう答えた。

「詳しく話してもらえるかな」

「はい。二ヵ月くらい前でした。中浜南公園《なかはなみなみ》のすぐ近くでした。付近の女性住民がやってきて『小柄な中年男性が、平日の昼間から何も持たずにウロウロしている。目撃したのはきょうで三度目だが、いつも同じ服装で髪もボサボサだ。気味が悪いので何とかしてほしい』と言われました。すぐに向かったところ、風体《ふうてい》が似ていた男がいたので声をかけました。彼はびくりとしながら『散策をしています』と答えました。『住所はどこですか。お仕事は？』と尋ねると、『どうしてそんな質問をするんですか』と逆に訊いてきたので『付近の住民からウロついている人物がいるので気になる、という声が寄せられました』と伝えました。彼は表情を曇らせて『怪しい者ではありません。中央区のほうから散策をしに来ました。仕事はフリーです』と答えながら足早に去りました。それ以上追いかけることも適切ではないので、そのあと何日か巡回のたびに寄ってみましたが、もう姿を見かけることはありませんでした。住民からの苦情も今はありません」

「男の服装を覚えていますか」

「ええ。紺色のブレザーに黒ズボンでした。通報した女性から聞いたのと同じでした。空き巣の下見をしている場合は、あまり同じ服は着ませんよね。目立つことを避けようとしますから」

芝たちは、交番に男のことを話した付近の住民女性にも会った。一戸建ての住宅が立ち並ぶ一角にある小さな洋品店を営む六十代くらいの愛想のいい女性であった。

「ずっとここで育ってきて、今年は自治会の役員もしているので、地元のことが気になるんです。見かけない男がウロウロしていたので、交番のお巡りさんに声をかけにいきました」

「この男性ですね？」

「ええ。こんなに若くはないけど」

「以前の写真しかありませんので。それで、三回見かけられたということですけど、同じ場所でしたか」

「そうよ。ほとんど同じ場所だった」

女性は、芝たちを案内してくれた。ごく普通の住宅街だ。一戸建てが並び、住宅以外では歯科医院と小さな家電店があるだけだ。すぐ南が中浜南公園だ。隠れた桜の名所とされているが、二ヵ月前は桜が咲く時期ではない。

「どんな感じでしたか」

「公園の樹木に背をもたせかけて立っていたり、道を行ったり来たりで、とにかく何をしているという様子でもなかったです。外見からしてホームレスの人が中浜南公園に棲《す》み着こうとしているのかもしれないとも思いました。偏見はないつもりだけど、子供たちの遊び場にそういう人が居つくのはよくないでしょ。それで交番のお巡りさんにお願いしたんですよ」

「それ以降は、見かけておられないのですね」

「ええ。一度もないです。お巡りさんに声を掛けられて、タジタジしていたから、気が小さい男だったかもしれないわね」

「この男性が女性と二人連れで歩いているところを、別の人が見かけているのですけど」

「そうなんですか。私が見た三回は、いつも一人だったわよ」

10

安治川は、小嶋清彦が大事に持っていた卒業アルバムの高校へと足を運んだ。高槻《たかつき》市内にある公立高校だった。隣接する茨木《いばらき》市内の施設から、彼は自転車で通学していた。

二年生のときに担任したという国語教師が、教頭として勤続していた。

「口数の少ないおとなしい生徒でしたね。遅刻や欠席はあまりなくて掃除当番をサボるようなこともなかったです。成績は正直なところ平均より下位でしたが留年が危ぶまれるという程度ではなかったです。クラブ活動は何もしていません。高校を卒業したなら施設を出なくてはいけないので、朝夕の新聞配達を頑張っていると言っていましたね。あとはあまり印象に残っていないです」

「親しかったクラスメートはんを教えてもらえますか」

「さっきも申しましたように、あまり印象に残っていないので、友人関係もよく覚えていないですな」

「よう思い出してくださいな。誰も友だちがおらへんということは、まずないですやろ。以前のことなんで恐縮ですけど、担任はんやったならなんぞ記憶はあるんとちゃいますか」

「待ってくださいな」

教頭は立ち上がると脇机のところに行き、古い手帳を取り出して、唾《つば》を付けて繰り始めた。安治川はじっと待った。

「あまり自信はないのですが、わりと仲が良かった男子生徒が隣のクラスに一人いたように思います。年のせいか名前が浮かんでこないのですが」

「どの生徒はんですか」

卒業アルバムを差し出す。教頭はここでも唾を付けて繰ろうとしたので安治川は止めた。小嶋清彦が大事に保管していた彼のアルバムなのだ。

「たしか……この西本《にしもと》という男の子です」

「連絡先と住所を教えてもらえませんか」

「卒業時のものですから、現在はどうなのかわかりませんよ」

「かましません」

過去の住所がわかれば、住民票などから辿る方法もある。

「もう少し待っていてください。学籍簿を見てきます」

教頭はようやく本気モードになってくれた。

聞き出した西本という同級生に電話をしてみる。高槻市の実家の母親が出てくれて、今は京都市内のショッピングモールに勤務しており、結婚して京都在住だという。勤務先を聞いて、安治川は阪急電車高槻市駅から京都に向かった。

「小嶋清彦か。なつかしい名前だな」

西本は勤務先のショッピングモールのフードコートで会ってくれた。

「高校を出てからは彼がラーメン屋にいたときに二回食べに行って、それからはすっかり御無沙汰ですね。あのう、小嶋が何かやったんですか」

「いいえ、せやないんです。妹はんから行方不明者届が出てまして探してますのや」

「そうでしたか。全然会ってもいないし、連絡も取っていないので、消息は知らないんですよ。わざわざ京都まで来てくださったのに申し訳ないですが」

「それはかまわんのです。高校時代のことが訊きとうて来たんですさかいに」

安治川は、高校の卒業アルバムをテーブルの上に出した。

「これもなつかしいですね。小嶋とは一年生のとき同じクラスで、二年生と三年生は隣のクラスでした。二人とも就職コースだったので、授業ではよくいっしょになりました」

「実は、小嶋はんはこの高校の卒業アルバムをとても大事に保管してはりましたのや。小学校や中学校のものは見当たりませんでした。やはり高校時代に大切にしたい何かがあったんやないか、と思うとります」

「そうですか」

西本は両手を頭の後ろに置きながら、フードコートの天井を見上げた。

「もしかしたら、本当にもしかしたらですけど、マドンナのことが良い思い出だったのかもしれません」

「マドンナ？」

「僕たちは勝手にそう呼んでいました。やはり一年生のときに同じクラスだった女子生徒です」

西本は卒業アルバムを少し繰った。

「この子です。高岡《たかおか》三紗子……美人さんでしょう」

西本はアルバムに触れないように、少し指を浮かして示した。後列のひときわ長身の女子生徒だった。長い黒髪をリボンで結《ゆ》わえ、白い肌に、大きな瞳、通った鼻筋、愛らしい唇と、美人の要素をすべて兼ね備えている。

「卒業して、ファッションモデルになりました。雑誌などで何度か見かけたことがありました。僕たちの学年一、いえ学校一の美人で、彼女のことを知らない男子生徒は一人も居なかったです」

「もしかして」

安治川は、卒業アルバムとともにポリエチレン袋に入っていた表紙の折れた女性雑誌を取り出した。捲《めく》っていくと、その中に西本が指差した高岡三紗子によく似た女性が写っていた頁《ページ》があった。〝あのモデルさんは今〟というコーナーで、卒業アルバムよりずっと大人っぽくなった彼女が写っていた。名前は、瑠璃《るり》きららというおそらくモデル時代の芸名が使われていた。彼女は結婚して医師夫人として暮らしているが、今でもモデルをしていたときのことが懐かしく思い出され、同期のモデルが女優に転身して活躍する姿を見て応援しているといったインタビュー記事が載せられ、大阪城天守閣を背景にした近影も出ていた。

「高岡三紗子さんは、わが校の男子生徒全員の憧れの的でしたけど、小嶋清彦は大奇跡を起こしたのですよ」

「大奇跡？」

「二ヵ月ほどの短い期間でしたけど、小嶋はマドンナとつき合ったんですよ。それもマドンナから告白されて」

「え、ほんまでっか」

思わず安治川はそう反応した。写真で見る限りだが、小嶋清彦は小柄で、顔立ちも男前のほうではない。目も鼻も口も小さい以外の特徴はない。

「誰よりも驚いたのは、小嶋清彦本人でしょう。一年生のとき、彼はクラスの他の男子生徒ほぼ全員と同じように、マドンナに片思いでした。でも自分に自信がなくて、教室の隅っこからただ見ているだけでした。この僕もそうでしたが、勉強もできず、スポーツも不得手で、イケメンでも何でもないんですからね。しかも小嶋はマドンナよりも身長が低いんです。別のクラスの男子や上級生には猛者《もさ》がいて、マドンナに告白をして交際を申し込んでいましたが、誰も思いを遂《と》げられませんでした。それがですよ。二年生になって小嶋と別のクラスになったマドンナのほうから『実はお願いがあるんですけど、高槻城跡公園に来てもらえませんか』と言ってきたんです。小嶋は『新聞配達があるからそのあとにしてほしい』と野暮《やぼ》ったい返事をしたんですけど、マドンナは了解してくれたそうです。小嶋は僕に『一対一だと震えてしまうだろうから、付いてきてほしい』と頼んできました。僕は『アホか』と答えました。せっかくの大チャンスに付き添いがいたんでは、どうしようもないですよね。小嶋は『めちゃくちゃ緊張して、何をしゃべったらいいかわからなくなりそうだ。教えてくれ』と言うのですが、僕だってそんなことわかりません。『とにかく行ってこい。玉砕《ぎょくさい》してきたらいいじゃないか』と送り出しました。あとから聞いたのですが、小嶋は『頭痛が激しくてどうしようもないので』と新聞店に休ませてほしいと電話を入れたあと、神社を三つも回って願掛けをしたあと、高槻城跡公園に向かったそうです。マドンナは先に来て待っていて、『遊具コーナーに行ってブランコをしましょう』と提案してきたそうです。小嶋は求められるまま子供たちに混じってブランコを漕《こ》いで、そのあと滑《すべ》り台やターザンロープもしたということです。あの公園は遊具が充実しています。それから二人は梅林のある区画に行って腰を下ろし、マドンナは『ずっと小嶋君のことが気になっていました。きょうのような感じでいいのでお付き合いをしてもらえませんか』と告白してきて、小嶋は気を失いそうになりながら『僕でよければ』と答えたそうです」

「えらいうまいこといきましたんやな」

「僕も結果を聞いて、びっくりしましたよ。それからは毎日、マドンナは小嶋といっしょに下校して、新聞配達店の前まで行って『頑張ってね』と送り出しました。そのままバイバイということもあったけど、マドンナはいったん帰宅して着替えてきて、新聞配達を終えた小嶋とともにファーストフード店に行ったり、ときにはいっしょに映画を見たりカラオケやボウリングをすることもあったそうです。生徒たちの間でたちまち噂が広がりました」

「せやったんですか。現在は教頭をしている担任の先生はそういうことは何も言いませんでしたな。新聞配達のことは聞きましたけど」

「あの先生は、生徒の交際になんか関心は持ちませんよ。成績とか非行とかは気にしますが」

　西本は卒業アルバムをもう一度見た。

「やはり、マドンナと小嶋とでは不釣り合い過ぎますよね。小嶋は、かつてマドンナにあっさりフラれた猛者からイジメを受けたこともありました。体育館の裏に連れていかれて股間に蹴りを入れられたんです。でも別れたのはそんなことが原因ではなくて、マドンナが突然に『自分からコクっておいて勝手なのはわかっていますが、解消してください』と頭を下げてきたからなのです。始まりも終わりも唐突ですね。マドンナは『この二ヵ月は本当に楽しかったです。別に他に好きな人ができたわけでもないんです。これから卒業まで、きっと誰ともつきあわないと思います。小嶋君には本当に感謝しています』と言ったそうです。小嶋は『考え直してくれないか』とやっとの思いで口にしました。そうしたら、『高校を卒業したら、まずはモデルになって、そのあと芸能界をめざしたいのです。そうなったら、恋愛禁止だろうし、過去にもあまり恋愛歴はないほうがいいんです。わかってくださいな』とマドンナは答えました。小嶋としてはどうしようもありませんでした。夢のような時間は二ヵ月間だけで終わったけど、校内の男子の誰もが果たせなかったことが実現できたという誇りは小嶋に残りました。そのあと、マドンナとつき合えた男子生徒はいませんでした」

「それで、この卒業アルバムを大事に持っていたんですな」

高校卒業後はあまり幸運には恵まれなかったと思われる小嶋にとって、その二ヵ月は忘れがたい楽しい輝きの期間であっただろう。

「そうだと思います。それしか考えられません」

最小限の荷物のみを持って移動生活をしながらも、嵩張《かさば》る卒業アルバムや女性雑誌を離そうとはしなかった。その宝物を、彼は置いたまま失踪した。自発的な蒸発とは捉えにくい。

「このマドンナはんは、小嶋はんよりも背が高かったんですな」

「ええ。十五センチほど小嶋のほうが低かったです」

仮に、小嶋清彦が何らかの形でマドンナと再会して、彼女が来てほしいと頼んだなら小嶋は何を置いても同行したのではないか。

しかし、牧師が雨の中で見かけた赤い傘の女性は、そこまで高身長ではなかった。

「マドンナはモデルになったものの、芸能界に入ったという話は聞かなかったです。入ったかもしれませんが、活躍はできていないと思います。テレビで見かけたことはなかったですし、そういう噂も耳にしませんでした。ミス何とかに選ばれたという話は、聞いたことがありましたけど」

「彼女の友人の連絡先を教えてもらえませんやろか」

「いやあ、僕は高校時代は本当に女子と関わりがなくって、マドンナが女子の誰と仲が良かったかはくわしくは知らないです。それに連絡先交換をした女子自体もいないです。あ、でも、待ってください。えっとマドンナの部活は、服飾デザイン部でしたかね」

西本は卒業アルバムの巻末近くにある部活別の集合写真を見ていった。

「やはり服飾デザイン部でしたね。このマドンナの隣に写っている女子生徒は、高槻の駅前商店街にある漬物屋《つけものや》の娘さんです。もう結婚して遠くで暮らしているかもしれませんが、実家はまだ店をやっているはずです」

「店の名前はわかりますか」

「ええ」

京都まで来た甲斐《かい》はあった。マドンナの存在が小嶋清彦の失踪に関わっている可能性はあった。

もう一度、高槻の高校に立ち寄り、マドンナこと高岡三紗子の卒業時の住所を聞く。芝から府警本部を通してもらえば、転居していたとしても市役所の住民票除票や戸籍附票から現在の住所も摑める。

商店街の漬物店の長女は、結婚して広島に在住していたが、電話連絡を取ることができた。

「三紗子ちゃんはあれだけのベッピンさんやから、たくさんの男子生徒が言い寄っていたけれど、つき合ったのは小嶋君だけだったはずですよ。あれは、ほんまサプライズでしたね。卒業後はファッションモデルになって、ミスコンでグランプリを獲《と》って、それを勲章《くんしょう》に東京に住まいを移しました。やはり雑誌や芸能は、東京が中心地ですからね。でもそのあとは目覚ましい活躍はなかったと思います。美人だというだけで通用する世界ではなく、運もコネも要りますでしょう。簡単なことではないと思います」

「現在、どこで暮らしてはるか、知らはらしませんか？」

「卒業して十年目の同窓会にも出てこなかったから、くわしいことはわかりません。でも、ちょっと小耳に挟んだのは、医者と婚約をしたということでした。やっぱり美人はトクなのね、とみんなは受け止めていました」

「彼女は身長はどれくらいやったんですか」

「百七十五センチほどありましたね。美人なうえに、八頭身のスタイルで脚がすらりとして長かったです。モデルとしては、鬼に金棒ですよね。バスケット部やバレー部が何度も勧誘したけれど、彼女は『汗をかくのが嫌いです』と断っていました」

## 11

戸籍関係を取得できたことで、高岡三紗子の現在のことがわかった。彼女は二十九歳のときに、五歳年上の宝田謙二《けんじ》と結婚していた。そして箕面《みのお》市に転居したあと、現在は城東区の中浜南公園から近い場所にある一軒家に住んでいた。

「受け持ち区域の交番に照会して、巡回連絡簿で確認してもらったよ。宝田謙二は大阪市内の病院の勤務医だ。宝田夫妻には子供はいない。妻の宝田三紗子は専業主婦のようだ」

消息対応室の部屋で、芝が安治川と良美にそう伝えた。

「つながりましたね」

良美は大きくうなずいた。小嶋清彦は、何らかの機会にマドンナこと現姓・宝田三紗子の姿を見かけたのだろう。そして住居も突き止めて、彼女の姿を見ようと公園の近くをウロついていて、不審者として近隣住民に通報された可能性が出てきた。

「小嶋清彦はんにとっては、青春時代のものすごいええ思い出やったはずです。そのあとの人生があんまし恵まれへんかっただけに、よけいに煌《きら》めいていたんですやろ」

あいりん地区から大阪城公園に移ったのは、女性雑誌で大阪城公園を背景にした三紗子の近況写真と記事を読んだからだろう。彼はホームレス仲間に、拾った雑誌の中から「凄いものを見つけた」と目を輝かせていたということだった。

「そのことは事実だろう。問題は、小嶋清彦さんの失踪に、宝田三紗子さんが関わっているかどうかだ。そしてもし関わっているのなら、どう関わっているかだ。大雨の夜に、小嶋さんを連れ出した女性は、三紗子さんではないんだな?」

「身長がちゃいます。目撃者の牧師はんに確認を取りましたけど、小嶋はんと同じくらいの背丈《せたけ》やったということです」

身長の偽装はできない。

「その夜から、小嶋さんは消息を絶っているわけだ。ポイントになりそうな女性だ」

「ムラオサさんのグループは、その女性を誰か目撃していないのでしょうか。夜間に女性一人は目立ちそうです」

良美が言葉を挟んだ。

「わしもそれは同感なので、確かめようと思うてる。彼女が小嶋はんの居場所を知るのも簡単やないはずや」

「私には他にも調べたいことがある。家の近くをウロつかれていたことを宝田三紗子さんは知っていたのかどうか、知っていたらどう受け止めていたかだ」


安治川はムラオサを訪ねた。

「そうじゃな。わしらは野猿のように森の中にひっそりと住んでおる。おなごが一人で来るような場所ではない。しかしアベックは別じゃよ。無料のモーテルのようなつもりなのか、大胆にイチャイチャしておるのが、けっこう来るんじゃよ」

「自分たちのねぐらのそばでそういうことになったら、どないしはるのですか」

「そっと移動する。ノゾキと誤解されとうはないからな。アベックのあとを音もなく付いてくる本物のノゾキもおるんじゃよ。そういうのと一緒にされるのはかなわん」

「小嶋清彦はんがカップルとトラブルになったことがありましたが、そのときのことを目撃しはったお仲間に話を訊《き》かせてもらえませんやろか」

「何が訊きたいんじゃ？」

「どんなカップルやったのか、情報がほしいんです」

「暗闇の中じゃから、たぶんようわからんよ」

「それでもええんです。それから別の質問ですが、主にどこをねぐらにしているのか、部外者でもわかるんですか」

「簡単にはわからんさ。わしらは小屋を建てたりテントを張ったりはせんからな」

芝と良美は、宝田三紗子の家を訪ねた。

豪邸というほどではないが七十坪ほどの敷地だ。二人暮らしなら十二分の広さだろう。茶色を基調にしているのであまり目立たないが、高価そうな外壁建材が使われている。

「どちらさまですか」

上品そうな女声が玄関のインターホンから返ってきた。

「府警生活安全部の芝と申します。宝田三紗子さんでしょうか」

インターホンにはカメラが付いているので、芝は警察バッジを示す。

「そうですが、ご用件は？」

「失踪人関係のことでお話があります。女性警察官も同席します。少しだけお時間をください」

芝の横から良美がちょこんと頭を下げてみせる。

「急に来られましても……あの、少しお待ちいただいていいですか」

「ええ。かまいません」

五分ほどして、三紗子が玄関扉を開けて姿を見せた。卒業アルバムの写真のような弾《はじ》けんばかりの若さはないが、凛《りん》とした美しさは保てている。四十六歳ということだが、三十代でも充分に通用する。背が高くてすらりとしている。子供を産んでいないということもあるだろうが、今でもモデルが務まりそうだ。待たせている間に着替えたのだろうか、水玉模様のワンピースがよく似合う。

「お二人だけですか」

「ええ」

「立ち話もなんですから、中へどうぞ」

芝たちは三和土《たたき》で靴を脱いで、すぐ横にある応接間に入れてもらった。棚の上に飾り皿が並んでいる。有田焼《ありたやき》であろうか。壁にはヨーロッパの街角《まちかど》と思われる風景が描かれたテンペラ画が掛かっている。どれも高額そうだ。

「いきなり訪問して申しわけありません」

芝は頭を下げる。

「いえ、それでどういったご用件でしょうか？」

応接室の扉の向こうでカタカタと物音がした。

「猫ちゃんですのよ。気になさらないで、用件をお話しください」

「私たちは、行方不明のかたたちの消息に関する仕事をしております。それで、宝田三紗子さんは高校一年生のときに同じクラスだった小嶋清彦さんをご記憶ですよね」

「ええ、まあ」

三紗子はほどんど表情を変えない。

「小嶋清彦さんの行方不明者届が妹さんから出されました」

芝の横から、良美が行方不明者届のコピーを見せる。

三紗子は細い指でコピーを取り上げる。芝たちが何か言い出すまで待っている様子だ。

「彼とは単なるクラスメートだったのですか」

「いえ、短い間ですが、お付き合いをしていました。お付き合いといっても、カフェでお茶を飲んだり、映画やカラオケに行く程度でしたが」

「高校を卒業してから、お会いになったことはありますか」

「それはありません。わたくしは東京で仕事をしていたこともあって、同窓会にも顔を出しませんでしたから」

「最近はどうなのですか。お会いになっていませんか」

「最近？　もちろんありません」

「実は、この近くで小嶋清彦さんと思われる男性を目撃したかたがいらっしゃるんですよ」

「わたくしは存じ上げません」

表情はやはり変わらない。

「話は変わりますが、行きつけの美容室や歯科医院はどちらになりますか」

「美容室は梅田のほうです。もう十年来そこに通っています。歯科医院はこの近くに主人の知り合いが開業していますので」

「中浜南公園の前ですか」

「ええ」

三紗子の目がかすかに揺れた。

「美容院や歯科医院をなぜお訊きになるのですか」

「小嶋清彦さんは歯科医院の近くで目撃されていますので」

「そうでしたか。でも、わたくしには関係ありませんわ」

「何か心当たりはないでしょうか」

「ありません。あの、そろそろお引き取り願えませんか。わたくしは用事があります」

「わかりました。もしも、あくまでも仮定の話ですが、小嶋清彦さんを見かけられたら、こちらに電話をいただけませんか。お手数ですが」

芝は、消息対応室の電話番号を書いた紙を手渡した。

「そういたします。小嶋君は、何か罪を犯したのですか」

「いえ、そうではありません。先ほども申し上げましたように、われわれは行方不明者のかたたちに関する仕事をしております。小嶋さんが犯罪者だからその行方を追っているというわけではないのです。誤解なさらないでください」

「そうですか。承知しました」

芝と良美は、宝田邸をあとにした。

そして少し先の民家の塀《へい》の陰で、しばらく待つことにした。もし三紗子が家を出てきたなら、その様子がここなら摑める。

「タバコの匂いがしたな」

「はい」

「あとで歯科医院に寄って彼女がどのくらいの頻度で通っているのかを訊くとともに、

喫煙習慣があるのかどうかを確認しよう。歯科医ならわかるだろう」

「それと物音ですね。猫ちゃんにしては大きすぎます」

「誰かがいて、こちらが応接室に入っている間に逃げたな」

「それなのに、ポーカーフェイスは見事でしたね。モデル時代に表情を変えないことを訓練させられたのでしょうか」

「そうかもしれんな」

　しばらく待ったが動きはなかった。周辺には防犯カメラはなく、そこから宝田邸の出入りを把握《はあく》することはできなかった。

「近隣で聞き込みますか」

「まだ早いな。慎重に進めたほうがいい。近所と仲が良ければ、宝田三紗子に伝わってしまう。いったん戻って策を練《ね》ろう。安治川さんもそろそろ帰ってきている頃だ」

## 12

　消息対応室に三人が集まった。

「安治川さん。小嶋清彦はタバコは吸わなかったな」

「ええ。彼と会うてきた妹はんは『お酒もタバコもやらないので、お金を使うこともほとんどないということです』と言うてました」

「小嶋清彦が宝田家に匿《かくま》われている可能性は低そうだな。三紗子が一人暮らしならともかく、監禁されていることも考えにくい」

三紗子は虫歯が見つかり、歯科医院に頻繁に通っていた時期があった。交番警官が小嶋清彦を見かけて職務質問したのもその頃だった。歯科医によると、三紗子は喫煙者ではないということだった。

「小嶋さんが最後に目撃された大雨の日から、もう二週間ほど経っていますね。なんだか心配になってきます。ハンドキャリーカートは置いたままになっていたということですから、すぐに戻ってくる予定だったと考えられます」

良美は、上尾浩子が提出した行方不明者届のコピーを手にした。行方不明者の住所の欄に〝大阪城公園内〟と書いているところに、浩子の苦心が見て取れる。

「小屋すらも持たないホームレスが一人居なくなっても、世間はあまり関心を寄せませんよね。なんだかせつないです」

「あんまし考えとうないんですけど、行路死者《こうろししゃ》などの可能性はおませんやろか」

もしも小嶋清彦がいわゆる行き倒れで死亡していたとして、身分がわかるものを所持していなければ身元不明死者となる。

「府警本部に照会はかけておいた。身元不明の交通事故死なら交通部、行路死者なら生活安全部、殺人被害者や不自然死なら刑事部と縦割りだが、ここ三週間の範囲で、身元がわからない交通事故死者や殺人被害者や不自然死は府警管内では出ていない」

　ＦＡＸが受信を告げた。

「おっと、噂をすれば、だな」

　芝はＦＡＸ紙を取り上げた。

「生活安全部からだ。身元が判明していない行路死者は出ていない。救急搬送された行路病者で、保険証がなくて身元もわからない者も、ここ三週間はいないということだ」

「うちは、やはり宝田三紗子さんの存在が気になります。そもそもマドンナとして男子生徒の憧れの的であったほどの美人が、平凡で目立たなかった小嶋さんに自分から告白したということ自体が、どうしてなのかと思ってしまいます」

「蓼《たで》食う虫も好き好きという言葉があるじゃないか」

「でも、なんかおかしいです。そして約二ヵ月で終わっているんですから」

「わしも高卒の人間やが、高校時代の輝きは一生モノなんや。もっともわしの場合は華やかな色恋やのうて、泥と汗にまみれたラグビーの思い出やが、公式戦で強豪校相手に劇的な逆転勝利を遂《と》げた試合のことは、ずっと胸の中で金字塔になっておる。小嶋はんにとっても、せやったんやないやろか」

「それが行方不明とどう繋がるか、ですね」

「小嶋はんは、カップルとトラブルを起こしとります。男のほうにのしかかってボコボコに殴ったということです。目撃した仲間にムラオサはんから訊いてもらいましたが、止めに入ろうかどうかを迷っていたので、あまり女のほうは見ていないということでした。暗さもあるさかいにしかたないことです。ただ女はかなりの高身長やったということです。確証はあらしませんけど、女は宝田三紗子はんやったかもしれへんと考えとります」

ムラオサは、男女二人連れで森のほうに入ってきて大胆にイチャイチャしていることは、けっこうあると話していた。ラブホテルに入る金がないというカップルもいるだろうが、野外のほうが非日常で興奮するというカップルもいるかもしれない。

そういうときは「そっと移動する」とムラオサは言っていた。しかし、知っている女性、それも過去に大きな思い出があった女性なら、移動するとは限らない。

「そもそも、あいりん地区のほうを生活圏にしていた小嶋清彦はんは、大阪城公園へと移ってきました。その行動自体が、三紗子はんの近くに居たいからという理由やったと思われます。高校時代の再現という身の程知らずのことやのうて、憧れの彼女をそっと見守りたいという気持ちからのもんやったんではないですやろか」

「無法松《むほうまつ》の一生の令和版というわけか」

芝は腕を組んだ。

「何ですか。無法松の一生って？」

良美が尋ねる。

「美しい未亡人に、忍ぶような思慕《しぼ》を抱き続ける人力車夫の話だよ。何度か映画にもなっている。調べてみたまえ」

「わしの独善かもしれませんけど、男の心にはそういう忠愛の精神のようなものがあるような気がしますのや。チームのため、主君のため、御国のため、と発露《はつろ》はさまざまですけれど」

「それはわかるが、小嶋清彦がそうだと言える証拠はまだないな。小嶋清彦を辿る糸は今のところ、宝田三紗子しかいない。あとは赤い傘の女だ」

「室長たちが訪れたときに宝田邸からそっと出ていったのは、赤い傘の女やということはないですやろか」

「可能性はある。だが私は出ていったのは男だと思っている。あのときの物音は下駄箱を開けたからだという気がする。三和土には、女物の靴が三足ほどあった。男物の靴はなかった。あったならば、怪しまれるから片付けたのだと思う」

「靴のことは、うちもそっと観察しました。女物ばかりでした」

「宝田邸を交替で張ってみようか。幸い近くに塀の高い民家がある。道路幅もあるので、車を駐めて観察することは可能だ」

「そうですね。うちらが訪ねたことで、何か動きがあるかもしれません」

13

「本当に冷や汗だったわ。もっと静かに靴を取り出せなかったの？」

宝田三紗子は、坂下翔一に電話をかけていた。

「ちょっと慌《あわ》ててしまったんですよ。不可抗力です」

「警察はどうして訪ねてきたのかしら？」

「行方不明者として調査に来たというだけのことでしょう。恐れることはありません。行方不明者届が出されたから形式的に少し動いてみたという程度ですよ」

「でも、高校時代のことまで調べていたわ」

「何も気にする必要はありません。三紗子さんは無関係です。ただ、しばらくは僕たちは会わないほうがいいという気がします。警察は張り込みをしている可能性があります」

「電話は大丈夫なの？」

「心配いりません。日本の法律では、暴力団などの組織犯罪に対してしか、盗聴はできません」

「しばらくは会えないのね」

「会うための方法は考えます。電話はいつでもオッケーです」

翔一はそう言って電話を切った。

警察が宝田邸までやって来たのは予想外だった。あの男が、三紗子のことを何かに書き残していたのかもしれない。

少し警察の力を侮《あなど》っていたようだ。しかし三紗子に「何も気にする必要はありません」と言ったことは本音だ。三紗子は不倫はしているが、犯罪はやっていない。アリバイもあるのだ。

もしも三紗子が「もう耐えられない」と泣きを入れてきたなら、惜しくはあるが捨てることにしよう。彼女の家へは何度も行っているが、彼女からこちらに来たことはない。来させないようにしてきたのだ。

三紗子には美貌と経済的余裕がある。しかし、翔一の計画にとってもはや不可欠のピースではないのだ。

## 14

宝田邸を張り込んでみたが、新しい動きはなかった。

夫は月曜から金曜まで勤務をし、当直も多い。ベテランの勤務医にしては多すぎるくらいだ。報酬はかなり多額だろう。

三紗子のほうは、瑠璃きららという名前でインスタグラムをやっていた。ここしばらくは更新はないが、以前のそれを見ると、新しいカフェやランチレストランのメニューを次々と載せ、ブランド物の服や小物を買い、ゴルフやテニスを習い、エステやホットヨガで自分磨きをしていた。夫の経済力を背景に充実したセレブ生活が展開されていた。

けれども、彼女が望んでいたのはこのような消費生活であっただろうか。ファッシヨンモデルとなり、それを足がかりとしてタレント活動をして、芸能界で地位を築く――その夢が果たせなかったことへの口惜しさや無念さが、セレブなキャプションの行間に滲《にじ》んでいるように安治川には思えた。金さえあれば誰だって、豊かな生活をパソコンやスマホの上で発信はできる。しかしテレビやステージの上での、選ばれた華やかなスポットライトを浴びることはできない。

彼女のインスタグラムは、約一年半前から更新の頻度がかなり減っていた。そこで誇示をするよりも充実したものが他に見つかったのかもしれない。

「全然動きがありませんね」

車の中で張り込みをしながら、良美は疲れた声で言った。

スーパーやコンビニへ買いものに出かけたり、美容院や歯科医院に行く程度のことしかしていない。男の出入りはもちろんのこと、男とどこかで会っている気配もない。

「警戒してるんかもしれへんな」

依然《いぜん》として、小嶋清彦の行方は摑めない。上尾浩子からもムラオサからも、消息がわかったという連絡は入らない。

芝がやってきた。次は芝のローテーションだ。安治川は運転席から腰を上げようとしたが、芝は後部座席に乗り込んだ。

「このままでは膠着《こうちゃく》状態だ。しばらく張り込みを休もう」

「油断するまで待ちますか」

「いや、手をこまねいているわけにはいかない。仮に小嶋清彦が監禁されているとしたら、時間が経てば経つほど不利になる」

「大雨の夜に宝田邸に行ったんやのうて、その途中のどこかで車に乗せられた可能性があるのやないですか」

「それは私も考えている。赤い傘の女性がやってきて、『三紗子さんが今すぐ来てほしいと言っています。同行してください』と持ちかけたなら、雨でも向かうだろう」

「これは考えとうないことですけど、小嶋清彦は命を取られてしもうてる可能性もありえへんことやないです」

「それは何のためなのかな。殴られた男性の仕返しか。それともストーカー的につきまとわれることになった三紗子さんがウザいと考えたからか」

「いや、どっちゃも動機としては浅いんやないですやろか。もし命まで奪ったとしたら、もっと他の目的があったと思いますのや」

「他の目的か……」

「室長は、失踪時の行路死者や不自然死を調べてくれはりましたけど、あくまでも大阪府警管内どしたな？」

「これまた縦割りだから、他の四十六都道府県に照会となると、理由や根拠がいる」

「わしらにでけること、いやわしらなればこそでけること、があるんとちゃいますか。もしも他の目的で、小嶋清彦のような身寄りがほとんどあらへん男の死を利用しようとしたのなら」

「ああ、そうか。灯台もと暗しだな。もし他の目的があるとしたら……三人で手分けして調べよう」

「え、何を調べるんですか？」

良美はキョトンとしている。

「全国から出された行方不明者届を調べるんだよ。四十代くらいの男性に絞っていい。あと身長が低いという特徴がある。顔写真はあまりはっきりしていないものを出しているだろう」

行方不明者届は、毎年全国で八万～九万件出されるが、その中には写真が不充分な者も少なくない。平素から疎遠にしている場合は、最近の写真がないのがむしろ通常である。不充分な写真であっても行方不明者届は一応受け付ける。大半は一般行方不明者であり、行路死者が出たときに特徴が似ていれば届出人を呼んで確認させる。それで顔写真の不充分さは補える。

「とりあえずは、ここ三ヵ月以内に出されたものに絞ってええと思います。その中でも、処理済みとなったものに注意を払わなあきませんな」

行路死者で病死であった場合や、他殺ではない事故死や自殺であることが確定したときには、身元確認も終わったなら、事件性がなかったものとして処理がされる。そして戸籍には〝死亡〟が記載される。

「あの、もしかして、これではないでしょうか」

消息対応室に戻った良美がパソコンから顔を上げた。三人で作業を始めて三十分ほどが経っていた。

兵庫県警の尼崎山手署が行方不明者届を受理していた。西十条徳正、四十五歳、元団体職員であった。身長は百六十一センチ、体重は五十二キロ、顔写真は少し不鮮明ではあるが、小嶋清彦とは別人であった。

西十条徳正の行方不明者届は、尼崎山手署によって一般行方不明者に分類されていた。勤務先のほうに退職願が出されているうえに、事務引き継ぎの書類も整えられ、妻に宛てた自筆の書き置きがあり、そこには〝どうか探さないでくれ。すまない〟と記されていたからだ。自発的蒸発であり一般行方不明者とした判断は妥当《だとう》であると思われる。これが府警管轄で仮に消息対応室に送付されていたとしても、同じ結論を出したであろう。

　そして西十条徳正は、尼崎市内の湾岸部にあるビルの屋上から転落死をしていた。兵庫県警は自殺としていた。行方不明者届は役目を果たし、処理済みとなっていた。

「転落死したのは九月十七日、すなわち小嶋清彦が姿を消した大雨の深夜だ。翌朝に、出勤してきたビルの従業員によって遺体が発見されている」

　芝は、パソコンの画面を食い入るように見た。

「これは、調べてみなあきませんな。兵庫県警の判断にケチをつけるつもりはあらしませんけど」

　行方不明者届の末尾には、〝自殺案件につき届出は抹消〟と記されてあるだけだ。詳細までは書かれていない。

「ここは私が行こう。安治川さんは兵庫県警にもネットワークがあるだろうけれど、筋を通さないとトラブルになりかねない」

　警視庁と神奈川県警は犬猿の仲だと言われているが、大阪府警と兵庫県警も似たようなところがある。どちらも大都市の人口を抱え、しかもその生活圏はほぼ一体化している。交通機関や車の普及により、ボーダーレス化はますます進んでいる。とりわけ兵庫県尼崎市は、大阪市西淀川区《にしよどがわ》と隣接し、市外局番も大阪市と同じ〇六だ。

しかし都府県境は旧態依然《きゅうたいいぜん》として存在し、ノンキャリアの警察官が転勤し合うことはない。いい意味では良きライバルと言えるが、下手をすれば手柄《てがら》の取り合いと批判合戦をする間柄になりかねない。

# 15

「どうして大阪府警の生活安全部のかたが、わざわざお越しになるのですかね。しかも消息対応室という部署は聞いたことがありませんな」

転落死体の所轄署であった尼崎港湾署《こうわんしょ》は、刑事課長が直々《じきじき》に応対した。芝が警部ということで、同格の警部が出てきたのかもしれなかった。

「新設のセクションなんです。何しろ大阪府は行方不明者の数がほぼ毎年ワーストワンですから」

「ひったくり件数もそうでしたな」

刑事課長はかすかに皮肉っぽく笑った。

「それで、西十条徳正さんは自殺だったのですね」

「ええ。屋上には勤務先であった法人の代表に宛てられた詫《わ》び状が置かれていました。期することがあって、みなさんとお別れしたい気持ちになりました。これまでありがとうございました。申し訳ありません――といったことが書かれていました。西十条さんの自筆でした。転落したビルはその外郭団体と関わりのあるビルでして、西十条さん自身が尼崎在住で、土地勘もあったと思われます」

「屋上には簡単に上がれるのですか」

「外階段に柵《さく》はありますが、越えようと思えば越えられます。非常階段を兼ねているので、そんなに高くはしていないということでした」

「身元確認は？」

「妻と職場の後輩という複数人が確認をしています」

「自殺の動機は？」

「どうやら、西十条さんは勤務先の裏金を横領して愛人に貢ごうとしていたようなのです。勤務先の法人にとってはスキャンダルなので、告訴や告発はしていないです。職場の後輩がそのことを話しましたので、電話で上司には確認しました。内密にしてくれと要請されました。横領したものの愛人に逃げられて、行き詰まってしまったということでしょう。妻の話によると、旧華族の名門出の男らしいですが、そうなっては形無しですな」

「屋上の足跡や指紋採取などは？」

「あの大雨では流されてしまって無理ですよ」

「遺体解剖はなさっていますか」

「不自然死なので当然していますよ。死因は脳挫傷です。毒物摂取などの痕跡はありませんでした」

尼崎港湾署の判断に瑕疵《かし》はなさそうだった。

「遺体解剖はどちらで？」

「阪神医科大学です。うーむ、何だか不愉快ですな。こちらの捜査に問題があったとでも言いたいのですか」

「いえ、それはありません。もし私が刑事課長さんの立場なら同じ判断をしたと思います」

「だったら、どうして執拗《しつよう》に質問なさるのですか。こちらのことは開示《かいじ》をしているのですから、そちらも胸襟《きょうきん》を開いてもらわないと」

「わかりました」

府県警同士の鍔迫《つばぜ》り合いなど詮《せん》のないことだと芝は思う。市民にとっては、県警とか府警とかはほとんど関係ないのだ。平穏な市民生活が守られ、犯罪がきちんと摘発されることが大切なのだ。以前はそうは考えなかったのだが、安治川の影響かもしれない。

「われわれは、行方不明者届の対象者の消息を追っています。小嶋清彦という四十六歳の男性です。彼は、大雨の夜に女性とともに歩いているところを目撃されたのを最後に、行方がわからなくなっています」

芝は、小嶋清彦のラーメン店勤務時代の写真を取り出した。

「撮影時が若いときのものしかありませんが」

刑事課長はその写真を手にした。

「この私も転落現場に行きましたが、十階建てのビルの高さで、しかも傾斜地に建っていますので、階段になっている側地に転落しているのです。頭から落下して強打していますので、顔面は半壊状態でした。提出されていた西十条徳正さんの写真との照合は完璧にはできていません。しかしです。阪神医科大で簡単な顔面縫合をしてもらったあと、奥さんと後輩という複数人による確認をしてもらっています。顔面が半壊していても、普段から接している人物なら確認は充分に可能な状態でした」

「着ていた服は紺のブレザーでしたか」

「いえ、違いました」

「それで遺書の筆跡照合は？」

「うちの課員が元勤務先まで行って西十条さんが作成した書類を何点か借りてきて、科捜研で行ないました。合致《がっち》という結果を得ました」

「われわれが消息を追っている小嶋清彦さんは、いわゆるホームレスです。独身で、身内と言えるのは異母弟妹だけです。妹さんが、以前にわれわれが関わりましたので、協力を求めてきましてこの行方不明者届を出しましたが、そうでなければ行方不明者届自体が提出されなかったと思います。つまり、われわれ警察が認知しない行方不明者になるところでした」

　年間の行方不明者が八万〜九万人というのはかなり多い数字だが、それらは行方不明者届が出された数字である。行方不明者届が提出されないまま消息がわからなくなった者は統計がないのでわからないが、もしかすると年間で万単位になるかもしれない。単身者世帯は増加傾向にあるから、〝行方不明者届が出されない行方不明者〟も増えていそうだ。そしてその中には、犯罪に巻き込まれながらも、警察が認知できず、ゆえに捜査もなされないというケースが混じっているかもしれないのだ。

芝は、安治川に連絡を取った。

「わかりました。上尾浩子はんを連れて阪神医科大学に行ってみます。小さい頃に浩子はんをかばうて負うた背中のやけどが決め手になってくれるかもしれません」

「ホームレスの人たちを利用した犯罪だとしたら、許しがたい」

芝は携帯電話を握りしめた。

## 16

阪神医科大学では、解剖時に遺体写真を写していた。

「兄です。背中のやけど跡もまだ残っていますし、顔は崩れていますけど、兄に間違いありません。可哀想に……」

上尾浩子は泣き出した。

解剖記録によると、上腹部に鬱血《うっけつ》の跡が見られた。転落前に付いたものなのか、転落時に付いたものかの判別はできないということであった。

もしも転落前のものだとしたなら、胃のあたりを殴打して抵抗力を削《そ》いでから突き落としたという可能性もあった。

安治川はその足で、尼崎港湾署に向かって芝と合流した。

遺体確認に来た妻は西十条美江で、兵庫県警が複数人による確認を求めたので同行してきた職場の後輩は坂下翔一であった。

「大阪城公園から小嶋清彦を連れ出した赤い傘の女は、西十条美江とちゃいますか。坂下翔一という男とカップルを装って、事前に小嶋清彦のねぐらを調べておいたのかもしれまへん」

「その可能性はあるな」

「西十条徳正は自殺して死んだことになっていますけど、ほんまはどこかで生きているのやないですか」

「勤務先での裏金横領というのが気になるな。死んでしまったとなると、もはや行方は追われないし、横領も回収が難しくなる」

「わしは、宝田三紗子がどう絡《から》んでいるかも気になります。単に、小嶋清彦を呼び出すための名前として使われたのか、それともせやないのか」

「われわれだけで動いていくことは、この先はできない。兵庫県警も絡んでいる」

「けど、推理することはでけます。わしらが一番、事情を摑んどります」

# 17

〝西十条徳正〟とされた遺体確認書に記された尼崎市北部の住所に兵庫県警の捜査員が向かった。妻の美江の住所も、当然のことながら同所となっていた。

四十代後半の女性がそこにいた。

「美江さんですね」

「いいえ、私は西十条徳正の従姉妹《いとこ》で竹殿澄子《たけどのすみこ》と申します。『しばらく留守にするのでここを頼みます』と美江さんから電話がありました。そう頼まれても、私も姫路《ひめじ》在住でどうしたらいいか困っているのです。とりあえず飼われているカナリアがいますので、籠ごと引き取ることにしようとここに来たわけです」

竹殿澄子はそう答えた。

「美江さんの行き先は？」

「それが、従兄弟の徳正が勤め先を退職して居なくなったので、行方を探しにいくということでした」

「徳正さんは死亡したことになっています」

「え、そんな……嘘でしょ」

澄子は目をむいて驚いた。

「書類上はそうなっているのです。しかし、われわれは再検討を考えています」

「信じられません」

戸籍を見せられたが、澄子はなおもそう言った。

「立て続けに親族が亡くなるなんて、いったい何かの悪霊の仕業《しわざ》なんでしょうか」

「どういう意味ですか。立て続けとは？」

「本家の大伯父たちが車に乗っていて、ダンプカーと正面衝突して死んでしまったんです」


坂下翔一が勤める法人へは、大阪府警の捜査員が向かった。

だが、坂下は四日前に自主退職していた。

上司は苦い顔で対応した。

「困ったもんですよ。西十条君もそうでしたが、急な辞職は大いに迷惑です。坂下君は西十条君の推薦で入った人間だから居づらくなった気持ちはわからないでもないですが、同じように後足で砂を掛けていくのはどうかと思いますね」

坂下が住んでいた豊中市のワンルームマンションも急きょ退去となっていた。

「安治川さん。どう考える？」

芝は府警本部からの連絡を受けて、安治川に見解を訊いた。

「宝田三紗子のところへは、県警も府警もまだ行ってへんのですか」

「その報告はもらっていない。やはり尼崎で起きた〝小嶋清彦〟を〝西十条徳正〟とした案件に対して、県警も府警も重点を置いているのだろう。自殺ということで処理されたが、他殺かもしれないのだ」

「府警本部の許可をもろたうえで、宝田三紗子のところに行ってみませんか。それと坂下翔一のことをもっと詳しく知りたいですな」

「そうだな」

西十条美江は運転免許を有していたので、免許証から顔写真を得ることができた。坂下翔一は運転免許はなかったが、採用試験時に法人に履歴書を出しており、そこに顔写真が貼られていた。

美江と翔一の写真を持って、安治川はムラオサのところを訪ねた。小嶋清彦が転落死したことは律儀な上尾浩子によってムラオサに伝えられていた。

「よし、引き受けたぞ。このカップルを見かけた仲間がおらんか、至急に声をかけてみよう。清彦君の弔《とむら》い合戦じゃ」

さっそく反応があった。美江と翔一を数回見かけたという仲間が現われた。一度や二度ならよくあることなので関心も持たないが、数回でありしかもあまりイチャついていなかったからかえって不審に思ったということであった。

そのあと安治川は芝と合流して、宝田三紗子の邸宅に向かった。

「坂下翔一の戸籍関係や経歴を調べてみた。家族運のない男だな。シングルマザーの母親に姉とともに育てられたが、その母親は十五歳のときに病死している。その四年後に姉のほうは、東日本大震災で東北旅行中に津波に呑まれてしまった。三陸海岸に遺体も揚がって、弟の坂下翔一が身元確認をしている。そのときの体験があって、今回のことを考えついたのかもしれない。遺族が身元確認をすれば、それで死者が確定する。本当は別人であったとしても」

「姉が亡くなった件も調べてみなあきませんな」

宝田三紗子は、在宅していた。美江や翔一と同じように姿を消している可能性を考えていたが、そうではなかった。

「この男性のことで、話を訊かせてください」

芝は、坂下翔一の写真を見せた。

「鶴見緑地にあるテニススクールのコーチです」

三紗子は警戒しながらもそう答えた。

「私がこちらに来訪したとき、彼はここに居ましたね。そして少し物音を立てて出ていきましたね」

「………」

三紗子は何も答えない。

「あんさんの高校時代の同級生である小嶋清彦はんが亡くなりました。尼崎のビルの屋上からの転落死でした。わしは、彼は殺されたんやと思います」

「えっ」

三紗子は眉を大きく寄せた。だがそれ以上は何も言わない。

「正直申します。府警本部と兵庫県警本部が動いとります。いずれはここにもやって来ますやろ。小嶋清彦はん殺害事件の関係者として」

三紗子は身体をぴくりとさせた。

「そんな……わたくしは警察沙汰になるようなことには関与していません。誓います」

「殺人行為それ自体には関わってはらへんと思います。けど、まったく無関係ということはあらしませんやろ。ほんまのことを言わはったほうがよろしいと思います。大阪城公園でこの坂下翔一とデートをしていて、小嶋清彦はんとトラブルになりましたな？」

「そこまで調べているんですか……でも、あれはこちらが驚きました。たまには野外の公園で、というのも楽しいかなと思って行ったら、いきなり坂下コーチが襲われたのです。もっと驚いたのは、それが小嶋君だったということでした。彼は自分から名乗りました。ケンカになってしまって、わたくしは必死で止めました」

「小嶋はんとはそれまではまったく何も」

「はい、高校卒業以来でした。でも、彼はそうではなかったようです。あの夜の翌日に、この家のインターホンを鳴らしました。もちろん家に上げる気にはなれなくて、小嶋君もそのつもりはないようでインターホン越しの会話になりました。小嶋君は女性雑誌の記事で、わたくしが大阪城の近くに住んでいることを知ったそうです。それから森ノ宮駅や大阪城公園駅の前で、じっとわたくしが通りかかるのを待っていたということです。そして環状線から降りて改札口を出たところを見つけたということです。わたくしのほうはまったく気づいていませんでした。小嶋君はあとを尾《つ》けて、この家を知っていたそうです。それって、怖いですよね」

「どないな対応をしはったんですか」

「もう関係ないんだから帰ってよ、二度と来ないで、とインターホン越しに強く抗議しました」

「それ以降は、インターホンを鳴らすようなことはもちろんのこと、接触は何もなかったんとちゃいますか」

「接触がなくても怖いです。ストーカー行為ですよね」

「彼としては、あなたを護《まも》る騎士《ナイト》でいたいと思うてたんやないですやろか」

「そんなの勝手な思い込みです」

「そうかもしれません。せやけど、高校時代の輝かしいメモリーがずっと残っていたんやと思います。夢をもう一度なんてことまでは、考えてなかったですやろ。あんさんが幸せな結婚をしてはったら、見守ることもせえへんかったんとちゃいますか」

「大きなお世話だわ」

「亡くなった小嶋清彦はんに代わって訊かせてください。高校時代の二ヵ月間は、本気やなかったんですか？」

「身の潔白のために、本当のことを申し上げます。わたくしは、タレントを目指していました。高校を卒業したら上京する予定でいました。芸能界でデビューを果たせて人気が出たら、マスコミによって過去が探られます。そんなときは、ろくに恋とも呼べないような子供っぽいプラトニックな交際が一つ二つあるのが理想だと聞きました。その相手として、同じクラスで性格もわかっていた小嶋君を選びました。いろんな男子からアプローチが続いていたので、それをシャットアウトする意味もありました。背の低いブサメンが好みの変わり者だとして、ウザい男子生徒が遠ざかってくれたらそれで良かったんです」

三紗子は淡々としゃべった。

「けど、小嶋はんはずっと忘れられないでいました」

「それは身の程知らずですよね」

これ以上は話は嚙《か》み合わなかった。

「そしたら、坂下翔一はんについてはどないですか。単なるコーチと生徒という間柄やないですやろ。小嶋はんはあんさんのことをそっと観察して、すでにその関係性を摑んでいたと思えます。ほんまはそれをたしなめたい気持ちもあったけど、ここのインターホンを鳴らすことはせえへんかったのです。ところが、自分の住《す》み処《か》と言うべきテリトリーにやってきて、二人でイチャつかれたもんやさかい、辛抱《しんぼう》たまらんようになって坂下はんに殴りかかったんとちゃいますか」

「まさかわたくしを追いかけて、大阪城公園に棲みついたとまでは思わなかったわ。気味が悪くてしかたがなかった。インターホンを鳴らされたあと、坂下コーチにすぐに連絡を取った。そして『あなたを全力で護りますから、安心してください』と言ってくれた。彼こそが騎士よ」

「その騎士はんと最近は連絡が取れへんのとちゃいますか」

「………」

三紗子はまた黙った。

「坂下翔一が、小嶋清彦はんを殺害したとわしは推測しとります」

「護ってほしいとは頼んだけれど、殺してほしいなんて絶対言っていない」

「わしもそう考えとります。あんさんは、ていよく利用されたんやないですか。坂下翔一には、あんさんの他に仲ようしとる西十条美江という女性がおります。そのコネで就職もしとります」

「名前までは知らないけど、就職のために利用した人妻がいたことは聞いた。でももう縁が切れたと言っていたわ」

「ところがどっこい、せやないんです。同じ年上の既婚者でも、あんさんが優先やったんですやろけど、掛け持ちしておったと思えます。そして、その優先順位が逆転しました。せやから音信が途絶えたんとちゃいますか」

「逆転したなんて思えない……写真を翔一に見せてもらったけど、若いだけが取り柄の田舎者だった」

「もう正直に話してくれはりませんか。あんさんは今の段階では罪に問われることはあらへんと思えます」

「何を話せというの？」

「坂下翔一はずいぶん年下ですな」

「初めのうちは親切なコーチという存在だったわ。でもだんだんと男性として惹《ひ》かれていった。タレント時代は、プロダクションが清純派として売り出そうとしたからろくに恋愛もできなかった。それなのに、メジャーにはなれなかった。大阪に戻って医師と結婚できたけど、これで本当によかったのかという不満な気持ちはずっとあった。夫は高年収だけど、おもしろみのない男だった。それを坂下コーチは満たしてくれた」

「坂下翔一は自分のことをどう言うてましたか」

「彼の母親は、既婚者を愛してシングルマザーとして苦労して育ててくれた。そして苦労がたたって若くして亡くなった。そのあと姉が母親代わりに育ててくれて、生活費や学資の面倒もみてくれた。だから、年上女性に対する敬愛の気持ちが強いのだ、と」

安治川と芝は二時間近く居たあと、宝田邸をあとにした。

「宝田三紗子は、坂下翔一の現在の居場所を本当に知らないようだな。電話が繋がらないというのも事実だった」

三紗子が言った電話番号に芝もかけてみたが、〝電源が切られているか、電波の届かないところにおられます〟というコールしか返ってこなかった。

「彼女も、坂下翔一の突然の変化に、わけがわからなくて混乱してましたな。おかげで、色々しゃべってくれました」

「坂下翔一にとっては、宝田三紗子も金づるであって、金づるの中でも上位にあったということなのだろう。坂下翔一はホストになっていたら超一流になれたかもしれないな」

「けど、ホストやったら宝田三紗子も警戒しましたやろ。テニスのコーチをアルバイトでしている青年やったから、素人感満載《しろうとかんまんさい》やったんとちゃいますか」

「それにしても、坂下翔一の心変わりの原因は何が理由なんだろう。西十条美江のほうは夫がかつては貴族院議員も出した旧華族という血筋らしいが分家ということもあり、それほどの資産はなさそうだ。失礼ながら容姿も宝田三紗子に比べたら落ちる」

「金づるの他にも目的があって、西十条美江に近づいたんかもしれません。東日本大震災で亡くなった坂下の姉のことが、なんや気になりますのや。岩手県警の知り合いに電話を入れてみます」

「岩手県警にもネットワークがあるのか」

「捜査共助課におったさかい、たまたまです」

## 18

新月良美は芝と安治川の要請を受けて、姫路の竹殿澄子宅を訪ねていた。

「本家のかたがたが御不幸にみまわれましたこと、心よりお悔やみ申し上げます」

「とにかく驚きました。大伯父は高齢なのでもう天寿《てんじゅ》も近かったと思いますが、息子夫婦はまだ六十代で、その子供にいたっては三十二歳でした」

「ご愁傷さまです。どういう事故だったのですか」

「三十二歳の孫とレンタカーの運転をしていたその父親は、病院に運ばれたときは生存していました。母親と大伯父は即死だったそうですが」

「一家が乗り合わせておられたのですね」

「ええ。大伯父が股関節を痛めて入院していました。ようやく退院できたので、かねてよりの御先祖様の宿望を果たすために中国まで行っての帰りでした」

「中国地方ではなくて、中国ですか」

「はい。戦前の満州国で大伯父の父親は駐在文官を務めていたのですが、軍部が満州の古い寺院から勝手に持ち出した由緒《ゆいしょ》ある小さい仏像を預《あず》かっていました。略奪行為になるので返却するつもりでいたのですが寺院の住職が誰なのかわからないまま終戦を迎えて、仏像を持って引き揚げたのです。しばらくは日中国交は途絶していて、返しに行くことができませんでした。国交が回復した頃は高齢になっていたので、やむなく長男の大伯父に託したのですが、寺院は廃寺になっていて後継者がわからず、延び延びになっていました。外務省が尽力してくれてようやく判明したので、大伯父は自ら返しに行くことにしました。全快祝いをかねて、息子夫婦と孫という本家の一家全員で旅行をしたのです。ところがその帰り道で、センターラインを飛び出してきたダンプカーと正面衝突をしてしまったのです」

「これがその仏像のお導きだとしたら、と思うと忸怩《じくじ》たるものがあります。戦前の日本は、酷いこともしてきましたからね」

「お気の毒に」

「大伯父さんとは、どういう御関係になるのですか」

「大伯父が長男で、本家を継ぎました。次男が外交官をしていた祖父です。祖父には息子と娘がいて、息子の息子が徳正さんです。私は祖父の娘の娘で、徳正さんとは従姉妹になります」

「本家のほうは、他に御家族は？」

「おりません。三十二歳の孫は一人息子で、婚約者がいたそうですが。婚約者も可哀想です」

「そうしたら、西十条の名前を継ぐかたは？」

「徳正さんだけです。ですから、徳正さんに喪主をしてもらって、四人のお別れ会ができればと思うのですが」

「連絡が取れないのですね」

「ええ。携帯電話は繋がりませんし、美江さんもいらっしゃらないのです。日本に遺骨が戻ってきたので、四人の密葬だけはとりあえず私ども竹殿家の主宰《しゅさい》で済ませました」

「四人が亡くなったことは、徳正さんは御存知ないのですね？」

「美江さんには固定電話で伝えました。美江さんは『夫に話しておきます』と言ったあと、すぐに電話をかけ直してきて『実は恥ずかしながら、夫は職場も退職して消息を絶っているのです。行方を探しに出かけます。つきましてはカナリアの世話をお願いできませんか』と言ってきました。徳正さんに若い頃から問題があったのは、祖父から聞いたことがありました」

「どのような問題ですか」

「女癖が悪いのですよ。北新地のクラブホステスやキャバクラ嬢に入れ揚げていました。なかなか結婚もしようとしなかったのです。お祖父さんのような外交官になれなかった敗北感を紛《まぎ》らわせたかった気持ちはわからないでもないのですが」

「お祖父さんは叱らなかったのですか」

「叱りましたよ。そして早く身を固めさせようとしたのです。それもなかなか聞き入れなかったようですが、どうやらホステス嬢に痛い目に遭ったようで、美江さんと見合いをして結婚しました」

「それで落ち着いたということですか」

「そうでもなかったみたいです。徳正さんとは従姉妹とはいえ、昔からあまり喋《しゃべ》りませんでしたし、美江さんとも結婚当初は電話で喋ったこともあったのですけど、だんだんと疎遠になりました。有料老人ホームに入所なさった徳正さんのお母さんをお見舞いしたときに、お母さんからこう聞いたのです。『徳正がよく通ってくれるようになったと喜んでいたら、何のことはない。子供もいるヘルパーさんに色目を使っているのだから』とボヤいておられました」

「うちの上司からぜひ確認してこい、と言われていたことがあります。御本家の四人で最後まで生き残られたかたが亡くなられたのはいつのことですか」

良美はカレンダーを差し出した。

「三十二歳の孫が最後でした。ええっと九月十五日になりますね。海外の、それもかなり辺縁の地での事故でしたので、連絡を受けたのは遅くなりました」

## 19

西十条徳正の母親が入所していた有料老人ホームのことを、竹殿澄子から良美が聞き出せたので、安治川はそこを訪れた。徳正の母親が亡くなったあとしばらくして、奥園アイカというヘルパーが退職していた。奥園アイカは福井県の実家に息子を預けているると同僚に話していたことがあった。

奥園アイカの退職時の賃貸マンションに向かったが、すでに退去していた。それで老人ホームで聞いた福井県の実家に向かうことにした。

「奥園です」

実家に居た奥園アイカは、正座をして一礼した。

警察がいつかやってくることを覚悟しているかのようであった。

「もしかして、徳正さんが捕まったんですか?」

「いえ、それはまだですねけど、なんで捕まると思うてはるのですか」

「だって、勤め先の裏金を横領してきたのではないですか。ボストンバッグにぎっしりと詰められたお金を見せて、彼は海外に逃げようと言いましたが、聞き入れることはできませんでした。全部で四千五百万円ほどあると彼は言っていましたが、私はそのお金を一円も受け取ってはいません」

「そうですか。正直に話してくれはって感謝です。それで彼の行き先に心当たりは?」

「それはわかりません。ケンカ別れみたいになって、福井に帰ることにしましたから。でも、結局は奥さんのところに戻るんじゃないですか、男の人は」

「その奥さんも、所在がわからしませんのや」

「そうなの……なんかもうどうでもよくなってきました」

「どうでもええ?」

「はい、彼のことを好きになった時期もありました。だけど、あの人はしょせん身勝手で自分本位です。横領してきたお金で幸せになることなんかできませんよね」

「海外に逃げようという提案があったのですね」

「ブラジルを考えている、と言っていました。地球の裏側ですよね。祖父のコネがまだあるからいろいろと便宜を図ってもらえそうだ、とも言っていましたけど、現実はそんなに甘くないと思います。数年前に亡くなっているのだから、はたしてコネが効くでしょうか。やはりボンボン育ちだと思います」

「ケンカ別れをしはったということですけど、徳正はんには何も言わずに大阪を引き払わはったのですか」

「ええ。横領してきたお金を見せられたことで、かえって気持ちが冷めました。横領の共犯になってしまっては、親にも迷惑がかかりますし、息子にも顔向けができません。大急ぎで引き払いました」

「徳正はんからの連絡は?」

「電話は二回ありましたけど、きっぱりとお別れを言いました。親が居るこの福井までは、気弱なボンボンは追いかけては来ませんでした」

「あんさんにソデにされたあと、徳正はんの性格からしてどないな行動が想像でけますやろか？」

「さあ、よくわかりません。しばらくホテル暮らしをしたあと、新しい女を探すか、結局は奥さんに頼るかのどちらかでしょう。勤務先の人も、横領金を探しているようでしたから、あまりゆっくりはしてられなかったかもしれませんね」

「横領金を探していることはどないしてわかったんですか」

「私のところに電話がありました。『心当たりはないですか？』って、ないと答えましたけど、それでよけいに怖くなりました」

「電話の人物は名前を言いましたか？」

「いえ、そこまでは。でも徳正さんのことに詳しくて、勤務先の人だとわかりました」

「若い男性の声やなかったですか」

「はい、そうでした」

おそらく坂下翔一だろう。彼は、横領した西十条徳正が厳しく追われていることを伝えて、奥園アイカが離反することに拍車をかけたようだ。

「福井県までご苦労さんだった。どうやら奥園アイカは無関係だな」

芝は、安治川の電話報告を受けて、そう答えた。

「事件の全貌《ぜんぼう》とまではいきませんけど、外形は見えてきた気がします。人間の欲はそれぞれ違います。同じ人間でも、別々の欲が同在して相反することがおます」

## 20

安治川が福井から帰阪したその夜に、尼崎の西十条邸を含む近隣三軒の民家の玄関先からほぼ同時刻に火の手が上がった。消防車が出動して、いずれも玄関先で火災を食い止めることができた。

消防隊は住人の安否確認のために家屋に入った。西十条邸は玄関に鍵が掛かっていたが、二階ベランダに梯子《はしご》をかけて、施錠《せじょう》されていない窓から入って「大丈夫ですか」と声をかけた。反応はなかったが、二階の居室で仰向《あおむ》けに倒れた男性を発見した。火災には関係なく、すでに死んでいるのは確実な遺体であった。

男性の脇にはクラッチバッグが置かれており、所持していた運転免許証から身元はすぐに判明した。西十条徳正であった。

居室の小机にはワインとグラスが置かれていた。グラスの中に入っていたであろうワインは完全に干上がっていた。

小机にはパソコンで打たれた手紙が置かれていた。

「御迷惑をかけまして、申しわけありません。勤め先の法人が作っていた裏金を横領してしまいました。愛人と海外に逃亡して暮らすつもりでした。しかし、愛人はそれを受け入れてくれませんでした。私は、横領が追及されるのを防ぐために、工作をしました。自分が死んだことにしようという画策です。私とほぼ同年齢の男をホームレスの中から捜し出して、美味《うま》い飯を二回食わせてやりました。三回目に尼崎まで誘い出し、服もプレゼントして、ビルの屋上に隠れ家のような店があると騙《だま》して、彼の腹を殴って悶絶したところを突き落としました。そして自分の遺書を置きました。これで、私は自殺したという外形ができました。妻の美江とはヨリを戻すことを条件に、遺体の身元確認をさせました。身元確認者は複数必要だということで、後輩の坂下君に頼みました。坂下君は就職の際に私が推薦人になった恩があるので、断れない立場にありました。

そうやって私は横領金とともにこの世から消えて、追われない身となりました。政治献金や饗応のために闇で使われる裏金ですから、法人のほうも警察に被害届は出せません。ですから、逃げられるはずでした。ところが、ヨリを戻すことになっていた妻のほうが愛想を尽かしたのです。妻のために金を用意したと言ったことが嘘で、本当は愛人のためだったということがバレたのです。妻は家を出ていきました。まさに悪銭身に付かずというやつです。もう観念しました。私は、この世と二度目のお別れをします。今度は本当のお別れです。横領してきた裏金は、この部屋の私のクローゼットに入れてあります。少しは使いましたが、大半は残っています。自分自身に死刑を科すことで、どうか私のことを御容赦ください。

九月二十一日　　西十条徳正」

## 21

「予想外のことになったと府警本部も兵庫県警もあわてているようだ。西十条徳正は二回死んだことになる」

芝が府警本部から戻ってきた。

「一度目は、小嶋清彦が〝西十条徳正〟となっていたのだが、それを見抜くことができず、〝西十条徳正〟が死んだことになった。そして今回は、本当に西十条徳正が亡くなった。兵庫県警と府警本部は勤め先だった法人に要請して、五人に来てもらって遺体確認をしたということだ。前回は二人に確認してもらいながら、一杯食わされた結果になったからな」

「読めていた展開やとは言いませんけど、さもありなんやと思います。向こうはかえってボロを出してきたんとちゃいますか」

「どのあたりがボロなんだ？」

「パソコンで印字した長い遺書が残され、日付まで記されてました。尼崎のビルで小嶋清彦が〝西十条徳正〟として転落死したときには、自筆の短い書き置きで日付なんか記されておりませなんだ」

「今回の遺書の目的は、いったいどこにあるんだろう」

「西十条徳正の二度目の死が、愛人にも妻にもフラれて失意の上での自殺やった、としたかったことが目的の一つですやろ。もう一つは、本物の西十条徳正が死んだ日をはっきりさせたかったことでしょう」

「法人の裏金は戻ってきたのですか？」

良美が訊く。

「ほぼ全額、クローゼットに入れられたボストンバッグから出てきた。約四千五百万円ということだ」

「ボストンバッグに入っていたことや四千五百万円という金額は、奥園アイカはんの話と合致しとります。今回の遺書は、その点では信憑性《しんぴょうせい》は出てくると言えます。西十条徳正が小嶋清彦を自分に見せかけてビルの屋上から突き落として殺したものの、行き詰まって自殺したという構図です」

「それで二つの死は、二人の男が一回ずつ死んだという結果に終わったことになる。他殺者が自殺をしたということで勘定《かんじょう》は合う。しかし、事件を調べてきたわれわれには不審点がある。西十条徳正はどうやって小嶋清彦の存在を知ったのだ。また小嶋清彦は美味い飯に釣られるような性格には思えない」

「そうですのや。赤い傘の女も宝田三紗子も登場せえへん簡単な構成で終わってしもうてます」

「西十条美江の所在もまだわからないままだ」

「四千五百万円が出てきたことが、かえって墓穴になってるんとちゃいますか」

「そうか。四千五百万円という金ではない目的か……今回の放火は、どうやら西十条家以外の二軒は、とばっちりだな」

「防犯カメラなどで放火犯人を追うことがでけたら、ほんまの解決は近いかもしれません」

## 22

連続火災ということで何台も出動した消防車のサイレンを聞いて、スマホやカメラを持った住民たちが駆けつけて画像や映像を収めていたことが、今回は幸いした。

全身黒ずくめの、サングラスに黒マスクに黒い帽子の人物が、西十条家の放火現場で野次馬たちに混じって消火の様子を観察していた。そして消防隊が二階のベランダから入っていくのを確認したあと急いで離れていく姿が捉えられていた。体型からして女性と思われた。その女性は少し離れたコインパーキングに駐めた車に乗って去っていった。

その車を防犯カメラなどで追跡調査して、ビジネスホテルに入っていくところを捕捉した。ビジネスホテルには偽名で、西十条美江と坂下翔一らしき男女が滞在していた。

府警本部は、ビジネスホテルの部屋に踏み込んで、二人に同行を求めた。そして別々の取調室に入れて聴取を始めた。

「黙秘します」

自分が西十条美江であることは認めたものの、そのあとは小さい声でそう言うと、押し黙った。

取調官がいろいろ持ちかけてみたが、美江は口をつぐんだままだった。

消息対応室のメンバーが呼ばれた。今回の事件に当初から関わっていたのは、消息対応室であった。

「すみませんが、別室で一対一でお願いできませんか」

新月良美が、取調官と書記役の刑事にそう願い出た。突破口がまったく見つからない彼らは渋々ながら了解してくれた。

良美と西十条美江は、小さい会議室に移動した。

「ここなら、マジックミラー越しに隣室から見られることはありません。録画や録音もされていません。年代の近い女性同士で、本音で話したいです」

良美はそう持ちかけたが、美江は何もしゃべろうとはしなかった。

「放火容疑で逮捕状が出たことはお聞きですよね。キャンプで使う着火剤や新聞紙や薪《まき》を車に積んで、ガスバーナーで火を点《つ》けて回りましたね。西十条邸を含めて狙われた三軒はいずれも玄関先が燃えました。あなたの車のトランクから薪の切れ端やガスバーナーが見つかったので、逮捕状はすぐに下りました。でも取り調べは、放火容疑だけではありません」

美江にはすでに取調官から聞かされた内容なのだろう。表情はまったく動かない。

「家の中への飛び火の有無と住人の安否確認のために、消防隊員が入ることが、放火をした狙いですね。二階ベランダの窓は施錠されていなかったので、消防隊員は容易に部屋に入ることができました。徳正さんの居室でしたよね。そこで、徳正さんの遺体が発見されました」

美江は口をつぐんだままだ。

「徳正さんは遺書を残して死亡していました。裏金を横領したことや自分に見立てて小嶋清彦さんを転落死させたことが書かれてありました。ヨリを戻すことを条件にあなたに虚偽の身元確認をさせたことにも触れていました。でも、あなたにとって、ヨリを戻すことにどれだけのメリットがあったのでしょうか。横領金については、あなたは何ももらっていませんよね。そして自分の家で夫が自殺したのに、大金とともに放置してビジネスホテルに身を隠すということは、普通なら考えられません。しかも放火によって遺体を発見させるという手の込んだやりかたです。でも、あなたにはそれをする別のメリットがあったのですね」

美江は値踏みするかのようにじっと良美を見ている。

「ここから先は、取調官が訊いていないことだと思います。我《わ》が儘《まま》な性格で愛人もいた徳正さんとの生活に辟易《へきえき》していたあなたは、坂下翔一さんに愛を注《そそ》ぎましたね。そして、徳正さんが法人を退職したことで、坂下翔一さんとの新しい生活ができると夢見ていたはずです」

美江は、「夢見ていた」という言葉にかすかに眉を動かした。

「あなたは当初、徳正さんは愛人に入れ揚げて横領のあげく退職までしたのだから、もう自分のところには戻ってこないと踏んでいたでしょう。ところが、あとになって徳正さんは身勝手にも戻ってきましたね。さぞかし腹が立ったことでしょう」

美江の顔に、あんたなんかに何がわかるのよと言いたげな表情が浮かんだ。

「それに先だって坂下翔一さんの発案で、あなたは徳正さんの行方不明者届を提出していました。失踪宣告の制度を利用することにしたわけです。しかし、失踪宣告を受けるまでには七年もかかります。それまで待てないという気持ちはあったと思います。そこで坂下翔一さんからの新たな提案を受けましたね。別人を徳正さんとして死なせてしまうというアイデアです。具体的には、ビルの屋上に法人の代表に宛てられた手書きの詫び状を遺書として使う方法で、〝小嶋清彦〟さんを〝西十条徳正〟さんとして自殺したことにすることでした。坂下さんは徳正さんが書いた退職願は法人に提出しましたが、代表への詫び状は出さないで持っていました、その戦略は成功しました。〝小嶋清彦〟さんが〝西十条徳正〟さんとして自殺したと処理されたことから、西十条徳正さんは〝行方不明者〟から〝死者〟となりました。あなたは、生命保険金三千万円を受け取ることができました。そこまではよかったのですが、そのあと愛人の奥園アイカさんにソデにされて徳正さんは情けなくも戻ってきましたよね。死んだはずの人間が戻ってきたのです。あなたにとっては誤算でした。腹が立ったところではありませんね。この世に存在しないことにした徳正さんが居ては困るのです」

そのころ坂下翔一は別の取調室で、取調官による追及を受けていた。翔一のほうは完黙ではなかった。

「僕は何も知りませんよ。すべて西十条夫妻が考えて、実行したことです」

「いい加減なことを言うな」

「いい加減なことではありませんよ。あの美江という女にどれだけの魅力があるんですか。こう言ってはなんですが、僕はもっとモテます。僕がやった違法行為は、尼崎のビルから転落死した他人を、西十条徳正さんだとする虚偽の身元確認をしただけです。徳正さんのおかげで法人に入れたのだから義理がありました。やむなくやっただけのことです」

「女性一人で、小嶋清彦さんを抵抗不能にして突き落とすのは物理的にできないことだ」

「知りませんよ。徳正さんは生きていたのだから、彼が共同でやったのではないですか」

「でまかせを言うんじゃない」

「でまかせではありませんよ。徳正さんは裏金四千万円を横領していました。それを追及されないために、自分が死んだことにする方法を採ったんですよ。それに僕には車の運転免許もありません」

「西十条徳正と小嶋清彦には接点はない。おまえは、美江とカップルで大阪城公園に行って、年齢や体格の近いホームレスを物色したんだろ」

「とんでもないです。そんな証拠はあるんですか」

牧師が目撃したのは、美江の可能性がある赤い傘の女だけだった。

「僕が、そのホームレス男性や徳正さんを殺害する動機はどこにあるんですか」

「おまえは、宝田三紗子という女性とも親密だった」

「それがどうしたというんですか。ママ活は学生時代からやっていましたよ。ママ活自体は犯罪ではないでしょうや。三紗子さんとも結婚なんて考えていませんよ」

ああ言えばこう言うという受け答えで、取調官も手を焼いていた。

そこへ芝室長が入ってきて加わった。

芝は坂下翔一の戸籍を手にしていた。

「あなたのお母さんは苦労なさいましたね。シングルマザーとしてあなたとお姉さんを育てました。お母さんの友人だったかたを探し出すことができました。あなたの父親に当たる男性は、ウィルスの研究者だったのですね。研究所の事務員だったお母さんとは相思相愛だったのですが、彼は既婚者だったのです。そのうえ家柄も違いました。それでもお母さんは愛があればと関係を続けました。父親に当たる人は、誠実に養育費を送り続けていたのですが、研究対象である毒性の強いウィルスに不幸にも感染してしまい、そして道半《なか》ばにして亡くなってしまいました。そのあとお母さんは、健気《けなげ》に二人の子供を支援なしで育てましたね」

「親のことは関係ないだろ」

「私はそうは思いません。あなたには、家柄に対するこだわりのようなものを感じてならないのです。父親に当たる人は、両親に逆らえず、また世間体もあったのです。それを振り切るように、研究に没頭し過ぎて不注意から感染事故になったとも聞きました。お母さんも、養育費が絶えたことで頑張り過ぎて過労で倒れましたね」

「プライバシーに踏み込むなよ」

「あなたのことを理解するには、そういう調査も必要でした」

「だからといって、僕が犯罪をした証拠になるわけではない」

「それはそうですが」

芝は戸籍謄本の次の頁を見せた。

「お姉さんも不幸でしたね。岩手県を旅行していて、東日本大震災の津波に逃げ遅れて呑み込まれてしまったのですね。私の部下がたいへん顔の広い男でして、岩手県警の知り合いに調べてもらいました。お姉さんは、海岸沿いにある民宿の予約をしていて、到着したばかりでした。宿の主人夫婦も亡くなり、宿帳も散逸してしまいました。お姉さんの携帯電話も失われました。でも、お姉さんが泊まることになっていた部屋は二人用であり、男物の浴衣《ゆかた》も置かれていました。連れの男性客は、お姉さんを見捨てて一人逃げたことが推測できました。しかし男性客の手がかりはありませんでした。

お姉さんはそのころ北新地のクラブで働いていて、あなたの学費と生活費を賄《まかな》っていましたね。あなたは、男性が同行していたはずだと店のママたちに食い下がりましたが、客の個人情報だからと協力してもらえませんでしたね。それでもあなたは時間をかけて調べて、仲の良かった同僚ホステスから、三人の太客《ふときゃく》を聞き出し、その中から西十条徳正さんにアタリを付けました。三人の中でただ一人、お姉さんが亡くなって以降はクラブにぱったり姿を見せなくなっていたからです。後ろめたいことがあるから来店しなくなったと考えたのですね。それからのあなたの執念には、ある意味で敬服します。西十条美江さんの通うテニススクールのコーチとなり、関係を結びました。そして西十条徳正さんの推薦を受けて同僚になって、自分のアタリが正しかったのかどうか、さらに時間をかけて確かめました。そうですよね」

「偶然ですよ。世の中にはたまたまということがあります」

翔一は認めようとはしなかった。

「あなたの狙いは、復讐だったと考えています」

「それは単なる当て推量でしょうや」

翔一は動じなかった。

# 23

新月良美は、少しずつではあるが、美江から反応と言葉を引き出していた。

「美江さんの四国の実家のことも調べました。戦前から写真館をやっていて、お父さんの代で廃業したんですね。古い写真館では、銀板写真が作られることもあったようですね。銀板写真の銀メッキには青酸ソーダが使われていたということです。実家には青酸ソーダが残っていたのではありませんか」

美江は小さく「知らない」と言った。

「消防隊によって、徳正さんは死体として発見されましたが死因は毒物死でした。その毒物は青酸ソーダだったのです。ワインの中に入っていました。青酸カリが有名ですが、鍍金《メッキ》など産業の多くの分野で使われているのは青酸ソーダのほうです。昔はその管理も杜撰《ずさん》なことがありました」

「遺書があったんでしょ」

「パソコンで打たれたものは、自筆性に欠けます」

扉が開いて、安治川が姿を見せた。

「消息対応室の安治川です。徳正はんの従姉妹である竹殿澄子はんに電話して、お話を聞きました。姫路の分家です。御存知ですやろ？」

美江は答えない。

「竹殿澄子はんは、徳正はんとあんさんの結婚披露宴にも出席したと言うてはりましたで」

安治川は、京都にある西十条家の本家の戸籍を取り出した。

「このたびは、本家に交通事故という不慮の御不幸がありました。まずお二人が即死でして、そのあと残りのお二人も亡くなられました。それによって本家は言わば断絶ということになりました。継承者は、分家である竹殿澄子はんと西十条徳正はんになります。その予想外のことが、坂下翔一による計画を変えたんやないですか。当初は、西十条徳正はんの遺体を出すつもりはなかったのです。すでに小嶋清彦はんが〝西十条徳正〟として亡くなった――それも自筆の書き置きがあったことでビルからの転落自殺と兵庫県警は認定しました。狙いどおりやったのです。せやから、本物の徳正はんを殺しても、その遺体はどこかの山奥に埋めるか海中に沈めたら、それで完了やったんです。ところが突如、本家が断絶してその遺産が入ることになったんです。本家の四人よりも、徳正はんが一日でも後から死んだなら、徳正はんは相続人になるのです。あんさんはその徳正はんの相続人ですのや。それはあんさんにとっても、坂下翔一にとっても捨てるのは惜しいことでしたな」

「権利はあるのよ」

美江は、ぽつりとつぶやくように言った。

「せやけど、事故があったのが海外で、全員が即死やなかったということもあって、報じられたのが遅うなりましたな」

安治川は続けた。

「尼崎のビルでは、書き置きを残すことでうまく自殺というふうに判断されました。その成功体験があったんで、パソコンで遺書を残すことにしたんとちゃいますか。西十条徳正は横領の罪からのがれるために、小嶋清彦はんを自分の身代わりとして死んだことにした。けど罪の意識にさいなまれ、横領と殺人を自白して自殺した――という筋書にしました。そのため、横領金を残し、遺書を整えることにしました。遺書に日付を書いたんは、本家の相続をするためですやろ」

「夫が死んだのは、本家の人たちの事故死より、本当に後だったのよ」

「死亡日時が重要になります。そのためには早いとこ遺体が発見される必要があります。せやからあえて放火をして消防隊員に発見させることにしました。電力会社に行って西十条家の使用電量を調べてみました。不在のはずやのに、ここ数日ほどは増えてました。エアコンをかけることで少しでも遺体の腐敗進行を遅らせる意図やったんでしょう。放火する前にエアコンは切りましたな」

「相続権はあるのよ。夫との離婚届は出していないから、まだ夫婦なのよ」

「まだ夫婦なのは確かです。けど相続権はあんさんにはあらしません。被相続人つまり徳正はんを殺害した者には、相続権はあらへんのです、民法がそう定めとります」

## 24

「僕は、徳正さんの身元確認以外は、何ら罪は犯していませんよ」

坂下翔一は態度を変えなかった。

「私はそうは考えていません。あなたは、長い時間をかけて西十条夫妻に取り入って、妻が夫を殺害するように仕向けた、と捉えています。夫が好き勝手な浮気をして姉さんと旅行していたのは、妻にも責任があるということですよね」

芝は追及を緩めなかった。

「証拠もなしに勝手な推測はやめてください」

翔一は動じない。

そこへ安治川が入室してきた。

「西十条美江がオチましたで。自白を始めとります。頑張って黙秘をしていただけに、少し崩れたら、早かったです」

翔一は安治川を睨《にら》んだ。

「切り違《ちが》え尋問《じんもん》というやつだな。共犯者が別室で自白をしたという情報を与えることで、動揺させて自白を促すという警察の卑怯なやりかただ」

「ちゃいますな。切り違え尋問というのは、共犯者が自白したという情報が嘘の場合を指します。それは偽計による自白誘導になります。けど、西十条美江は、ほんまに自白してますのや」

「だとしても、罪を軽くするために、僕が主犯だと言い逃れているのだ」

坂下翔一がすべて計画を立てて、自分はそれを共同実行していった、いや、共同実行させられていった——と美江が弁明しているのは事実だ。

「是非は別として、あんさんが西十条徳正に復讐しようと思うた心情はわからんでもあらしません。西十条徳正が浮気がバレたくないとばかりに一人さっさと逃げなんだら、あんさんの姉は津波に呑まれんでも済んだかもしれへんかったのですさかいに。

多数の震災死者が出た状況で、警察の捜査がおざなりになってしもうたことも否めません。もちろん、妻の美江のほうにも浮気をさせていた責任はおますやろ。あんさんはまず妻に取り入り、懇《ねんご》ろになって、そのあと夫の勤め先の同僚になり、西十条夫妻が人間的にも非があることを痛感しました。そしてまずは夫に、横領と海外逃亡を示《し》唆《さ》しました。同僚ということで、法人の裏金などの内実を知っており、元キャリアと一般職員との待遇差も共感でけただけに、じっくりと説得もでけたことですやろ。今の浮気相手である奥園アイカはんが海外に行かへんことも計算ずくやったと思います」

「勝手な想像を言うなよ」

翔一の言葉は次第に荒くなっていった。

「あんさんは、西十条美江のほかにもう一人、宝田三紗子という既婚者と関わりを持っていました。彼女は、高校の同級生である小嶋清彦がおせっかいな見守りをしていることに悩んでいました。あんさん自身も殴られて痛い思いをしましたな。家族の居ないホームレス男性で、西十条徳正と同年代という存在は、恰好《かっこう》の身代わりになりました。わしが許せへんのは、小嶋清彦はんを人間扱いせんと利用したことです。あんさんにとっては、西十条徳正を妻の美江によって殺害させるという最高の復讐を果たしたうえで、宝田三紗子に恩を売るという一挙両得のためのほんの端役《はやく》、いや端役以下の小道具が小嶋はんやったんですやろ。けど、小嶋はんは社会の片隅で、迷惑かけへんように生きながら、大切な思い出である宝田三紗子はんを自分なりに護っていこうとしていたんです」

「それも憶測じゃないいか」

「西十条美江は、あんさんに指示されて雨の夜に大阪城公園まで行って、『宝田三紗子さんの友だちです。緊急に助けてほしいことがあります。来てもらえないでしょうか』と彼を誘い出したと証言してますのや。そして彼女の車に乗せたあと、雨に濡れたままではと車内で服を着替えさせて、三紗子さんが待っているからと尼崎まで運んだ。あんさんはビルの前で待っていて、小嶋はんの腹を殴って抵抗力を削いだうえで屋上から突き落として、西十条徳正が書いていた法人代表宛ての詫びの手紙を遺書として利用した、と」

「だから、美江は自分の罪を少しでも軽くするためにそう言っているんだろ」

「ビルが法人の関連会社の所有であることを彼女は知らんかったということです。腹を殴って屋上まで担ぎ上げることも、女性一人の力ではでけるもんやないです」

「他に男がいたかもしれないじゃないか。浮気性の女なんだから」

「あんさんは、事前に西十条徳正はんの行方不明者届を出したうえで、そうやって小嶋清彦はんを〝西十条徳正〟として死なせました。行方不明者届の身長は小嶋清彦はんに寄せて、写真は西十条徳正はんのボヤけたものを使いました。そういうふうに行方不明者届を悪用したあんさんのことを、わしは許せしません」

警察は、行方不明者届は真実を反映しているという前提で、活動をするのだ。

「そうやって、西十条徳正はんを死んだことにして、生命保険金三千万円を妻の美江に受け取らせます。けど、これは保険金詐欺ですのや。ほんまもんの西十条徳正はんは、生きてますのやさかい。そして、あんさんの読みどおりに、西十条徳正は奥園アイカはんにフラれて、海外逃亡をやめて戻ってきました。あんさんは、そこで美江を追い込みました。単に浮気相手とうまいこといかへんように なって戻ってきたということなら、腹立たしくても殺意まではいかへんかったかもしれません。けど、彼女は死亡確認をして保険金請求までしてしもうたんです。『もう僕たちは後戻りはできない』とあんさんは美江を説得しましたね。彼女はいつだったか青酸ソーダのことを寝物語にあんさんに話したと証言してます。姉の仇《かたき》である男をその妻に殺させる——復讐劇の完成です。もちろん、彼女一人に任せたのではあらしません。十二分なお膳立てをしましたな」

「それも、美江が責任を軽くしようという意図からの作り話だ」

芝はやりとりをじっと聞いていたが、そっと席を立って部屋を出ていった。

「あんさんの失敗は、復讐劇の完成で終わらへんかったことです。その理由は二つありましたな。一つは、西十条本家四人の交通事故死です。海外でしたゆえに、知ることが遅れたことは不運やったかもしれません。四人が亡くなった後で、徳正はんが死んだのやったら相続権は発生します。本家の遺産が転がり込むわけです。せやから、惜しい、いや惜し過ぎるということで計画変更となったんですやろ。そしてもう一つは、あんさんが本命扱いにしていた宝田三紗子はんの変節です。それは、わしらが宝田三紗子はんのことを突き止めて、訪れたことが影響しています。わしらが訪れた契機になったのは、妹はんによる小嶋清彦はんの行方不明者届でした。行方不明者届は紙切れ一枚ですけど、その存在は大きいもんがありますのや。それによって、わしらは動けました。行方不明者届というもんを軽んじたら、あきませんのやで」

取調室の扉が開いて、芝がその宝田三紗子を連れて入ってきた。坂下翔一は驚きの表情を隠し切れなかった。

すらりとした八頭身の長身をピンクのワンピースに包んだ三紗子は促されて、翔一の斜め前に座った。

「あなたには失望しました。小嶋君のことが鬱陶《うっとう》しいし、気味が悪いと相談はしました。でも、殺してほしいなんて頼んだ覚えはないわ」

「僕は殺害に関わってなんかいません」

「そうは思えないわ。しかも、わたくしのためなんかではない。自分の野望のためよ」

「三紗子さんだって高校生の頃に、あの小嶋清彦を利用したじゃないか」

「わたくしは殺してなんかいない」

「でも、彼は人生を変えてしまった」

「そこまではわたくしの責任じゃない」

三紗子は突き放すように言った。

「あなたのほうこそ、小嶋君を利用した。そしてこのわたくしも」

「そんなことはない」

「あなたには他に女がいて続いていることは、わかっていたわ。あなたは『もう縁が切れた』と言っていたけど、嘘っぱちよね。あなたの服に安物のラメが付いていたことが何度かあった。わたくしはモデル時代はともかく、今はラメはまったく使わない」

「三紗子さんへの感情が特別だったことは信じてほしい。美江とはあくまでも復讐のためだったんだから」

「そう言いながらも、あなたは相続財産と家名に負けたのよ」

「それは違う……僕は新しいスタートをしたかった」

「もういいわ」

三紗子は立ち上がった。

「刑事さん。わたくしは浮気もしていましたし、いわゆる逆援助交際もしていました。でも、それだけです。犯罪には何も関与していません」

そう言い残して、三紗子は取調室を出ていった。

安治川は、再び翔一に対峙《たいじ》した。

「あんさんの過誤は、二兎を追うてしもうたことやないですかな。二人の人妻を相手にしたこともそうですけど、復讐を果たすとともに、遺産という望外の財産を得ようとした。三紗子はんが言わはったように、家名にも負けたんかもしれませんな。美江はまだ離婚してませんから、西十条姓です。あんさんが美江の再婚相手になったなら、西十条家の一員になれます」

「家名なんて……」

そう言ったものの、あとの言葉が続かなかった。

「さあ、これまでのことを全部しゃべって、楽になりましょうや。胸のつかえは重たいですやろ」

安治川は、翔一の顔を覗《のぞ》き込んだ。

「ホームレスにどれだけの存在意義があるんだ。人間扱いをしなくて、なぜいけない。僕たちの法人では元キャリアか一般職員かで雲泥《うんでい》の差がある。一般職員は人間扱いされていないんだ」

翔一は、髪の毛を掻きむしりながら自白を始めた。

## 25

安治川たち三人は、消息対応室に戻った。

「西十条本家の四人が亡くなったあとで、徳正さんが死んだことは本当のようだな。わずかな差だったけど、相続権が徳正さんに移った。もっと早くそれがわかっていたら、坂下翔一の計画変更もあったかもしれないな」

芝がそう言った。徳正の遺体解剖によって、おおよその死亡推定日が出ていた。

「徳正さんが得た相続権は、本来なら美江さんに移るけど、徳正さんを殺害したことで相続欠格となってしまったのですね。神様が悪事を許さなかった結果だと、うちには思えてならないです」

良美はかすかに吐息をついた。

観念した坂下翔一は、犯行の全容を自供した。

職場の先輩となった徳正は、翔一がかつて自分が見捨てて逃げたホステスの弟だということに最後まで気がつかなかった。姉は店では源氏名を使い、本名は徳正に明かしていなかった。

そして仕事帰りに翔一と飲みに行って酔ったときに徳正は、奥園アイカという愛人がいることや東日本大震災のときに海沿いの民宿に入ったもののあわてて逃げたことについて口を滑《すべ》らせた。翔一の復讐心は確固たるものになった。

「結局、宝田三紗子を連れてきて対面させたことで、完オチとなったたな。いくら美江が自供したと言っても、切り違え尋問だと反発しただけだったが」

「わしは、坂下翔一が三紗子はんに対して最後に言うた『僕は新しいスタートをしたかった』という言葉が耳に残っとります」

「そうだったな。あれは案外と深い意味だったかもしれない」

「岩手県警の知り合いから、坂下翔一の姉の死亡時の写真画像を数点送ってもらいました。津波による溺死《できし》ということで、顔は少し腫《は》れていましたけど、横顔の雰囲気が宝田三紗子に少し似ているように思えました。母親代わりだったという姉を、宝田三紗子は想起させたのかもしれません」

「ある意味でのエディプスコンプレックスということかな。変形かもしれないが」

「そうかもしれへんと、わしは思うてます」

「だとしたら、姉さんへの思慕と復讐を宝田三紗子と会うたびに強くした。単なるママ活で会っていたのではなかった、ということもありえるな」

「姉の命を間接的に奪った憎い西十条徳正への復讐を遂げたことで、それまで張り詰めていた気持ちが落ち着いて、そのあとは姉への思いに区切りを付けとうて宝田三紗子を避けようとしたのかもしれませんな。もちろん、遺産のこともありましたやろ。美江は犯罪に手を汚してますので、これからずっと食い物にでけます」

「そのエディプスコンプレックスという言葉は初めて聞きました」

　良美はスマホで調べようとした。

「いやあ、失礼ながら、女性にはなかなかわからへん感情かもしれへんで」

「母親というより姉に対するものだから、よけいに複雑だ」

「いえ、うちかて勉強すればわかると思います」

良美はそう言ったものの、スマホを閉じた。

「取り調べが終わったあと、私は竹殿澄子さんに電話連絡をしておいた。彼女が、西十条本家の単独相続人になったからね。澄子さんは『まだ調査中ですが、本家にも外から見えるほどの遺産はあまり残っていないようです。私は今の生活に満足していますので、遺産はどこかの社会福祉団体に寄付しようと考えています。竹殿の姓も気に入っていますので、私の子供たちを含めて西十条に改姓はしません』と話していた」

「清々《すがすが》しいですね。欲のない人のところに、財産は来るのですね」

良美は感心したようにそう言った。

「家名なんて、ほんまは実体のないもんや。大昔の縄文時代には、家名なんてもんはあらへんかったんやろし」

「そのとおりだな。家名は人間社会が造り出したものだ。だけど、いまだにそれに拘《こう》泥《でい》する風潮は否定できない」

「わしも、電話報告をせなあかん人がおります」

安治川は、上尾浩子に連絡を取ることにした。

小さい頃に世話になった兄のことを心配する純粋な気持ちと、彼女が出した行方不明者届が事件解決への大きな糸口となった。

人間には欲にまみれた醜い面もあるが、だからといってそればかりでもなく捨てたものではない——安治川はそう思いながら、上尾浩子への番号をプッシュした。

# 第三話　第三の判定

## 1

「こちら、消息対応室やね？」

扉が開くと同時に大きな声が響いた。短髪カーリーヘアの五十年配の女性が、姿を現わした。丸い顔にでっぷりとした体格で、黄色いワンピースの上から地味なグレーのカーディガンを羽織っている。

「さいぜん、こちらから電話しました辻千鶴《つじちづる》はんですね」

安治川《あじがわ》が訊《き》き終わるよりも先に、彼女は言葉を続けた。

「早紀子《さきこ》が失踪する理由なんか、全然あらへんのよ。行方を探してちょうだい」

「まあ、かけとくなはれ。ゆっくり話をしまひょうや」

安治川はソファを勧めた。

大阪府警生活安全部消息対応室巡査部長待遇、というのが安治川信繁《のぶしげ》の肩書だ。定年を迎えたあと、再雇用となった。

「消息対応室という名前は立派やけど、ずいぶん小さい部屋なんやね。しかも倉庫の二階だなんて」

千鶴は太い首を回した。

安治川も配属されて初めてここに足を運んだときは驚いた。大手前《おおてまえ》にある府警本部庁舎の中ではなく、四天王寺《してんのうじ》署の奥にあるプレハブの建物だった。

「まあ、部屋の見てくれなんかはどうでもええわ。すぐに早紀子を探し出してよ」

安治川の隣に新月良美《しんげつよしみ》巡査長が座った。府警本部での会議のために出張している室長の芝隆之《しばたかゆき》を入れて、たった三人の小所帯だ。

「動くかどうかは、まだわからしませんのや。その前の、聞き取りをして判別する段階ですのや」

「どういう意味なの？」

「行方不明者というのは、二種類ありますのや。拉致《らち》、監禁《かんきん》、誘拐《ゆうかい》といった犯罪性や事件性のあるケースを特異行方不明者と呼びます。それに対して家出、失踪、ＤＶからの逃避といった自発的な場合を一般行方不明者と言います。行方不明者は全国で年間に八万人から九万人とぎょうさんおりますけど、大部分は自発的な一般行方不明者ですのや。これについては、犯罪性や事件性があらしませんよって、警察は関与しません」

「探してくれないん？」

「犯罪と関係のない自発的な蒸発は、警察の関与するところではあらしません。また民事不介入の原則からしても、しゃしゃり出てはあかんのです」

「その二種類の区別は誰がするのよ」

「基本的には行方不明者届を受理した所轄署の生活安全課がしますのや。けど、判定が難しいときはこの消息対応室に送付されて、わしらが調査をします。娘さんの案件は、所轄署が送付してきましたんで、調査の一環としてこうして来てもろて事情を聞かせてもらうことになったわけです」

「ずいぶん遠回りしなきゃいけないのね」

「予算も人員も限られてまっさかい、しゃあないんです。どうかご理解ください。それで、娘はんのことを詳しゅう聞かせてくれますか。お名前は早紀子はんでしたな」

「ええ。旧姓は辻で、三年ほど前に反対を押し切って、石貫勝晴《いしぬきかつはる》と結婚したのよ。芸人のイシカンよ。知ってるでしょ?」

　新月良美がうなずいた。

「はい、知ってます。昨年のピン芸人バトル大会でグランプリを獲《と》って以降、テレビのお笑い番組やバラエティで大活躍ですね。すごくユニークな芸でおもしろくて人気がありますよね」

「今でこそ売れっ子だけど、結婚当初は食うや食わずで、早紀子がミナミのネオン街でホステスをして支えてあげていたのよ。いしぬきという苗字をベースにしてイシカンという芸名を考えてあげたのも、早紀子なんよ。下積み時代に観客の『おもんないぞ』という野次に怒って舞台から降りて殴り合いになったときはプロダクションから解雇を言い渡されかけたんだけど、それも早紀子が必死で頭を下げてストップしてもらったのよ。それなのに、売れてきたら、他の女に手を出して『芸の肥やしなんだからガタガタほざくんやない』って聞く耳を持たないのよ。そしてまだ小さい一人息子を置いたまま、突然の早紀子の失踪よ……いくら携帯に電話をかけてもウンともスンとも言ってこない。メッセージをしても既読にならない。あのイシカンに殺されたかもしれへんのやないかって、気が気やないのよ」

「殺されたかもしれへんというのは、飛躍し過ぎやありませんか」

「あんたは、イシカンが怒ったときの激しさを知らないのよ。早紀子は、果物ナイフを投げつけられたり、ビール瓶で頭を殴られたりしたこともあったのよ」

「娘さんは、それでも離婚しなかったんですか」

「『自分がいなかったら、あの人はもっとダメになる』というのが、口癖だった。あの子は、もっと若い頃からデキの良くない荒っぽい男に惹《ひ》かれることが多かったのよ」

「お孫さんはどこに？」

「とりあえず、アタシが引き取っている。今はアタシのツレアイが家で面倒みてくれているのよ。孫は可愛いけれど、手もかかる。まだ一歳半になる手前だから充分には言葉はしゃべれないけれど、寂しそうに『ママ』『ママ』って探すこともあるのよ。人なつっこい子で、アタシやツレアイが抱いても一度も泣いたりしないけど、ずっとこのままというわけにはいかない。何とか警察のほうで娘の行方を調べてよ」

「娘はんと連絡が取れたんは、最後はいつでっか」

安治川はメモを取り始めた。行方不明者届には失踪前後の状況が書かれてはいるが、足りない部分もある。

「四日前の夜は、電話で少し話したのよ。アタシの従姉妹《いとこ》がテレビでイシカンのことを見て、すごくおもしろいって褒《ほ》めてくれたから嬉しくなって伝えたのよ。従姉妹も早紀子の結婚には反対やったけど、ようやくイシカンのことを認めたから」

「やりとりのときの様子はどないでしたか」

「とくに変わったことは何もなかったわ。孫がむずかっているということで、電話は短く終えたけど」

「夫である石貫はんのほうから、早紀子はんと連絡が取れへんという電話があったのがおとついの夜なんですね」

安治川は、行方不明者届に目を落とした。

早紀子は二十八歳になる。身長百六十二センチで、体重は四十七キロ、血液型はA型で、手術跡などの身体的特徴はない。添付された写真は、住吉大社《すみよしたいしゃ》の太鼓橋《たいこばし》を背景にしたスナップ写真だ。ミディアムヘアの黒髪に、色白のやや丸顔、切れ長の目に、小さいが高い鼻、ふっくらとした唇、となかなか色気のある印象だ。この母親のいいところだけをもらった顔立ちと言えそうだ。

「ええ、イシカンはめったに連絡なんかしてこないのに、勝手なものよ。『帰宅したのに、ヨメがいない。そっちに行っていないか？　子供は置いたままだ。携帯にかけても電源が切られている』という電話が夜遅くにかかってきた。慌《あわ》てたような口調だったけど、芸人なんやからそれくらいの演技はでけるでしょ。『すぐに警察に届けましょう』とアタシは提案したけれど、『いや、三流マスコミに騒がれたら困る』と反対してきた。イシカンは警察に関与されることを恐れているから行方不明者届を出そうとしない、としか思えないわよ」

安治川は腕を組んだ。

成年者が、二、三日連絡を絶つことは珍しいケースではない。過去に夫から酷《ひど》い暴力を受けてきたのだから、それが原因で家を出たのかもしれない。まもなく一歳半になる子供はとりあえず置いたままにして出たが、落ち着き先が決まったら夫のいない間に連れに戻る、ということはありえる。

「これまでにも、お孫はんを預からはったことはありますのか」

「ええ。生まれた頃はまだイシカンは全然売れていなかったので、娘はホステスをしていた。だから、夜は何回もアタシが預かってあげてたんよ。そのあとも早紀子が風邪を引いて寝込んだときや奈良《なら》に住んでいる親友の結婚披露宴に出るときにも預かってあげた。でも、連絡なしに家に置いていったことは一度もなかった。今回はイシカンから電話があったんで、引き取りにいってあげたんよ」

「その奈良の親友のかたの名前と連絡先、わかりますやろか」

ＤＶシェルターなどの保護施設もあるが、その存在を知らない者も少なくない。そのときはやはり親友や身内が頼りということになる。

「アタシも電話したけど、知らないという返事だったわよ」

「念のためお願いします。あと、親族関係もお願いします」

行方不明者届によると、早紀子は一人っ子で兄弟姉妹がいない。

「親戚《しんせき》関係は希薄よ。アタシの従姉妹くらいしか関わりはないけど、彼女だって最近になってイシカンの活躍を知った程度よ」

千鶴は携帯電話をスクロールさせて、早紀子の親友である奈良在住の吉村奈央《よしむらなお》の携帯番号を出した。

「行き先にはまったく心当たりはないんですか？」

良美が訊く。

「あったら、とっくに訪ねているわよ」

千鶴はムッとした表情になった。

「とにかく、イシカンのことをしっかり調べてよ。早紀子はアタシのたった一人の娘なんだから。考えたくないことだけど、もし死んでいたらと思うと夜も寝られない」

「あんまし悪いほうに考えはらへんほうがよろしいでっせ」

「あの子は男運が良くないのよ。せっかくの美人なのに、と母親のアタシが言うのもなんやけど。けったいな男とばかり仲良くなってしもうて、あげくの果てにイシカンと同棲して結婚してしまった。イシカンはもともと浮気性だったけど、収入が増えて拍車が掛かったと思えるわ」

「早紀子はんの父親になる人は？」

「早紀子が八歳のときに病気で死んだわ。年の差婚なので先に逝《い》くことはアタシも覚悟していたけど、予想より早く夫は死んでしまった。まだ小さかった早紀子を抱えて、アタシは苦労したのよ」

千鶴が帰っていく姿を見ながら、良美は小さく息を吐いた。

「仲のいい母娘《おやこ》なのかどうか、よくわからないですね。あまり頻繁《ひんぱん》に連絡を取っているとは思えないです」

「反対を押し切って結婚した、ということやったな」

「そらそうですよ。生活能力がない男と結婚して、稼ぐためにネオン街で働いている娘を見ているのは辛《つら》かったと思います」

「今ではテレビにも出て売れるようになったようやけど」

お笑いの首都とも言われる大阪には、芸人を目指す若者がたくさん集まる。養成所もあるし、街頭でライブ漫才をする姿も見かける。しかしその中で、売れっ子になれるのは一握りだけだ。

「売れたならいい、というものでもないと思います」

「いずれにしろ、そのイシカンという芸人に会うてみて、失踪当時の経緯《いきさつ》を聞き取る必要があるな。既婚者なら普通は配偶者が届け出るけど、渋っていたということもちょっと引っ掛かるで」

石貫勝晴の携帯番号は、千鶴から訊いておいた。

「小さい子供を置いたままなので、早紀子さんには何か事情がありそうですね。さすがに、イシカンさんに殺されたというのはにわかには考えにくいですけどね。そんなことしたら、せっかく売れてきたのに帳消しですから」

「その前に、DV被害者を救済しているNPO法人やシェルターに照会をかけてみようや。もしかしたら、そっちに助けを求めているかもしれへん」

安治川と良美は、手分けして電話照会をかけた。しかし石貫早紀子という名前の女性はどこにも関わっていないという返答であった。

そこへ府警本部から芝室長が戻ってきた。

「会議が終わったあと、顔見知りの松屋町《まつやまち》の生活安全課長に声をかけられたよ。『やっかいな案件を送付してすまない』と」

消息対応室が設置されたときから、所轄署からの送付案件は多いと安治川は予想していた。一般行方不明者と特異行方不明者の判別は、微妙な場合もある。そのときは消息対応室に送っておけば、所轄署としてはあとで判断ミスを問われることはない。

「あの課長は仕事熱心な人だから、単純に消息対応室に下駄を預けたほうが楽だと考えてのことではないと思う。有名人の妻が失踪ということを、マスコミに嗅《か》ぎつけられてかき回されるのはよくないという理由もあるのだろう」

いわゆるサツ回りと呼ばれる記者たちが所轄署や府警本部に出入りしている。そして大小さまざまなネタをいち早くキャッチして、他社を抜こうとしのぎを削っている。そんな記者たちも、この離れ小島のような倉庫の二階にはやってこない。

「関西では、お笑いの達人のほうが、イケメンのスターよりも人気者という傾向がありますからね。それだけ注目度も高いです」

「けど、わしはイシカンという男を知らなんだな」

「グランプリを獲ったことで、ここ半年ほどで急に売れ出しました。以前はありふれたコントのようなことをしていたようですけど、即興の物真似《ものまね》と顔真似《かおまね》をうまくミックスさせたことで受け始めたようです」

「いつまで人気が続くかはわからへんな」

いわゆる一発屋で消える者も少なくない世界だ。

「あのお義母《かあ》さんがいまだに結婚に不満なのも、それが一因なのでしょうね」

「いずれにしろ、お義母はんの話だけでは失踪の原因がようわからんかった。調べてみようやないか」

## 2

「え、警察のかたなんですか」

心斎橋の近くにある劇場の楽屋で、イシカンこと石貫勝晴は若い芸人三人と出番待ちの談笑をしていた。彼をドアのところに呼んだうえで、安治川は小声で身分を告げた。

「早紀子はんの行方不明者届が、母親の千鶴はんから提出されましたんで」

「やっぱり提出したんですか。よけいなことを」

石貫は顔を曇らせながら、若い芸人たちに部屋を出ていくよう促した。

「どうかこのことは内密に願います。芸能マスコミがうるさいんで」

顔真似の小道具であるカツラや髭《ひげ》が並んだテーブルを片づけながら、石貫は軽く頭を下げた。

「そのことには配慮します。それで、奥さんがいなくなったときの様子を聞かせてもらえますか」

安治川と良美は、まだ若手芸人たちの温《ぬく》もりが残った椅子に腰を下ろした。

「突然のことでした。帰宅したら、おらんかったんです。晴彦《はるひこ》は幼児用ベッドに寝ていました。晴彦というのは一人息子です」

「書き置きのようなものはあらへんかったんですか」

「書き置きはなかったですが、一時的な家出だと思わせるものはテーブルに置いてありました。晴彦のための着替えとレトルト食品がバスケットに詰められていました。おおよそ三日分くらいです。その夜は、さっきまでいた後輩芸人たちと飲みに行って、彼らを家に泊めてやろうと連れて帰ったのですが、早紀子の姿が見えなくて、バスケットにもすぐには気がつかないまま、どこに行ったのかわからなくて義母のところに電話したんです。そしたら、義母のほうが神経質になってしまって」

「部屋の中が荒らされていたということは？」

「それはないです。玄関も施錠《せじょう》されていました」

「車はあったんですか」

「狭いハイツから新しいマンションに引っ越せたばかりです。まだ車は買えてないです。近いうちにとは思っていましたが」

「その後、連絡は？」

「ありません。携帯はつながらないままです」

「どこぞに身を寄せてはる心当たりはおませんか」

「いや、ないです。義母のところにいないのなら」

「姿を消さはった理由について、なんぞ思い当たることはおませんのか」

「経済的には段違いに良くなっていたんです。家計はすべて早紀子に任せていました。思い当たる理由があるとすれば……」

　石貫は言い淀《よど》んだ。

「ちょっとしたことでもかまへんのです」

「恥ずかしながら……もう三ヵ月も前のことですが、大ゲンカをして殴って鼓膜《こまく》を破ってしまったことがあります」

「ほう、鼓膜を」

「だけど、自然に再生できる程度の軽いものでしたよ。耳鼻科には行きましたけれど」

千鶴も、石貫の暴行癖については言及していた。売れるようになって有名人となってからも、その癖から抜けられなかったようだ。

「どういうことが原因でそないなったんですか」

「言わなきゃいけませんか」

「正確な調査のためですのや。もちろん守秘は約束します」

「息子の晴彦が、俺には全然似ていないんですよ。顔真似をやるから、俺は人間の表情には敏感なんです。笑ったときも不機嫌なときも、俺の面影《おもかげ》が息子にはないんです。晴彦を妊娠した頃、早紀子はホステスをやっていたけど、店では独身を装っていて、仲のいい客もいたんです。それで、もしかしたら晴彦の本当の父親は俺ではないのではないか、と疑うようになったんです。俺の血液型はB型だから、何型の子供も生まれます」

行方不明者届には、早紀子の血液型はA型と記されていた。

「疑われた奥さんの反応は？」

「そんなことはない、と言い張りました。殴ったあと数日の間はお互いに口もきかなかったんですが、その後早紀子が親子鑑定をしようと提案して、信用できる民間の鑑定機関まで出向いてＤＮＡ鑑定をしました。それで、俺の子だとはっきりしました。そのあと謝ったんですけど、すぐにはわだかまりが解《と》けなくて」

「鑑定結果が出たのは、いつやったんですか」

「もう二ヵ月ほど前になります。だから、それが原因ではないと思うんです」

「早紀子はんが勤めてはったのは、ミナミの何という店ですか」

「宗右衛門町《そうえもんちょう》のブラックデルタというキャバレーです」

「他に、失踪の思い当たる原因は？」

「ないです」

「今までに、こういったことはおましたか」

「いや、初めてですね」

「あの、失礼な質問になりますけれど」

良美が遠慮がちに口を開いた。

「石貫さん自身の、浮気や不倫はどうなのですか？　さっきここに入る前にドア越しに『あの女は、イシカン先輩のタイプとは違うでしょ』『いや、そんなことない。タイプやで』というやりとりが聞こえてしまいました」

「地獄耳だな」

石貫は額に少し皺《しわ》を寄せた。

「聞いたのではなく、聞こえてきたんです」

「後輩と話題にしていたのは、ファンの女の子のことですよ。タイプだとは言ったけど、だからといってファンには手は出しませんよ。もし女の子からマスコミに持ち込まれたら、たちまち餌食《えじき》になりかねないですよ。俺が所属するプロダクションも今はコンプライアンスが厳しくて、下手《へた》をしたら解雇です。実際、クビになった先輩もいます」

「けど、千鶴さんは、他の女に手を出して『芸の肥やしなんだからガタガタほざくんやない』って聞く耳を持たないって話してはりましたよ」

「それはファンの女の子ではないですよ。男なんだから、つき合いもあって、風俗店くらいはいきますよ。あくまでもワンナイトです」

「それも浮気でしょう」

良美は唇を尖《とが》らせた。

「いや、浮気にはならない。単なる遊びなんやから」

「そんな夫に愛想を尽かしたということはないんですか」

「それなら離婚を言い出せばいいやないですか。失踪する必要はないですよ」

「離婚話は出なかったんですか」

「なかったですよ。稼げない時期でも、早紀子は口にしたことは一度もなかった」

ドアがノックなしに開いて、劇場スタッフが顔を出した。

「もうすぐ出番ですよ。何やってんですか」

「すぐ行きます」

石貫は、小道具を掻《か》き集めるように手にすると、安治川たちに何も言わずに楽屋を出ていった。

「あまり感じの良くない人でしたね。テレビでは愛想振りまいていますけれど、ずいぶんイメージが違いました」

良美は、劇場をあとにしてもまだ唇を尖らせていた。

「けど、失踪に関して嘘を言うているようには思えなんだな」

「暴力を振るっても離婚はしなかったのだから、いずれは自分のところに戻ってくると捉えているんでしょうか」

「おそらく、そやろな。行方不明者届を出して、芸能マスコミに感づかれることも避けたかったんやろ。それに、子供を置いていっているんやから、長期の雲隠れにはならへんと踏んでいるんとちゃうかな」

「子供のための着替えやレトルト食品は三日分くらいということでしたね。そろそろ戻ってくると考えているのかもしれませんね。本気で心配していたら、後輩芸人たちと談笑する気にならないでしょう。子供をお義母さんに押しつけて、いい気なもんですよね。口先ではコンプライアンスと言っていても、本質は昔ながらの破天荒《はてんこう》な芸人気質なんではないですか」

「かもしれへんな」

「このあと、どうしますか?」

「友人関係を当たってみよや。千鶴はんが知っていた親友は一人だけやったが、他にもいるかもしれへん。親戚関係は希薄やったということやが、それも確認する必要がある。親戚関係のほうは芝室長にお願いする。それと夕方になったら、早紀子はんがホステスをしとった宗右衛門町の店に足を運んでみようと思う」

「安治川さんには、何か引っ掛かることがあるんですね」

「わしは、兄夫婦が事故で急死して幼い姪《めい》っ子を預かることになった。幼児というのは、手はかかるが可愛いもんやで。ちゃんと育ってくれるか、いつも気になる。千鶴はんはときどき預かってくれていたということやけど、それでもしばらく家を空けるなら母親として早紀子はんは、なんぞひと言連絡するんが自然やないやろか。それやのに、携帯の電源を切っているんや」

「何かに巻き込まれたということですか」

「着替えやレトルト食品を用意していたということやから、家を出ること自体は自発的やったと思う。けどそのあとで、千鶴はんに連絡でけへんような事態になったんとちゃうやろか。確証はまだあらへんけどな」

3

千鶴が、早紀子の親友として名前を挙げた吉村奈央は、サラリーマンと結婚して奈良市内に住んでいた。五歳と二歳の子供がいた。安治川たちは彼女の自宅を訪れた。

「早紀子ちゃんとは、高校の二年生と三年生で同じクラスでした。部活は合唱部で三年間いっしょでした。私は私立大学の看護学部に進学できたけれど、早紀子ちゃんは母子家庭で経済的に難しいということで、電子部品会社に就職しました。工場の生産ラインなので機械の一部のような仕事だけれど、そのぶんお給料は比較的良くて、土日は休めるということでした。卒業して一年目は、休みのときによく会っていました。二人とも音楽やミュージカルが好きなのでカラオケはもちろん、コンサートや舞台も見に行きました。大学二回生になると、私のほうは実習やレポートが忙しくなって、会う頻度《ひんど》は減りました。彼女は一人でコンサートに行き、お笑いライブにも関心を持ち始めました。私はそれほどお笑いが好きではなく、いっしょに行くようなことはあまりなかったです。早紀子ちゃんのお母さんに恋人ができたのもそのころでしたね。早紀子ちゃんは、そのこと自体は歓迎していました。『ずっと再婚せずに頑張ってきたお母さんに好きな人ができて、いきいきとしていることは嬉しい』と。でもその反面、寂しさもあったと思います。早紀子ちゃんのほうも恋人を作ろうとしたようですが、なかなか合う人がいないんだと悩んでいました。彼女には、高校時代に告白してきた男子がいたんですけど、交際には至りませんでした。異性の好みは私と違いました」

「どないなふうに、好みはちごたんですか」

「私は勉強もスポーツもできる優等生に憧れたんですけど、彼女はヤンチャで勝手気ままな子供みたいなタイプに惹かれました。いわゆる、ダメンズというやつですかね。二十歳になってようやく同僚のカレシができたようですけど、仕事で意見が合わない工場長を殴って退職したそうです。そのあとは、あまり長続きはしなかったようです」

「早紀子はんも工場をやめはりましたね」

「それは、今のダンナであるイシカンさんと同棲を始めたからです。彼女は、無名時代のイシカンさんのファンになり、出待ちをするようになりました。その頃のイシカンさんはまだピン芸人ではなく、相方と昭和時代によく流行《はや》ったツッパリ漫才をやっていたそうです。相方は下積みが耐えられなくなって引退して、家業のバイク用品店を継いだということです。相方はもともと暴走族上がりだと聞きました。イシカンさんと彼は幼なじみだったのです。イシカンさんも一時期は暴走族に加わっていたことがあったそうです」

「同棲はいつごろからですか」

「私が看護師試験に汲々《きゅうきゅう》としていた時期ですから、二十二歳の頃でしたね。大学を卒業した私は、奈良市内の病院で働くようになって、早紀子ちゃんと会うことはめっきり減りました。それでも、電話で長い時間やりとりをすることは続きました。彼女は、イシカンさんからプロポーズされて、教会で二人だけの質素な結婚式を挙げました。まったく売れないイシカンさんを支えるために、ラウンジで働くようになり、そのあとキャバレーに移りました。イシカンさんはなかなか芽が出ないで、引退も口にしたそうですが、早紀子ちゃんは『まだもう少し頑張ってみて。せめて三十歳までは』とそのたびに説得したと言っていました。そして去年ようやく脚光を浴びました。それも全国的に注目度の高いピン芸人バトル大会でグランプリに輝いたのです。それまで毎年エントリーしていましたが、二次予選通過が自己ベストでした。いっきに駆け上がったわけです」

「早紀子はんは喜ばはったでしょうね」

「喜びよりもビックリしたのが正直なところだと言っていました。グランプリを獲ったことでイシカンさんの仕事は急増し、収入も増えて生活も一変しました。駅から遠い1DKのハイツから、中央区松屋町にある新しい3LDKの賃貸マンションに引っ越しました。この勢いが続けば、湾岸エリアの高層タワーマンションの購入も夢ではないとイシカンさんは胸を張っているようです」

「千鶴はんは『イシカンはもともと浮気性だったけど、収入が増えて拍車が掛かったと思えるわ』と言うてはりました」

「詳しくは知らないですけれど、売れない頃から先輩芸人に連れていってもらって、ガールズバーや風俗店に出入りしていたようですよ。そのくせ、嫉妬《しっと》深いところがあって、自分が売れて収入が増えたら、すぐに早紀子ちゃんのキャバレー勤めをやめさせました。端《はた》から見たら、ずいぶんと身勝手な男ですよね。私も早紀子ちゃんに誘われて、イシカンさんのステージを一度だけいっしょに観たことがあります。お笑い芸人としての才能やトーク力は確かにあるなと思いました。でも、男性としてはどうかなと首をかしげたくなります」

「だけど、早紀子さんは一途《いちず》に彼のことが好きだったんですね」

　良美が訊く。

「ええ。『彼の初志を貫徹させてメジャーにすることが自分の天命なのよ』と言っていたことがあります。彼女のほうが一つ年上ということもあるでしょうが、早紀子ちゃんは母性本能が強いタイプだと思います。でも、一度だけ悩んでいたこともありました。『別れるなら今かもしれない』と珍しく弱気になっていました」

「いつごろのことですか」

「私の下の子が生まれた少し後だったと記憶しているから、二年前くらいかしら。私のほうも二人の育児でいっぱいいっぱいで、じっくりとは聞いてあげられなかったけど」

「石貫さんは家庭内暴力を振るうことがあったと聞きました」

「ええ。そうみたいです。でもそれについては、彼女はあまり気にしていなかったです。『些細《ささい》なことで、また殴られちゃった』みたいに明るく言っていました。私なら深刻に悩むところですけれどね。イシカンさんはお酒に酔うと攻撃的になるようです。『だけど、酔っ払っていても、子供には手を上げることはないからまだ許せるのよ』とも言っていました」

「家庭内暴力について、どこかに相談するとか助けを求めたといったことはあらへんかったですか」

「聞いたことはないです」

「早紀子さんが身を寄せる場所や人物に、心当たりはおませんか」

「早紀子ちゃんのお母さんからも電話で訊かれたけれど、まったく思い当たらないです」

「今までに、こういった失踪はあったんでしょうか」

「私の知る限りでは一度もないです。正直言って驚いています。母親業は私のほうが経験者なので、子育てのことをいろいろ尋ねてきました。大事に育てていたと思います。ですから、子供を置いていくというのは、意外でした」

「一番最近に会わはったのはいつですか」

「会ったのはイシカンさんがグランプリを獲ってお祝いにランチをしたときです。電話はときどきしていますけれど、お互い子連れで奈良と大阪なので、会いたいけれどなかなか時間が取れないです。あ、そうそう、会ったときにグランプリの賞金で買ってもらったというネックレスを自慢げに見せられました。イシカンさんはツンデレというか、きつい部分と優しい部分が両方あるんです。そのギャップや意外性に彼女は惹かれているようですよ」

「家を出たいといったことを言うてはったことはおませんか」

「記憶にはないです。グランプリの前はもちろん、売れるようになってからも愚痴《ぐち》は何度か聞きましたけれど」

4

宗右衛門町にあるキャバレーへ行く前に、安治川は成人誌などで夜の街の紹介記事を書いていた男に連絡を取った。かつては便利屋のかたわら街金《まちきん》の取り立て屋の手先のような仕事をしており、安治川が一度検挙したことがある。執行猶予になった後は取り立てからは足を洗い、夜の街のライターとして活躍していたが、糖尿病がひどくなり数年前に引退していた。

　ミナミで顔の広い彼は、石貫早紀子が在籍していたブラックデルタというキャバレーのオーナーママを知っているということなので、電話を入れておいてもらった。紹介なしに当たっても、通り一遍のことしか答えてもらえないことも多い世界だ。警察に対する拒否反応も見られる。

「石貫早紀子さんは、長く居てくれましたよ。芸人の奥さんだということは、最初の面接のときに正直に話してくれました。店では、独身ということにしましたけれど」

　ママは出勤前の美容室で会ってくれた。

「仕事ぶりはどないでしたか」

「客扱いがうまくて、遅刻もしない戦力になる子でした。おなかが大きくなって、産前産後は休みましたし、その後も赤ちゃんの病気などでのお休みはありました。でも、なかなかの人気嬢だったので、私もうるさいことは言いませんでした」

「夫は嫉妬深いと聞きましたけど、トラブルのようなものはおませんでしたか」

「嫉妬深いなら、もっとカイショウを出せばいいのにね。月収は低いときは二、三万円くらいだって聞いたわよ。早紀子さんだって、好き好んでホステスをやっているわけじゃないんだからね。でもトラブルなんかはなかったと思うわ」

「店を辞めはってから、連絡はあらしませんか」

「ないわね。売れない夫を水商売で支えたというのは美談ではあるけれど、ある意味では黒歴史だろうから」

「赤ちゃんのDNA鑑定をしはったことは、知ってはりますか」

「ええ、あのことがトラブルと言えばトラブルだったかもしれない。父親が自分なのか疑って早紀子さんを問い詰めたそうで、彼女が店を辞めていたにもかかわらず、イシカンさんはわざわざ私のところにやって来て常連客の中にそういう男がいなかったかを訊いたことがあった。でも、あれは焚《た》きつけられた産物のように思えたわ」

「焚きつけられた？」

「話をよく聞いてみると、子供の顔が似ていないということは、イシカンさん自身が思いついたのではなく、ピン芸人になる前にコンビを組んでいた相方がグランプリ受賞のお祝いに家までやってきて、そのときに言い出したのがきっかけだったそうよ」

「せやったんですか」

「私は、やっかみだと感じたのよ。相方は引退して家業を継いだけど、たいして稼ぎもなくていまだに独身で、イシカンさんとはずいぶんと差がついてしまったのだから」

「なるほど、お祝いにやって来たというても、心からのもんやなかったんですやろな」

しかし、DNA鑑定を経てようやく納得したということだから、まったく見当違いの指摘でもなかったのではないか。

「男も女も、妬《ねた》み嫉《そね》みというのはやっかいよ」

「答えにくい質問をしてすんまへんけど、父親であった可能性のある常連客がいたとしたら、その見当はついてはったんですか」

「まさに、答えにくい質問ね。いえ、答えてはいけない質問と言うべきよ。大事なお客さんの情報なのだから……あなたが紹介なしにやってきた警察官なら、今すぐに追い返しているところよ」

「早紀子はんの行方がわからしませんのや。ひょっとしたら、犯罪に巻き込まれてはるかもしれへんのです。店にとって戦力として貢献してきた彼女のために、ママとして協力してもらえませんやろか」

「そう食い下がられても……本当に犯罪に巻き込まれているの?」

「わしは、その可能性を心配してます。一歳半になる子供を置いて、メッセージを残さずに、おとついに消息を絶ったままですのや。母親なら、気になってしかたがないんとちゃいますか。これまでも祖母はんが預かってきはったことがあるということですけど、電話の一本くらいかけるんが普通やないですか。かりに夫の暴力からのがれる場合でも、子供を置いてはいかへんですやろ。子供は標的にならへんかったということですけど、自分がいなくなったらその保証はあらしません」

「それはそうだと思うけど」

「子供のために、着替えやレトルト食品を用意していたということやから、失踪自体は当初は自発的やったという気がします。けど音信不通やと、懸念《けねん》が出てきます」

「もし無事にどこかにいるとわかったなら、イシカンさんに居場所を伝えるの？」

「犯罪絡みでないんやったら、それはせえしません。届出人でもないうえに、あくまでも夫婦間の問題ですさかい」

「でもねえ」

ママは横を向いた。

ずっと黙っていた良美がちょこんと頭を下げて発言した。

「あのう」

「早紀子さんはまだ若いです。石貫さんは夢を摑《つか》んでテレビに出るようになりました。早紀子さんは、その日が来ることを願って頑張ってきはったと思います。それが実現できたからある種の達成感を得て、次のステージに進もうと考えはったということはないでしょうか。つまり、石貫さんとは違う男性との新たな恋愛です」

「あの人との恋愛はないでしょう」

ママは呟《つぶや》くように言った。やはりママの頭の中には特定の人物が浮かんでいるようだ。

「そのかたに、匿《かくま》ってもろうてはる可能性はあらしませんか」

「それもないでしょう。妻帯者ですから」

「教えてもらえまへんか。ママから聞いたなんて口が裂けても言わしません。早紀子はんが無事やということがわかったら、そんでええんです。お願いします」

安治川は頭を下げた。良美もそれにならった。

「わかりました……と言いたいところだけど、無理よ。大切なお客様の個人情報を口にするわけにはいかない。店の信用にも関わるのだから」

ママは首を大きく左右に振った。

安治川と良美は、美容室をあとにした。

「甘くはないですね」

「まあ、しゃあないさ。ママとしては、辞めた従業員の安否よりも、常連客に非難されないことを重視するのはある意味当然や。店に向かうで」

「どうするんですか」

「ダメ元で、出勤してくるホステスはんを摑まえる。早紀子はんと親しかった女性がいるかもしれへん。ママから口止めの指示が出るかもしれへんから、今しかチャンスはあらへん」

「そうですね」

「うまくいくかどうかわからんけど、やってみんことには何も生まれへん」

5

幸運が待っていた。

「え、早紀子さんが行方不明なんですか」

早紀子より一つ年下で、二年前からこの店で働き始めていて、入店当初はよく面倒を見てもらったという後輩ホステスが足を止めてくれた。

「ＯＬからの転身で右も左もわからなかったので、早紀子さんには親切に教えてもらって助かりました」

「出勤前に申し訳ありまへんけど、少しだけ時間をくれはりませんやろか」

彼女は、近くのカフェに移動してくれた。ママや他のホステスに見られることは避けたかった。

「店が終わったあと、迎えに来たイシカンさんと三人でおでんを食べに行ったことが一度ありましたよ。まだ売れていなかった頃です。今ではもうテレビで引っ張りだこの人気者ですよね。苦労して支えた早紀子さんは幸せになれたなと喜んでいたんです。いったい何があったんですか」

「それを調べとりますのや。最近は、連絡は取ってはりませんか」

「ええ。早紀子さんが退店してからはなくなりました。イシカンさんが、ホステス時代のことは消し去りたいという意向のようでした。早紀子さんは、昔の女性のように夫に従うところがありました」

「ホステスをしてはったときに、仲が良かった常連客がいやはったそうですな」

「早紀子さんは、派手な顔立ちの華やかな美人というタイプではなかったですけれど、清楚《せいそ》で愛らしく、性格的にも男性を立てるところがありましたので、人気がありました。癒《い》やしや安らぎを求めるお客様も少なくないですから。早紀子さんを指名する常連さんは何人かいました。でも特別に親しかったかたは……あ、でも」

　彼女は口に手を当てた。

「とにかく早いとこ、手がかりがほしいんです。協力しとくれやす」

「早紀子さんがもし頼るとしたなら、一人しか思い浮かびません。佐々山彰一郎《ささやましょういちろう》という北堀江《きたほりえ》のほうに住んでいるなかなか優しいお客様です。だけど、ここ一年半ほどは全然お見えにならないです」

「北堀江と難波《なんば》では少し離れていますな」

　北堀江は大阪市西区の一角だ。

「あまり近いと顔がさす、と言っておられたことがあります。最初は取引先のかたに連れてこられて、それからは一人で来ていただくようになったようです。早紀子さんをいつも指名しておられて、私も何度か同席させてもらいました」

「仕事は何を？」

「北堀江にあるブティックやレストランに店舗を貸しているということでした」

　それなら空き店舗に早紀子が身を寄せている可能性も考えられた。その中のブティックは、彼女がOL時代に利用したことがあるということであった。ブティックの名前と場所を思い出してもらって、書き留めた。

「その佐々山さんという男性は、他の常連客とは違うところがあったのですか」

良美が訊いた。

「根拠はありませんけれど、声のトーンや表情が佐々山さんと接しているときは、早紀子さんにも特別感があったんです。うまく説明できないですが」

「恋愛感情もあったということですか?」

「そこまではわかりません。疑似恋愛といったこともよくある世界ですから」

「佐々山はんは既婚者でしたか」

「はい、そう聞きました」

それなら、ママの言っていた「妻帯者」にも合致する。

「ごめんなさい。そろそろいかないと」

「おおきに。早紀子はんの無事が確認でけたら連絡させてもらいます」

## 6

安治川と良美は、その足で北堀江に向かうことにした。翌日回しにしたなら、それだけ時間が経過してしまう。行方不明者の安否調査は少しでも早いのが望ましいのだ。

安治川が、北堀江エリアに足を運んだのは、約二十年ぶりであった。

「ずいぶん様変わりしたなあ」

地下鉄の四ツ橋駅から西へと向かいながら、周囲を見回す。雑貨店、セレクトショップ、インテリア、コスメ、カフェなどの若者向けのお洒落《しゃれ》な店が軒先《のきさき》を並べている。

「新しい店が多いですよ。うちも休みの日には、たまに来ます。現在の大阪で、一番ハイセンスな街だとも言われています」

「昔は家具屋がようけあった。元々は堀江川という川が流れておって、水運を利用して材木が運ばれていたと聞いたことがある」

「堀江川というのがあったんですか」

「西横堀川《にしよこぼりがわ》と木津川《きづがわ》を繋《つな》いでおった運河や。今は西横堀川も、もうあらへん。西横堀川と長堀川《ながほりがわ》が交差していた場所に、イロハの口の字形に架かっておったユニークな橋が、四つ橋と呼ばれた。さいぜん降りた地下鉄の駅名の元になった橋や。高度経済成長期に長堀川も西横堀川も埋め立てられて道路になって、四つ橋ももうあらへん」

「安治川さん、詳しいんですね」

「わしは、安治川という現役の川が苗字やから、大阪の川のことについては高校の夏休みの自由研究で調べたことがある。若い頃に関心を持って調べたことは、いくつになっても憶《おぼ》えているもんや」

「あ、あそこやないですか」

赤と青の幾何学《きかがく》模様の外壁が特徴的なブティックだった。ショーウインドウにはバッグや小物が並んでいる。店員が出てきて、シャッターを降ろしかけた。閉店時間のことは頭になかったが、何とか間に合った。

家主である佐々山のことを尋ねる。

近くにあるイタリアンレストランの二階に住んでいるということであった。

安治川は石貫早紀子の写真を出して、見かけたことがないかを尋ねる。見たことはないという返答であった。

「晩飯を食うていこう。腹が減ってはいくさはでけんし、情報収集も必要や」

一階のイタリアンレストランでパスタのセットを注文してから、身分を隠して店主に聞き込みをする。

佐々山彰一郎は、二階に居を構えていた。もともとこのビルは、佐々山の父親が建てたものだった。その父親は六年ほど前に亡くなり、一人息子である佐々山彰一郎が受け継いでいた。母親はまだ健在であり、やはり父親が所有していた近くのビルの上の階に住んでいるということだ。さきほど訪ねたブティックの裏手にあるビルであった。

　佐々山彰一郎には、数歳若い妻・和代《かずよ》と一歳くらいの息子がいて、このレストランをよく使ってくれるということであった。

　ここでも石貫早紀子の写真を出してみたが、やはり見かけたことはないということであった。

　締めのコーヒーを飲んでから、ビルの脇に付けられた外階段を上がる。佐々山彰一郎、和代、弘彰《ひろあき》の名前が郵便受けに書かれている。郵便受けの斜め上に設けられたインターホンを押す。

「はい」

　女性の声が返ってきた。

「夜分にすんまへんです。府警のもんです」

「府警？　警察ですか」

「ええ。少し話を聞かせてほしいことがおます」

「ちょっと待ってください」

　扉が開いた。カレーの匂《にお》いとともに、エプロン姿の三十代半ばの茶髪ミディアムカットの女性が不安げに安治川を見てきた。色白だが、地味な顔立ちだ。

「何の御用でしょうか?」

「彰一郎はんはいやはりますか」

「今、義母のところに行っております。ほどなく戻ってくると思います」

「そしたら、外で待たせてもらいます」

「夫がどうかしたんですか」

「いえ、あくまでも参考として伺っただけです」

「何か事件を起こしたのですか」

「わしらは、犯罪を扱うセクションやないんです。失踪者の消息を調べるのが仕事です。御主人は全然関係ないかもしれまへんのや。どうか気にせんといておくれやす」

安治川は軽く頭を下げた。

外階段を降りて、彰一郎が戻ってくるのを待つ。

「家を訪問すると、波風を立ててしまいかねないですね。少年課にいた頃も、そう思いました」

「けど、家庭の様子はそのほうがわかることもあるで」

「彰一郎さんが帰ってきたら、奥さんの前で早紀子さんとのことを訊いていくのですか」

「いや、それはせえへん。そうでのうてもほんまのことは話しにくいもんやが、ヨメはんがいたならなおさらや。在宅していたら、外へ出てもらうつもりやった」

安治川は、さりげなく後方を振り返ってみた。道路に面した二階の部屋には明かりが点《つ》いていないが、窓のカーテンが少し開けられていた。佐々山の妻が心配げに様子を窺《うかが》っているようであった。

安治川は少し移動して、死角になる場所に位置を変えた。

そこへ四十歳くらいの背の低い男が、肩を落としながら歩いてきた。ラフな普段着だ。考えごとをしているのか視線は下を向いていて、安治川たちの存在には気がついていないようだ。

「こんばんは。佐々山彰一郎さんですね？」

立ち止まって、警戒の目を向ける。

「誰なんだ」

イタリアンアレストランの店の明かりで、夜間だが表情がよく見える。エラの張った輪郭に、茶縁の眼鏡をかけた細い目に、薄い唇だ。イケメンではない。

「わしらは警察です」

「警察だって？」

細い目が揺れた。

「石貫早紀子という女性を知ってはりますな」

「知ってはいるが、もう関係ない」

「関係ない、と言わはりますと？」

「店には今ではまったく行っていない。それなのに、なんで私のところまで」

「行方不明者届が、母親から出されていますのや」

「私は何も知らない。今言ったように、ここ一年半ほど、あの店には行っていない」

「常連やったのに、なんで行かへんようにならはったんですか」

「金のかかる遊びだから、やらなくなったのだ。それだけのことだ。もう来ないでくれ」

彰一郎は吐き出すように言うと、安治川たちの横をすり抜けようとした。

「石貫早紀子はんが親子鑑定をしはったんは、知ってはりますか」

彰一郎は、身体《からだ》をビクンとさせて足を止めた。しかし、何も語らない。

「佐々山さん」

良美が小さく声をかけた。死角に立っているとはいえ、彼の妻は聞き耳を立てているかもしれない。

「もしも早紀子さんのことが一時期でも好きだったとしたなら、彼女のことが心配になりませんか？　行方を調べることに協力してほしいんです」

「そりゃあ、心配はします。でも行方は知りません。知らないものは知らないんです」

　振り切るようにそう言うと、彰一郎は階段を駆け上がった。

　良美が引き止めようとしたが、安治川がそれを制した。

「これ以上は硬化させるだけや」

「ママさんやホステスの同僚さんの話に出てきた特定の常連客というのは、彰一郎さんでどうやら間違いなさそうですね」

「しきりに、今は関係ないことを強調していたけど、かえって怪しさを感じる」

「石貫さんとギクシャクした関係になって蒸発した早紀子さんが、彰一郎さんを頼った可能性はありそうですね。でも、そうだとしたら奥さんの和代さんは心穏やかではないですよね」

「せやから、こちらを観察していたんやろ」

　彰一郎が帰宅して、窓のカーテンは閉められていた。

「もしかしたら、この家のどこかに匿われているのでしょうか」

「どうやら、そいつは確認でけそうや」

安治川は、一階のイタリアンレストランの軒先に付いている防犯カメラを指差した。

彰一郎は家主だけに、その名前を下手に出したのでは映像の提供を断られる可能性がある。ここは、空き巣の犯人がこの前の道路を通ったかもしれないということにした。安治川たちは動員で駆り出されたが、犯人が捕まったので任務が終わって食事を取った。ところが共犯者が逃げていることがわかったので、あらためて調べなくてはいけない、防犯カメラの映像を見せてほしい、と方便《ほうべん》を使った。

協力してもらえて店のバックスペースで確認ができたが、石貫早紀子と思われる女性はここ数日間には映っていなかった。

「道路が全部映っているわけではないので、百パーセントではないですけれど、匿われている可能性は低そうですね」

「ほかにも所有している空きビルがあるかもしれへん、それともう一軒あるやないか」

「母親のところですか」

「彰一郎はんは、この時間帯に出かけてそこへ寄っていたやないか」

## 7

安治川は、消息対応室に電話を入れた。

芝は帰宅しないで待機していてくれた。これまでの経緯を報告する。

「ご苦労さん。戸籍や逮捕歴などを調べておいた。イシカンこと石貫勝晴には一度逮捕歴がある。三年ほど前に、居酒屋で同期の芸人と飲んでいて、客に絡《から》まれてケンカとなって相手に全治一週間のケガをさせている。示談《じだん》が成立したこともあって起訴はされていない。石貫勝晴は、二年十ヵ月前に辻早紀子と婚姻をした。そして一年五ヵ月前に長男・晴彦が生まれている。妻の早紀子のほうは、彼女が八歳のときに父親と死別している。早紀子の母親である千鶴は、約三年前に辻安芸男《あきお》という九つ年上の男性と婚姻している。たまたま同姓だったので、改姓はしていない。辻夫婦に子供はいない。千鶴には兄弟姉妹はおらず、親戚関係は希薄なようだ」

「おおきに、ありがとうございました」

安治川は、北堀江でのいきさつを報告したうえで、佐々山彰一郎の母のところを訪ねたいと意向を述べた。

「私も、石貫早紀子さんの失踪には何か隠された事情があるように思えてならない。千鶴さんの言っているイシカン犯人説は根拠がないので現段階では支持できないが、夫が行方不明者届の提出に反対するのは不自然だ。いくら有名人だからといっても」

「わしも同感です」

「もしDVから逃げているとして、シェルター、実家、親友のどこにも居ないのなら、元交際相手というのはありえる」

「佐々山彰一郎はんはなんぞ知っておるような気がしますのや」

彼の細い目の揺れが、安治川には気になった。

「調べてくれていいが、人権侵害だと言われないように留意してくれ」

「わかりました」


先に訪れたブティックはもう閉まっていた。裏手に回ると、一階が五台ほど駐めることができるガレージになっている小さなビルがあった。イタリアンレストランが入っているビルの半分くらいの大きさだが、こちらは三階建てであった。同じように二階に続く外階段があって、住居になっている。表札には〝佐々山〟と出ている。

外階段を上がり、インターホンを押す。

「どちらさん」

　年配女性の声が返ってきた。夜分なので警戒されないためにも、良美が応対する。

「新月と申します。こんな時間にまことに申し訳ないのですが、人を探しておりまして」

「人を探している？」

「大阪府警の者です。少しだけお話を聞かせてもらえませんか。先ほどは彰一郎さんとお会いしました」

「はあ……何か事件なのですか」

「そういうわけではありません。今言いましたように、人を探しています」

　玄関扉がゆっくり開けられた。白髪混じりの背の低い女性だった。六十代の後半くらいであろう。

「警察手帳を見せてくださいな」

「はい」

　良美は、顔写真の入った警察バッジを開いた。

「そちらさんは？」

「同僚の安治川ていいます」

「立ち話もなんだから、入ってください」

「恐れ入ります」

応接間に通してくれた。

「彰一郎の母親の民恵《たみえ》です」

民恵は白髪混じりの頭を下げた。

「人を探しているとおっしゃいましたね」

「はい。石貫早紀子という女性を御存知ですか」

「名前は聞いたことがあります。彰一郎が、警察のやっかいになることをしたんですか？」

民恵の顔が曇った。

「いや、そういうわけやあらしませんのや」

安治川は軽く手を振った。

「息子は、一人っ子なので甘やかしてしまったのかもしれませんね」

「先ほどまでこちらに来てはったと聞きました」

「それは、経営のことです。いろいろありまして」

民恵はさらに顔を曇らせた。

「どういうふうにして、石貫早紀子はんの名前を聞かはったんですか」

「まあ、それは」

民恵はあまり言いたくなさそうだった。

安治川はひとまず話題を変えた。

「この堀江に住まはって長いんですか」

「ええ、もう四十年以上になりますね。六年前に主人が亡くなりましたが、主人は地方から出てきた家具職人でした。真面目に働いて独立しました。今はブティックに貸している場所で、椅子をメインにしたオリジナル家具を製造直売する店を開いたのです。この堀江がだんだんと脚光を浴びる時期に重なったのも幸運でしたが、しだいに売り上げを伸ばして、作った家具の格納庫として、ここの土地を購入しました。そのあと、現在息子が住んでいるビルも買っていったのです。息子は私に似て手先が不器用で、家具作りには向いていませんでした。主人は二代目にしたくて小さい頃から仕込んだのですが、まったくダメでした。それで息子は大学を卒業したあと、淀屋橋《よどやばし》のほうにある紳士服店に勤めましたが、上司や同僚との人間関係がうまくいかなくて退職しました。その後はアルバイトのようなことをしていましたが長続きしないで、主人が拡げたビル賃貸業をすることになりました。ビル賃貸業と言えば聞こえがいいですが、家賃収入でのうのうと生きる安易《あんい》な道を選んだのですよ。主人も息子には甘くて……」

「彰一郎はんは、おいくつでしたか?」

「三十九歳になります。三十四歳まで独身でした。無職同然で出会いもなく、前の職場の人間関係がこじれたことで引きこもり同然にもなっていたので、主人は心配して、『自分の目が黒いうちに』と、取引先の社長さんの紹介でそこの社員だった和代さんと見合いをさせ、結婚させました。今の住まいも主人が用意しました。そして息子が結婚した年の歳末に、主人は倒れて帰らぬ人となりました。それまで主人の庇護《ひご》のもとに陰に隠れていた彰一郎は、後継者として表に出ざるを得なくなりましたが、家具の販売のほうは別の会社に経営譲渡しました。譲渡の一時金はかなりの額になりましたが、そうなると群がってくるハイエナ連中がいるのですね」

次第に民恵の言葉数が増えていった。一人暮らしで寂しいという気配が漂っていた。

「どういう連中やったのですのか」

「この界隈《かいわい》のさまざまな店の店主だったり、その従業員だったり、出入り業者たちですよ。まさにハイエナのように狡猾《こうかつ》で獰猛《どうもう》です。引きこもり同然だった息子は免疫《めんえき》がありませんし、和代さんはおとなしいだけが取り柄のような女房です。彰一郎は、それまで足を運んだことがなかった夜の街に連れていってもらい、言葉巧みにおごらされるようになったんです。要するに、都合のいいカモになったわけです」

「そこで、キャバレーのホステスをしてはった石貫早紀子はんとの出会いがあったんですな」

遠回りしたが、本線に戻ることができた。

「ええ、ずいぶんと入れ揚げたみたいです。私は会ったことはなく名前を聞いただけですけど、タカリに一役かっていた人の話によると、とびきりの美人ではないけれど男好きのするタイプだそうですね」

「わしも写真でしか知りまへんけど、まあそういう印象を持ちました」

「私のほうは主人が居なくなった空虚感もあって、しばらく寝込んでいました。息子のことをしっかり見ていなかったのです。いい歳なんだからもう少ししっかりしてくれているとも思っていました。その女のことは、和代さんから聞いて驚きました」

「どないなふうに聞かはったんですか」

「彰一郎が入れ揚げていた宗右衛門町のホステスがいて、あとになってそれが人妻であることがわかった、と。営業譲渡の一時金の大半を使ってしまった彰一郎も、さすがに懲《こ》りたようで、もう宗右衛門町など夜の世界には出入りしないことを、私にも和代さんにも誓約《せいやく》しました。石貫早紀子という人妻ホステスも退店したと聞きました」

「ええ。その石貫早紀子はんの行方不明者届が出されて、わしらが消息を追っていますのや」

「そういうことでしたか。でも、うちは関係ありませんよ。もう縁が切れたんですから」

「その後、なんぞ聞いてはりませんか」

「ないですよ。もう完全に断絶したんですから。それにしても、彰一郎にはがっかりさせられました。仕事はできないのに、女遊びだけは一人前なんですから」

「早紀子はんは、夫からかなり家庭内暴力を受けていたようなんですな。以前も最近も」

「あら、そうなの。そんな安物の女に彰一郎は引っ掛かったのね」

こうして話を聞く限りは、この民恵が早紀子を匿っている可能性はきわめて低いと思えた。

「結婚前の彰一郎さんは、ここに住んではったのですか」

「いいえ、今の彰一郎が住んでいるビルに、夫と私との三人で暮らしていたのですよ。結婚をするということで、私たちは広さのあるあそこを譲って、こちらの二階を改装して引っ越しました。三階には夫の作った家具の中でも芸術品と呼べる非売の傑作を置いています。彰一郎夫妻には広い住まいを譲っただけではなく、ここの一階部分はガレージにしているけど、その端のスペースを彰一郎たちに使わせてあげています。メタリックグレーのセダンが停まっている場所ですよ。あとの四台分は貸しているから、本来なら賃料を取ってもいいのだけどタダなのよ。でも、そういうのも甘やかしだったのかもしれないと、今では反省しています」

「立ち入ったことを訊いて悪いんですけど、さいぜん彰一郎はんは何をしにここへ来てはったんですか」

「またそのことですか。あなたもしつこいですね」

「これも、仕事ですんで」

「経営の話ですよ。主人の会社を事業譲渡とした一時金はまだ少しだけ残っていたけれど、また別のハイエナが寄ってきて、仮想通貨とか暗号資産とかいうわけのわからないお金に投資をするように勧めたんですよ。息子はそれに安易に乗ってしまい、価格がずいぶん下がってしまったのでどうしようか、という情けない相談です。和代さんの前では話せないので、こちらまで来たんです。いつになったら親に頼る習性が抜けるんでしょうか」

「暗号資産を購入するときの相談はなかったんですか」

「ないわよ。勝手にしておいて、調子が悪くなったら親を頼るのよ。主人が生きていたときは、重しになって制御になっていたんですけど」

「あくまでも、もしもという話ですけど、石貫早紀子はんとの関係が復活したとしたら、どないしはりますか」

「それは絶対に許しません。もう大人なんだし、と油断していたからこうなってしまいました。主人ほどの力はないけれど、私が押さえてやります」

民恵は決意を込めた目を向けた。

8

「なるべく早く一般行方不明者か特異行方不明者かの判断をしていこう。できればきょうのうちにメドをつけよう」

翌朝、消息対応室に三人が出揃ったところで、芝はそう方針を出した。

「だけど、正直言って難しいケースですね」

良美は、バッグに入れていた石貫早紀子の写真を取り出した。

「置き手紙もなく子供を置いたままで、実母にも連絡していない点は、特異行方不明者の色合いがあります。だけど、DVを受けていたり、子供の着替えを用意している点は自発的な蒸発の要素もあります」

「夫のイシカンが届けずに放置していたことは、どう思う？」

「あくまでもうちの個人的感想ですけれど、イシカンさんと早紀子さんの夫婦仲はあまりうまくいっていなかったように思えます。だから〝息子は自分の子供ではない〟とイシカンさんが疑ったトラブルも起きたのでしょう。売れない芸人として支えてもらっている間は、夫婦でいなくてはイシカンさんは生きていけなかったです。でも、売れたのです。それも急にです。今は多忙なのでなかなか他の女性を作る時間はなさそうですけれど、いずれは早紀子さんを捨てるかもしれません。支えてくれた年上の女性を捨ててしまうのは珍しい話ではないと思います」

「届出人の千鶴さんは、『イシカンは警察に関与されることを恐れているから行方不明者届を出そうとしない』という主張だったが」

「別れ話がこじれてしまって殺したのではないか、という線ですね。だけど、売れ出して爆発的人気になりかけている今の時期に別れを切り出してはいないと思うのです。捨てるとしても、今ではなくもっと後だと思います。彼も、好きだから続けてきた芸人の道です。多忙なのは夢が実現した結果であり、充実した時期であると思えます。行方不明者届を出さなかったのは、多忙もあるけれど、マスコミからスキャンダルを暴露されて人気が落ちたり、プロダクションから叱責《しっせき》されることを避けたかったんだと思います。だけど子供の面倒を見きれないから、千鶴さんに連絡したわけです」

「なるほど。安治川さんの意見はどうだろう」

「イシカン犯行説には、わしも賛成でけしません。長い苦節の時期を耐えて、ようやくスポットライトを浴びるようになったんです。そう簡単に失いとうないはずです」

「たしかにそうだな」

「あのう、今さらながらの質問なんですけど、一般行方不明者か特異行方不明者かの判定は必ずしなきゃいけないのでしょうか。どちらとも言えないという第三の判定はダメなんですか」

「それはダメだな。どちらかの結論を出すのが消息対応室の役目だ」

「しんどいですね」

「警察の仕事はそういうものなんだ。自殺か他殺か、故意か過失か、有罪か無罪か、はっきりしない場合であっても、決断しなくてはいけない。それがのちに間違っていたなら、責任を負わなくてはならない。スポーツのレフリーのようなものだよ。スポーツの場合は、ビデオによるリプレイ検証があるが、われわれにはそういう便利なものがない」

「だけど、人間のすることですから、判定ミスはあります」

「それを言い訳にはできない。だからこそ、きちんとした調査と検討が必要なんだよ。さて、きょうはどう動くかだな。佐々山彰一郎については、昨夜で一通りの調べができたと言えそうだ。ホステス時代の石貫早紀子とは懇《ねんご》ろだったようだが、今は関係が切れていると思われる」

「ええ。少なくとも、石貫早紀子を匿ってはおらんという感触を得ました」

「ホステス時代の常連客は、佐々山だけではないだろう。それを調べていこう。そのほかに彼女の友人・知人関係ももう少し洗っていく必要がある」

「わかりました」

　再び石貫早紀子の母親である千鶴と会って、友人・知人関係を聞き出すことにした。

「まだ見つからないんですか」

「そのためにも、手がかりがほしいんですのや」

「友人はあまりいない子でした。昨日お話しした吉村奈央さんくらいしか浮かばない千鶴は、そう言いながらも、懸命に思い出そうとしてくれた。夫と死別した彼女は、八歳になる早紀子を連れて、大阪から出身地である兵庫県相生市《あいおい》に帰った。そして千鶴の母親が生きている間は相生市で暮らし、そのあと勤務先のある高砂市《たかさご》に転居した。そしてまた大阪に戻った。早紀子は小・中学校を三校経験したことになる。なかなか親友はできなかったかもしれない。

「早紀子はんは、お父さんの親族を頼ったということはおませんやろか」

「父親の親族のことは何も知らないわよ。アタシもずっと没交渉だから」

高校時代の親友であった吉村奈央にも、もう一度電話をした。そして彼女の目から見て友だちと言えそうな女性を三人教えてもらって、電話をかける。三人とも電話は繋がったものの、高校を卒業してからは一度も会っていないということであった。

「携帯電話が持ち出されているので、そこから辿《たど》っていくことができないですね」

電話番号リストも、通話記録も、ＬＩＮＥなどのメッセージ記録や友だち一覧も、全部モバイルの中に入っているのが現代だ。その人間のネットワークの大半の情報が、そこに詰まっている。

「ないものねだりをしていても、しゃあないで」

石貫勝晴にも、もう一度会うことにした。

しかし東京でのバラエティ番組とお笑いライブに出演するために上京するという彼とは、新大阪駅の構内で短時間しか話せなかった。

彼はこう答えた。

「そらぁ、カッとなって物を投げたり手を出したりしたことは少しくらいはありましたよ。だけど、犬も食わない夫婦喧嘩というやつですよ。これまで夫婦間のことで、早紀子から訴えられたり警察沙汰になったりしたことはありません。あんたら警察なんだから、そんなことくらい調べたらすぐにわかるはずです。ましてや俺は売れたんだよ。ようやく早紀子も、苦労と内助の功が報われたんです。姿を消す必要なんかありませんよ」

石貫勝晴は、いくら考えても早紀子が自分から失踪する理由が思い当たらないと首をひねった。

二日間東京泊まりになるという石貫は自宅の鍵を提供することを承諾してくれたので、安治川と良美は石貫夫婦が住むマンションに入ることができた。人形や花火の卸問屋がずらりと並ぶ松屋町《まつやまち》商店街のすぐ近くだった。まだ築年数は新しくて、モスグリーンの外壁がユニークだ。

　玄関ホールを清掃する管理人がいたので、事情を話してから部屋へと向かう。帰りは管理人に鍵を預け渡すように石貫に言われていた。

　室内にはデスクトップやノートのパソコンはなかった。早紀子に宛てられたコスメやファッション関係の通販会社からのダイレクトメールは、かなりあったが、私信の手紙類はなかった。DVシェルターに関する資料なども見当たらなかった。年賀状もわずかだった。それらの差出人は、母親の千鶴、吉村奈央、奈央から名前を聞いて電話をした友人のほか、数人だけであった。一応、名前と住所を控えたが、女性ばかりであった。

　洋服簞笥《だんす》の衣類は、暖色系の比較的派手なものが多かった。ドレスも数点あった。ホステス時代に購入したものであろう。そのころは、もっとたくさんあったと思われた。

　良美はジュエリーケースを見つけた。自分で買ったものなのか、客からのプレゼントかはわからないが、ペンダント、ブレスレット、ピアス、イヤリング、アンクレット、指輪などが多数入っていた。

「かなり高額なものもあると思います。長期の家出なら持っていくことになるのやないでしょうか。かさばるものではないです」

「せやけど、もっとぎょうさんあって、お気に入りやないものは残していったのかもしれへんで」

安治川は、通帳や現金を探した。石貫勝晴名義の通帳は二冊あった。一冊は日常的な水道光熱費や携帯電話代や家賃が引き落とされている口座だ。キャッシュカードは見当たらない。残高は四十五万円ほどだ。もう一方は、プロダクションからのギャラの振り込みに使われている口座だ。こちらのほうの残高は如実だ。石貫がグランプリを獲ってから急速に入金が伸びている。今や残高は八百万円に達しようとしている。そのキャッシュカードは置かれたままだ。

石貫早紀子名義の通帳も一冊あった。勤めていた頃はブラックデルタからの入金がなされていたが、今は入金はない。かつては出金して日常的な通帳のほうに入金していたが、石貫勝晴のギャラが増えたことでそれをやめていた。現在では二百四十万円ほどの残高があった。このキャッシュカードも見当たらない。

妻が支えてきた生活が、夫が売れるようになってからは夫の負担となり、それとともに妻はホステスを引退したという二人の歴史を通帳は物語っていた。

「早紀子さんは、キャッシュカードを二枚持って出たということでしょうか」

「いや、日常的なほうはイシカン自身が持っているんやないか。後輩をおごることもあるやろうから」

「ああ、そうですね。だとしたら、早紀子さんは自分のキャッシュカードを持って出たということですね。やはり自発的な失踪ということになってくるんでしょうか」

「いや、そうとも限らん。長期に雲隠れするなら、夫のギャラが入るほうのキャッシュカードも持って出るんとちゃうか。ほかに現金がどれくらいあったかはわからへんけれど」

用箪笥の中の小箱に数万円ほどの紙幣と小銭が残っていた。これ以外に現金があったかどうかは不明だ。石貫勝晴も「家計はすべて早紀子に任せていました」と言っていた。


決定的なことが拾えないまま、石貫の部屋の鍵を管理人に渡して、安治川たちは松屋町のマンションを出たその足で、ブラックデルタのある宗右衛門町に向かうことにした。きのうに引き続いて、出勤してくるホステスを摑《つか》まえて話を聞くのが目的だった。

宗右衛門町という町名は、安井道頓《やすいどうとん》たちとともに道頓堀川の開削《かいさく》に関わった山口屋《やまぐちや》宗右衛門に由来する。その道頓堀には南側が接している。難波の中心地にも近いが、難波に比べて大人の街の雰囲気がある。

「新月はん。後ろを振り向かんと、方向転換をしてもらえますやろか。マンションに戻ります」

「え、どうかしたんですか?」

「尾《つ》けられている気がしますのや。三十代くらいの黒い服の男がマンションからずっと付いいてきてますのや」

「何者でしょうか」

「距離を取っておらんので、すぐにバレる尾けかたですよ。プロやなさそうです」

安治川たちは松屋町のマンションに戻った。そして管理人室に向かった。

「おや、忘れ物ですか?」

管理人は怪訝《けげん》そうな顔をした。

「単刀直入に訊きます。あの男を知ってはりますな」

安治川は、マンションの外で様子を窺っている上下とも黒っぽい服の男を顎《あご》で示した。

「ああ、申し訳ありません。つい謝礼をはずまれたもので」

管理人はすまなそうに詫《わ》びながら、名刺を差し出した。

〝週刊　芸能事実　契約記者　小丸雄平〟と名刺にあった。

「あなたがたが石貫さんの部屋に入っておられる間に、私が連絡しました。前にこの男が訪ねてきて『イシカンさんのことで調べています。妻以外の女性が訪ねてくることはありましたか？』と訊かれました。私の記憶にはなかったので、ありませんねと答えました。そうしたら『もしイシカンさんのことで何かあったら、すぐに知らせてほしい』と頼まれていたのです」

「彼が訪ねてきたのはいつごろのことでっか」

「三、四週間前でした。その後も女性が訪ねてくることはなかったので、謝礼をもらったものの申し訳ない気持ちでした。きょうこうして警察のかたがおみえになったので、電話をしました。すみませんでした」

管理人はもう一度謝った。

安治川は、外で手持ち無沙汰《ぶさた》そうにタバコをふかしている小丸《こまる》のところに駆け寄った。

「石貫はんに新しい女性ができたんでっか」

小丸は驚いた顔を向けた。

「わしらを尾けても何も得られまへんで」

「尾けてなんかいない」

「もう管理人はんが事情を打ち明けてくれてますんや」

安治川は、小丸の鼻先に彼の名刺を突き出した。

「あんましやり過ぎたなら、個人情報保護法違反になりかねませんで」

「わかってくださいな。これが俺の仕事なんだから」

「説明してもらいまひょ」

逃げられないように小丸の腕を摑む。

「情報の売り込みがあったんだよ。一ヵ月ほど前に、編集部に」

小丸は観念したように話し始めた。

「地下アイドルをやっていた二十一歳の女の子からだよ。無名のまま地下アイドルのほうはやめて、今はレースクイーンに転向しているそうだ。去年の今ごろ、まだイシカンがグランプリを獲る前なんだが、彼女はパチンコ店の新規開店イベントで、イシカンといっしょに仕事をして、そのあと居酒屋に誘われて、酔ってしまって強引にラブホテルに連れ込まれたという内容だった。彼女は抵抗しながら、携帯で音声を録《と》っていた。雑音も入っていて聞き取りにくかったが、かなりの力ずくであることは伝わってきた。編集部は取り上げるという方針を出した。何しろ絶賛売り出し中の男がネタだから、読者も食いついてくれそうだ。だがそれのみでは、去年のことなので少し弱い。現在進行形のスキャンダルを摑めたら、インパクトもあるということで、俺に取材指令が下ったんだよ」

「それで調べてみて、どないでしたんや」

「調べているが、まだ収穫はない。きっとプロダクションから、不倫などには気をつけるように厳しく注意されているのだろう。半ば諦めていたところへ、警察が訪ねてきたという連絡が管理人から入った。その地下アイドルかもしくは別の女が、警察に訴え出たのかと俺は色めき立った。そういうことでの来訪だったんですかね？」

「いや、そいつは見当はずれやな。そないな訴えは出てへん」

「だったら、何の用件なんですか？」

「それは言えへんし、言う必要もあらへん」

「教えてくれてもいいじゃないか」

「そうはいかん。もう下手な尾行をするんやないで。管理人への買収も感心せえへん」

「わかりましたよ。でも俺なりに、スキャンダルは追いますよ。人気が出てきた芸能人を持ち上げて売り上げを増やし、そのあと引きずり降ろしてまた売り上げを伸ばすという二回稼ぎで、俺たちは飯を食っているんですからね」

宗右衛門町に戻ったが、あまり成果はなかった。

芝から電話が入って、消息対応室に戻るように言われた。

9

「ご苦労さん。一般行方不明者か特異行方不明者か、そろそろ結論を出そうと思う」

安治川から報告を聞いたあと、芝はそう切り出した。

「けど、それは……正直なところ、まだどちらとも判断でけしません」

安治川は本音を述べた。両方の要素が混じっているケースと言えた。

「きょう、新しい案件が送付されてきた。この件ばかりに関わってはいられない。その前に、きのう安治川さんたちが調査対象にした佐々山彰一郎の戸籍関係を調べておいた。佐々山彰一郎は現在三十九歳で、六つ年下の和代との間に一歳になる長男の弘彰がいる。佐々山彰一郎には前科や逮捕歴はない。会ってみての彼の印象はどうだった？」

「親の庇護のもとで温室で育った二代目という感じでしたな。あまり仕事もせんと、営業譲渡で得た金と賃貸収入で生活でけている結構な御身分やと見受けました。ひところは、ホステス時代の早紀子はんに入れ揚げていたものの、母親から叱られ、営業譲渡で得た金も多くを使うてしもて、残りは仮想通貨で目減りしているようです」

「過去はともかく、現在は彼は無関係ということでいいか」

「ええ。調べた限りでは、そう思えました」

「石貫早紀子さんが特異行方不明者だという要素は、何かあるのか」

「幼い子供を置いたままということと、預かってもろている実母の千鶴はんにも連絡してけえへんということですね」

「しかし、そういうのは個人差があるだろう。衰弱死するまでろくに食べ物も与えないで、我が子を放置して死なせた母親もいる」

「せやけど、早紀子はんがそうやとは限りません」

「判定が難しいという事情はわかるが、結論を出さないわけにはいかない。有名人の奥さんだから、特別扱いして時間と税金をかけてやっているという批判も受けたくない。前にも言ったように、どちらでもないという第三の判定はできない。安治川さんと新月君が二日間かけて調べてもはっきりしないということなら、私に任せてほしい」

「どちらの判定なんですか」

「事件性を示す明確なものが出なかったのなら、一般行方不明者とすべきだ。そもそも行方不明者の九割五分以上が、自発的蒸発などの一般行方不明者だ。本件は、二十八歳という大人の失踪で、家庭内暴力を受けていたという事実もある。誘拐や拉致なら、犯人側からの身代金要求などの接触があってしかるべきだが、それもない」

「たしかにそうですけど、もう少し調べることはでけしませんやろか。引っ掛かることはあります。たとえば、これまで経済的に辛い状態やったのに、ようやく日の目を見ることができるようになったんです。住まいも移りました。それやのに、自発的失踪をする理由があらへんと思うのです」

「新月君の意見は？」

「うちもまだどちらとも決めかねています。これまで扱った案件の中で、一番迷っているかもしれません。ただ、安治川さんが今言わはった点については、少しだけ異論があります。早紀子さんは無名時代のイシカンさんからＤＶを受けていても、子供を抱えて家計を支えるために必死だったと思います。ＤＶの痛みを感じているゆとりもないくらいに。ところが、イシカンさんが売れたことで長いトンネルを抜けることができました。そうなったら、緊張の糸が切れてしまったということはないでしょうか」

「私も同じことを考えた。大学受験で歯を食いしばってストイックに頑張ってきた受験生が、念願の大学に合格した途端に急に虚脱感に襲われて、行き先を決めない一人旅に出かけることはある。この私にも似た経験があるんだ」

「つまり、二対一で自発的な一般行方不明者と結論づけるということですか」

「いえ、二対一ではないです。うちはまだ保留です」

良美があわてて付け加える。

「安治川さんにも新月君にも悪いが、われわれ三人は対等な立場ではない。多数決というのは馴染《なじ》まないんだよ」

「それは、わかっとります」

警察は階級社会なのだ。階級や役職が上の者の考えや判断が、その組織の考えや判断となる。安治川には反論の余地はなかった。巡査部長待遇の再雇用の身なのだ。

10

大阪府最北の町である能勢町《のせちょう》は「大阪のてっぺん」とも呼ばれ、北極星信仰の場として名高い妙見山《みょうけんさん》を擁《よう》し、大阪府下とは思えないほどの豊かな自然に恵まれている。その能勢町の中でも北に位置する剣尾山《けんびさん》は、関西百名山にも選ばれてハイカーに人気がある。いわば「大阪のてっぺんの中のてっぺん」だ。

剣尾山の中腹を通る送電線の点検に訪れた電力会社の社員が、林道の下の渓間《けいかん》に横たわる人影を見つけた。降りてみると、茶色いワンピースの女性が灌木《かんぼく》の中でうつ伏せに倒れていた。まったく身動きはしていなかった。

消息対応室に電話連絡が入ったのは、昼前のことであった。

「何ですって？」

珍しく芝が声を上擦《うわず》らせた。

石貫早紀子の案件を、一般行方不明者とする結論が昨夕決まったので、きょうは安治川も良美も新しい案件に取り組んでいた。その行方不明者届の届出人がやってきて、面談を終えたばかりだった。石貫早紀子のように判定が難しい事案ではなさそうだった。

「ある程度のことは、摑んでいます。協力はもちろんします。わかりました」

芝は硬い表情で受話器を置いた。

「能勢町の山の中で、女性の遺体が見つかった。携帯電話はなかったが、財布は所持していて中にキャッシュカードが入っていた。その名義人は石貫早紀子だった。行方不明者届の届出人である辻千鶴に連絡がなされて所轄署に向かっている。われわれ消息対応室もきのうまで調査をしていたので、捜査への協力をするように求められた。これから、出向いてくる。君たちは新しい案件に取り組んでいてくれ」

「捜査への協力を求められたということは、他殺なんですか」

安治川にとっても意外な展開だった。

「頭部に殴打痕があるうえに、首が絞められていた。現場には血痕《けっこん》などはなく、靴も履《は》いていないことからも、どこかで殺されて車で遺棄《いき》されたと見られるということだ。発見者は林道を車で走っていた電力会社の社員だが、きのうの朝も同じ道を走っていて気がつかなかったということだから、遺棄されて丸一日は経《た》っていないようだ」

「わしも同行しまひょか」

「いや、私だけでいい。一般行方不明者だという結論を出したのは、室長である私なんだから」

犯罪性がない一般行方不明者というきのうの消息対応室の判定が、あっさりと覆《くつがえ》されたことになる。

「室長、この際やから訊かせてもらいますけど、きのう判定を急ぐことにしはったのは、なんぞ理由があったんですか」

「君たちには責任はない」

「責任どうこうを言うているんやないです。室長には事情があるとお見受けしました」

芝は立ち上がって書類ファイルを鞄《かばん》に入れた。

「安治川さんたちは、きのう週刊誌の記者に職務質問をかけていた。その出版社から、府警本部の幹部に電話が入った。腕を摑まれて詰問された、という抗議だ。それくらいは問題ではないと私は答えた。週刊誌としてはイシカンのネタがほしいから、抗議を差し控えるので、そのかわりに警察官がマンションまで出入りしていたわけを開示《かいじ》しろ、と求めてきた」

「せやったんでしたか」

「あの週刊誌は、大手出版社が吸収合併を予定しているようだ。路線は今よりは硬めにしつつも大衆読者層を摑むことで、テコ入れを狙っているようだ。大手出版社が絡んでくるとややこしくなる。もちろん、府警幹部は判定についての指示はしていない。調査はほどほどにして早く判定をしないと面倒なことになりかねない、と示唆《しさ》してきたに過ぎない。あくまでも責任者はこの私だ」

「けど、室長は追い込まれたんやないですか」

「言い訳はしないよ。とにかく、捜査本部が置かれた能勢北署に行って。消息対応室がきのうまでに得た具体的事実を報告してくる。もしわからない細部のことが出てきたら電話で問い合わせるから、よろしく頼むよ」

芝は何かを吹っ切るように、早足で出ていった。

「管理人を買収した記者のほうが問題ありですよ。府警の幹部さんはどうして大手出版社となると、忖度《そんたく》するんでしょうか」

良美は頰《ほお》を膨《ふく》らませた。

「大手出版社が書いたなら、世論に影響を与えることがある。大手出版社への忖度というよりも、その向こうにある府民の評価を気にすると表現したほうがええやろ。納税者である府民のことを念頭に置くこと自体は悪いことやない。けど問題は、マスコミから府民への伝達力が強いのに比べて、警察自身が発信手段をろくに持ってへんことやと思う。広報部門のセクションはあるにはあるが、交通安全運動や特殊詐欺防止のキャンペーンをする程度のもんや」

「そうですよね」

「そういう構造になっとる限りは、しかたがあらへん。自治体なら知事や市長がアピールすることがあるけれど、府警本部長が同じことはできひん」

「それは理解できますけど、芝室長にだけ責任を負わせたくないです。うちらは二日間調べて、一般行方不明者か特異行方不明者か五分五分ということしか言えませんでした」

「そうなんや。現場で調べたんはわしらや。責任はむしろ、成果を得られなんだわしらにある。中間管理職である室長のせいやない」

「もう少し動いて調べてみることはできませんか。能勢北署に捜査本部が置かれて捜査が始まるでしょうけど、うちらのほうが現段階では素材を持っています。だからこそ室長を呼びつけているんでしょうけど」

「そのとおりや。せやけど、あんさんは現職なんやから勝手に動いたらあかん。下手したら処分の対象になる。その点、わしは気楽やし自由や。再雇用とはいえ退職した身や。現職の警察官は個人での発信は御法度《ごはっと》やけど、ＯＢの刑事ならテレビのワイドショーでコメンテーターとして自分の見解を話すことかて可能や。あんさんには悪いが、きょうの案件のことをやってくれ」

安治川はそう言いながら、立ち上がった。

## 11

自分も行きたいと言わんばかりの良美を残して、さっさと消息対応室を出たものの、安治川にアテがあるわけではなかった。

書店に入って、地図で能勢町を確認する。石貫早紀子が住んでいる松屋町からは約五十キロ、車ならほぼ一時間の距離だ。きのうの朝には遺体はなかったようだから、遺棄されたのはけさまでの約二十四時間ということになる。おそらく、人目につかない夜間だろう。林道では防犯カメラもなさそうだし、Ｎシステムによるナンバー捕捉も期待できない。

書店を出た安治川は、近くの四天王寺の境内《けいだい》に歩を進めた。聖徳太子が開いた日本最初の官寺《かんじ》と伝わるこの寺院は、南大門《なんだいもん》・中門《ちゅうもん》・五重塔《ごじゅうのとう》・金堂《こんどう》・講堂《こうどう》が南北に整然と一直線に並び、伽藍《がらん》を散策していると不思議と脳内が浄化されて考えが整理されることがある。

安治川は、講堂の西にある亀の池前のベンチに腰を下ろした。

石貫早紀子には、頭部の殴打傷と首が絞められた痕跡が見られるということだ。殴打することで抵抗力を削《そ》いでから絞殺したか、もしくは強打したうえで念押しで絞めたか、いずれかの可能性が高かった。殺害方法だけでは犯人像は絞れない。抵抗力を削いだとしたら、女性でも犯行は可能だろう。

安治川はポケットから、母親である辻千鶴から出された行方不明者届のコピーを取り出した。

消息対応室にやってきた千鶴は「イシカンに殺されたかもしれへんのやないかって、気が気やないのよ」と訴えた。そのとき安治川は「殺されたかもしれへんというのは、飛躍し過ぎやありませんか」と答えた。しかし現実に、早紀子は「殺された」のだ。

（せやけど、犯人がイシカンとは限らへん）

きのうの昼過ぎに、安治川は石貫勝晴と新大阪駅で会って、マンションの鍵を借り受けていた。彼は東京でのテレビ番組に出演するために二泊するということであった。

きのうの夜に遺棄することはできない。それに彼はまだ車を買えていないと言っていた。

千鶴の携帯番号は行方不明者届に記されていた。まだ遺体確認をする前かもしれないが、かけてみることにした。

何コールか鳴ってあきらめかけたときに、出てくれた。

「もしもし」

まるで元気のない声だった。

「消息対応室の安治川です。能勢北署から連絡を受けて知りました。もう御遺体の確認のほうは?」

「ついさっき終わったところよ。別人であってほしいと願っていたけど、早紀子だった。最悪の結果だわ。所轄署の刑事さんから一通りのことを訊かれて帰れると思ったのに、これから府警本部の刑事さんの聴取があるからって、狭苦しい部屋で待たされている。警察は何やってんのよ。あれだけ探してくれと頼んだのに」

「その件については、謝ります。ほんまにすまなんだと思うてます」

「イシカンを早く捕まえてよ」

「そのことですねけど」

安治川は、昨日は石貫が上京したことを伝えた。

「それに彼は、運転免許はありますねんけど、車を持っておりまへん。レンタカーを使うたらそこからアシがつきます」

「誰かにやらせたんやないの」

「仮に後輩芸人にさせてしもうたら、そのあと脅迫者になりかねません」

金に困っている者なら、単に遺棄の報酬だけでなく、そのあと恐喝してくることもありえた。

「早紀子はんの死亡推定時刻は聞かはりましたか」

「時間帯まではとても絞れないけれど、およそ死後三、四日という推定はできるということだった」

これから司法解剖ということになるが、日数の経過とともに、正確な割り出しは難しくなる。

「イシカンはんのほかに、心当たりはおませんか」

「ないわよ。今、車を持っていないことは聞いたけど、あの男なら他に方法を考えたように思うわ。車を誰かに借りたのかもしれない。目的は伏せて」

「ありえへんとは言い切れませんけど」

彼が実行したとしたら、きのうの午前中ということになる。山の中なら、目撃者は出ないかもしれない。ただ、引っ張りだこの多忙な男だ。そのような時間があったかどうかはわからない。それにもし誰かに見られたとしたら、有名人だけに記憶に残りやすい。

「動機はどんなふうにお考えですのか。スキャンダルを起こしたなら、いっきに地位を失いますのやで」

きのうマンションを張っていた小丸の顔が浮かんだ。

「計画的ではなかったかもしれない。彼のクセである家庭内暴力がいつも以上に激しく出て、弾《はず》みで死なせたとしたら」

DV癖があったことはたしかだし、弾みもありえないわけではないだろう。ただそうなると、おそらく自宅マンションの中での出来事ということになる。石貫は、安治川たちに鍵を渡して立ち入ることを許した。普通なら、それは避けたいはずだ。

「これから捜査本部が立ち上げられたなら、マンションにも鑑識がかけられますやろ。そしたら、そういうことがあったのかなかったのか、はっきりします。痕跡を完全に消してしまうのは困難なことです」

早紀子は被害者であるから、イシカンと住んでいたマンションは捜査対象になる。

「孫の晴彦のことを思うと、不憫《ふびん》でならないわ。たった一歳半で母親がいなくなってしまった。おそらく顔すらも記憶していない。これからアタシが育てていくことになるけれど、どこまで続けられるかわからない。ＤＮＡ鑑定で自分の息子だとはっきりしたんだから、経済的にはイシカンが養育費は払うだろうけど。でも、もしもイシカンが犯人なら逮捕されて、稼ぎは消えるわね」

「そうなります」

「それは困るけど、だからといってイシカンが捕まらないでほしいとは思わない」

「捜査のことは、警察に任せてもらえませんやろか」

「その警察が頼りにならないから言っているのよ。あなたはまだ、さっきの刑事さんたちよりはマシだわ。アタシのことを慮《おもんぱか》ってくれているのがわかる。しっかり調べてよ」

「けど、わしは捜査本部には入ってまへんので」

「でも、あなたも警察の人間なんでしょ。被害者遺族にとっては、捜査本部に入っているかどうかなんて関係ないわ。あ、さっきの刑事さんが入ってきた。それじゃあ、頼んだわよ」

千鶴は一方的に電話を切った。

電話をしまい込んだ安治川は、四天王寺の池の小岩の上で悠然《ゆうぜん》と陽光を浴びている亀を見つめた。

千鶴の言葉で、耳にこびりつくものがあったのだ。しかしそれが何なのか、はっきりしないのがもどかしい。

安治川は、吉村奈央に電話をかけた。石貫早紀子の死体発見はまもなく報道されるだろう。

「はい」

背後で子供がはしゃぐ声がした。

「安治川です。何べんも電話してすんまへん」

石貫早紀子のことを伝える。

「ええっ」

吉村奈央は絶句した。

「こんなときにぶしつけですねけど、もう少し話を聞かせてもらえませんやろか」

「はあ」

「早紀子はんが生きてはるときには、自分が警察に言うたことが回り回って彼女の耳に入ってしもたら、『告げ口された』と友情にヒビが入るという懸念があって、言いそびれてしもてはったこと、ありませんやろか」

「いいえ、そういうことはありません。隠そうと思ったものはないです」

「一刻でも早いとこ事件を解決することが、何よりの供養《くよう》になります」

「それは同感です。殺されたなんて可哀想過ぎます」

「能勢町のほうで発見されたんですけど、早紀子はんは能勢町になんぞ関係ありましたか?」

「聞いたことないです」

「最近、人間関係で悩んではったことはありまへんでしたやろか」

「キャバレー時代は、ホステスさん仲間からのイジメや客あしらいで悩んでいたことはありました。そしてイシカンさんとも順風満帆の夫婦ではなかったでしょう。でも、今は夜の仕事から解放され、イシカンさんも売れているのです。子育てのほうも少しずつではありますが楽になれている時期だと思います」

吉村奈央が言うように、順調なのだ。少なくとも表面上は。

「また、なんぞ思いついたことがおましたら、連絡をもらえますやろか」

「わかりました。協力します。それにしても、あまりにも突然でショックです」

安治川は、再び携帯電話をしまい込んだ。吉村奈央とはレベルが大きく違うだろうが、安治川もショックを受けている。

眼前の池の亀は、まるで置物のように動かないままだ。

大阪城の堀は、ブラックバスやブルーギルなどの外来魚が大量に繁殖し、フナやハゼなどの在来魚が餌食となって激減しているというニュースを見たことがある。この池の魚たちも同じ運命を辿る可能性はありそうだ。魚だけでなく、亀もペットとして飼われていた外来種が捨てられて、生態系が変わったり、外来亀との交配が進んでしまう懸念が指摘されている。

(待てよ……交配か)

引っ掛かっていた何かが頭をもたげてきた。

安治川はもう一度、吉村奈央に連絡を取った。

「またまたすんまへん。早紀子はんから、子供の父親が本当に自分なのかと、イシカンはんから疑われてDNA鑑定をしたことを聞かはりましたか」

「ええ。DNAの鑑定をしている会社や機関について質問されました。私は看護師をしていましたので」

「どないな質問やったのですか」

「ネットで調べたら、鑑定をしている民間機関はけっこうあるけれど、どこがいいのか迷ってしまう。郵送などではなく、直接来訪したうえでDNA採取をしてくれる会社を教えてほしいということでした。郵送では検体のすり替えの可能性もイシカンさんから指摘されかねないから、と早紀子ちゃんは言っていました。私は、以前に勤務していた病院のDNA鑑定に詳しい医師に尋ねたうえで、そこを教えました」

「どこやったか、憶えてはりますか」

「はい。けいはんな学研都市にあるランドルフ記念研究所でした」

「おおきに」

安治川は、JR天王寺《てんのうじ》駅に向かった。大阪環状線の京橋駅から学研都市線に乗り換えたなら一時間ほどで着くことができそうだった。

「当然のことですが、顧客のプライバシーに関わることは、お答えできませんよ」

三十分ほど玄関ホールで待たされて、ようやく応接室のような部屋に通された。白衣姿の禿《は》げ上がった頭に顎鬚《あごひげ》の初老男性がファイルを手にして不機嫌そうな顔つきで入室してきた。胸に〝副所長　梅森〟とある。

「もちろん、わかっとります」

「まあ、しかし、殺害されたのはお気の毒ですな。犯人はもう捕まったのですか」

まだ能勢北署の捜査本部は、ここまで来ていないようだ。

「いえ。いろいろと調べて始めているところです」

「いろいろ？　うちのＤＮＡ鑑定が何か問題があるとでも、おっしゃるつもりですか」

副所長は、あからさまに嫌な表情を浮かべた。

「いや、せやないんです。ここでの鑑定のシステムを知りたいんです。結果はどのくらいでわかるのですか」

副所長は、ファイルを安治川に見えないようにして開いた。

「二、三週間ほどいただいております。殺人事件ということなので、鑑定結果については開示協力しましょう。九十九・九八パーセントの確率で、夫である石貫勝晴さんの子供だという結果が出ました。御存知ないかもしれんですが、親子関係ありのときは、その数字になります。それに対して親子関係なしのときは百パーセント不存在という鑑定となるんです」

「鑑定結果に対しての疑問など毛頭ありませんのや。確認したいことがおます。石貫勝晴はんはここへ直接来所しはったんですか」

「うちは、検体のすり替えを防ぐためにも、直接来てもらってここで頬の粘膜を職員の手で採ります。例外はありません。石貫さんのDNA親子鑑定を担当したのは私です」

「鑑定の依頼は、夫婦のどちらから出されたのですか」

「奥さんのほうでした」

行方不明者に添付されていた早紀子の二枚の写真のコピーを見せる。

「ええ。この女性です。お子さんを連れてお見えになって、その三日後に御主人のほうが来所されました」

「この男性でしたな」

イシカンの写真を見せる。

「ええ、間違いないです」

「本人の身分確認は？」

「運転免許証を持参いただく規則になっています。運転免許証をお持ちでないかたはマイナンバーカードかパスポートという顔写真付きのものが必携《ひっけい》です」

「夫婦揃っての来所やなかったのですね」

「そこまではルールにしておりません。現実問題として、親子鑑定になるという場合の多くは、夫婦仲が逆風の状態です。仲よく時間をかけて、この学研都市まで来ると は限りませんな。それに夫婦同伴かどうかは、科学鑑定とは関係ありません。何か問 題がありますか？」

「いえ、あらへんと思います。それでは次に、別の鑑定依頼者のことをお尋ねしたい んですが」

「お待ちください。そのかたも、殺人事件の被害者として亡くなられたのですか」

「いや、せやないです」

「調査の目的は何なんですか？」

「石貫早紀子はんの殺害事件との関連があるかないか、を知りたいんです」

「生存されているかたですね？」

「ええ」

「それはお断りします。プライバシー保護の観点からも、個人情報保護の観点からも、 開示できません」

「言わはるとおりですけど、鑑定結果を知りたいんやないです。来所してはったかど うかを教えてほしいんです」

「できません」

「そこを何とか」

「ダメなものはダメです。お帰りください。どうしてもということなら、裁判所が認めた令状を持ってきてください」

取りつく島もなかった。

## 12

安治川は、交通部に照会して、気になる人物が運転免許を有していることを摑んだあと、帰路はＪＲではなく路線バスに乗った。そしてＮシステムの設置場所を確認していった。

防犯カメラだと上書き消去されていくから時間が経ったものは画像を得ることができないが、Ｎシステムの場合は三十年間という長きにわたって保存されていると聞いている。

京橋駅前でバスを降りると、辻千鶴に連絡を取った。能勢北署での事情聴取がようやく終わって、帰り道だということだった。安治川は、会って話を聞かせてほしいと頼んだ。

千鶴が今の夫と暮らしているのは、堺市の阪和線《はんわせん》沿線の府営住宅の四階であった。

「初めまして。辻安芸男です。広島生まれなもんで、安芸男なんです」

千鶴の夫は、愛想のいい六十男だった。

「少し前に、駅に着いてスーパーで買いものをして帰ると千鶴から連絡がありました。それほどお待たせしないと思います」

「わかりました。晴彦ちゃんは？」

「奥の部屋で疲れて寝ております。さっきまで公園でスベリ台に何十回とつき合わされました。私は今年で六十三歳になるのですが、まさかこの年齢で子育てをするとは思ってもいませんでした。水産加工会社のセールスマンを定年退職して、ゆっくりできると甘く考えておりましたが」

安芸男は肩をぐるぐる回した。

「わしも、兄夫婦が急死して幼い姪っ子を引き取って育てましたんや。まだ三十歳になったばかりで体力はありましたが」

「そうでしたか。これから先が思いやられます。私は、バツ二でして、過去二回とも長続きしないで早くに離婚して子供はおらんのです。気楽な人生だと思っていましたが、神様はちゃんと帳尻を合わせるということですな」

安芸男は苦笑しながら、茶を淹《い》れてくれた。

「千鶴はんは、ずいぶんショックを受けてはったんやないですか」

「ええ。警察から電話があったときは、大声で泣き出しました。苦労して育てた一人娘を突然に亡くしたんだから、当たり前ですね」

「それでも、わしの電話には気丈《きじょう》に応対してくれはりました」

「早くイシカンを逮捕してもらいたい、という一心なんだと思いますよ」

「まだそれは調べていかんことには」

「この私も、イシカンが犯人だと思っていますよ。人間は欲深い動物ですから、一つ手に入れると次のものが欲しくなります。ようやく売れ出して、金と人気がモノにできた彼は、若い女を求めたわけです。私のような年金暮らしの爺《じい》さんでも、千鶴が十歳ほど若いということが結婚の大きな理由です。ましてやイシカンは、早紀子さんよりも年下なんですよね」

「けど、せやから言うて、妻を殺すというのはリスクがありますやろ」

そこへ、千鶴が帰ってきた。

「安治川さん。イシカンが車を借りた相手が見つかったの？」

「いや、そのことで伺ったんやないです」

「若手でイシカンに憧れている芸人なら、すぐに貸すでしょう」

「けど、借りられたとしても、アリバイの点からもキビシイかと」

「アリバイは確かなの？　現場の近くで殺したとしたら、どうなの」

「それはまあ」

殺害場所はまだ特定されてはいない。夫婦なら、辺鄙《へんぴ》な場所に連れ出すことは可能ではある。

「折り入って、お願いしたいことがあってこちらまで来ました。事件を早期に解決したいんです」

「それは望むところよ。早紀子はもう戻ってはこないけれど、犯人が捕まらないままでは浮かばれないし、アタシもたまらない」

最大の被害者は早紀子であるが、この母親もそれに劣らぬ被害者だ。一人娘を失った哀しみをずっと抱えながら一歳半の孫を育てていかなくてはいけないのだ。

「孫の晴彦君に会わせてもらえせんやろか」

「いいですけど、どうしているの？」

千鶴は安芸男のほうを向いた。

「さっき言ったように、まだ寝ていると思います」

「それでええんです」

安治川は奥の部屋に入れてもらった。

晴彦は大きなイルカの抱き枕をかかえて、服のまま眠り込んでいた。愛らしい寝顔だった。

13

消息対応室に戻ると、芝の姿があった。

勝手に外出していたことを咎《とが》められるかと思ったが、何も言ってこない。良美も黙々と作業をしている。

こんなときは切り出しかたが難しい。

「室長、Nシステムの照会をしてもらえませんやろか」

Nシステムによる画像は、車体やナンバーだけでなく運転席や助手席の人物も映すものだけに、市民の行動監視に繋がりかねないので、一定の制限がかけられている。令状申請ほど厳格ではないが、調べるにはそれなりの手続が必要だ。

「目的は?」

芝は短く訊いた。

「さいぜん、辻千鶴はんの家に上げてもらいました。真実を明らかにせなあかんという思いが、さらに強うなりました。捜査本部の鼻を明かしたいという理由ではあらしません。真実が隠れたままやと、不幸な人たちがおります」

「安治川さんの説明を聞かないことにはわからないが」

「説明させてもらいます」

「その前に、消息対応室としての権限を超えていないかね?」

「わしらが受理した行方不明人に関することです。わしらでもでけることがあるなら、早いとこ調査すべきです。そのうえで、得た事実を捜査本部に具申《ぐしん》したらええと思うんです」

「捜査本部に対抗する意図でないなら、異存はない。誰の手柄なのかというのが警察内部では重視されるが、被害者にとってはそんなことはどうでもいいんだ」

良美も作業の手を止めた。

「うちも、安治川さんの説明を聞きたいです。そのうえで、協力をさせてください。正直なところ、このままでは口惜しいです」

「ほな、話させてください。わしの力でわかったんはここまでです」

# 14

翌朝、新大阪駅のホームで安治川は、東京で二泊した石貫勝晴が乗った新幹線が到着するのを待った。彼は、「捜査本部に事情聴取のために呼び出されているので、予定よりも早起きしなくてはいけなくなった」と昨夜に電話に出たときはひどく不機嫌であった。

けれども電話で話して、安治川が石貫を容疑者とは考えていないということを知って、彼は態度を変えた。

「わかってもらえて嬉しいよ。せっかく摑んだ今のポジションを、みすみすゼロにするようなことはしない。いや、ゼロと言うよりマイナスになる。他の刑事は、それでも俺が怪しいと考えているようだが」

「関係者を洗うのは、捜査の常道ですさかいに。ここは短気を起こさんと堪忍袋《かんにんぶくろ》の緒《お》を切らさんようにしてくださいな」

「プロダクションからも同じことを言われているよ」

石貫は電話の向こうでフッと笑った。

その石貫は疲れた顔で新幹線を降りてきた。

「おつかれさんでしたな」

「明日は博多に行くタイトなスケジュールです。芸人というのは、身体をそこに持っていって、全力でのパフォーマンスをしなきゃいけないしんどい商売なんですよ」

「あんまし時間はありまへんな」

「全然ないですよ。これから捜査本部に行かなきゃいけない。そのあとも帰れない。マンションの捜索は終わったと聞いたけれど、芸能マスコミが張り込んでいるだろうからな。俺の過去の居酒屋でのケンカのことが、蒸し返されて活字になるとプロダクションから聞いた。地下アイドルをしていた女の子からの告発も出るそうだ。そんなふうに過去の埃《ほこり》をあれこれ叩かれたら、本当にたまらない」

石貫は、疲れた表情を歪《ゆが》めた。

「すんまへんけど、協力をお願いします」

「何をすればいいんだ？」

「この場で髪の毛を数本もらいたいんです。早紀子はんの死とあんさんが直接の関係はあらへんということを、証明することが目的ですのや。少し痛いですやろけど、毛根から引き抜いてもらえますか」

「わかったよ」

　やや投げやりな態度で、石貫は求めに応じた。

「しかし、もうダメかもしれない」

「何がダメなんですか」

「いくら妻の死に潔白だという証明ができても、スキャンダルが出続けたなら、降ろされていく悪い予感がする。すでにきのうのテレビ局のプロデューサーは冷たかった。先週まで揉《も》み手でヘイコラしていたのに急変だ。プロダクションだって、どこまで守ってくれるかわからない。芸人を殺すのに刃物はいらないんだよ」

　石貫は重そうに溜《た》め息をついた。

　安治川は彼にかけるべき言葉が見つからなかった。安治川のこれからの行動は、芸人イシカンを束の間のスターダムから降ろすことに一枚嚙《か》んでしまう結果となるかもしれないのだ。

（けど、ほんまもんの実力があったら、堕《お》ちたとしてもまた這《は》い上がってくることは不可能やないんとちゃいますやろか）

安治川は、心の中でそう声をかけた。

## 15

良美は、北堀江のイタリアンレストランにいた。

少年係時代に補導をして、今は更生をしている女子大生を伴っていた。しばしば安治川がネットワークを使っていることを見習うことにしたのだ。

「美味《おい》しいパスタでした。ごちそうさまです」

女子大生は、このあとスイーツを欲しげにメニューに目をやる。

「しっかり頼んだことをやってよ。うまくいったら、好きなスイーツも食べていいから」

「ほんとですか。わかりました」

女子大生は姿勢を正しながら、店の出入り口に視線を移した。

上の階に住む佐々山彰一郎が、頻繁に使っている店だ。きょう来店するとは限らないが、それなら明日以降も続けるつもりだ。良美が声をかければ同席してくれる若い子は他にもいる。

良美は、佐々山彰一郎と一度顔を合わせている。向こうに気づかれることは避けたい。そのためのカムフラージュとして女子大生に来てもらい、出入り口に向いたほうに座ってもらっている。

「今度、友だちを連れてきます。こんないいお店があるなんて知りませんでした」

「そのときにもしうちがいても、声をかけないで知らん顔をしていてよ」

「あの、いったい何の調査なんですか」

「そのことは尋ねない約束よ」

良美も、仕事を離れてこの店に来たいと思っている。メニューはあまり多くないが、リーズナブルで美味しい。

「あの」

「どうしたの？」

「新月さんが言ってはる男性は、あの人ではないですか」

良美はそっと振り向いた。

佐々山彰一郎だった。

そのころ、芝は能勢北署に置かれた捜査本部にいた。

安治川から依頼されたNシステムの検索をした結果、けいはんな学研都市にあるランドルフ記念研究所に向かう幹線府道を、佐々山和代がマイカーを走らせていたことがわかった。メタリックグレーのセダンだ。さらにその数日後に、夫の佐々山彰一郎が同じ車を運転して、同じルートを向かっていたことも摑めた。

石貫早紀子が、友人の吉村奈央に教えてもらって、ランドルフ記念研究所でDNA鑑定を受けたのは、それに先立つこと約三週間前のことだった。

「しかし、その仮説は飛躍し過ぎていないか」

捜査本部を取り仕切る管理官は、腕を組んで気むずかしい表情になった。

「もちろん、これからさらに調べを進めて固めていく必要はあると考えます」

「この事件は有名芸人が絡んでいるだけに、いつも以上にマスコミが警察の一挙手一投足に注目している。君もこの署の玄関を張っている記者やカメラマンを見ただろう。失敗は許されないんだ」

「はい。しかし、早期解決ができずに長引けば、それはそれで批判されてしまいます」

「君に言われるまでもない」

管理官は苛立《いらだ》ちを含んだ声になった。捜査の停滞が垣間見《かいまみ》えた。

現時点では、石貫勝晴以外に有力な容疑者は浮かんでこない。その石貫には、遺体発見の前日の昼前からはテレビ番組出演のために東京に発《た》ち、しかもその日の午前中は美容室で整髪をしたあとプロダクションの制作部の人物と電話で打ち合わせをしていた。能勢まで往復する時間は取れそうになかった。しかし、何らかのトリック的な方法があったかもしれない。また夜明け前なら、現在一人暮らしの彼にはアリバイはなかった。

早紀子の遺体の状況から、他殺なのは明らかであったが、着衣の乱れはなく性的暴行目的の犯行は考えられなかった。携帯電話は付近の捜索でも見つからなかったが、現金とキャッシュカードの入った財布は残されていて物盗《ものと》りの線は薄かった。

「君は、石貫早紀子について一般行方不明者と結論づけたことの失点を取り戻そうと焦っているのではないかね」

「いや、そのこととは関係ありません。武功《ぶこう》のようなものは求めておりません」

「ほう、君は若くして警部になったと聞いた。その姿勢では、それは実現できなかったのではないかね」

「私も、少し変わりました。今の部下の影響かもしれません」

芝は微苦笑を浮かべた。

# 16

一週間ほどが経過した。イシカンがテレビに登場する回数は明らかに激減した。

ネット上では、彼による妻殺し説が無責任に語られ、過熱していた。

マスコミは過去のイシカンの行状をさまざまな角度から報じた。週刊〝芸能事実〟は、イシカンから強制性交されたという元地下アイドルの告白インタビューを大きく載せ、さらに、別の女性がイシカンから性的暴行未遂を受けたという記事を、第二弾として打った。彼女は、別の若手漫才師のファンで出待ちをしていたところをイシカンに声をかけられて近くのショットバーに誘われて、帰りがけに「タダで酒を奢《おご》ってもらえるなんて甘いことを考えるな」と凄《すご》まれ、ラブホテルに引っ張りこまれそうになった。女性としてはその気はまったくなく、イシカンと仲よくしておけば出待ちをしていた若手漫才師への橋渡しをしてもらえると思ってショットバーに同行しただけだったので、必死で振り切って逃げ帰ったということだった。

安治川は、その石貫勝晴に連絡して、彼のマンションで会った。多忙だった彼は、急に暇人《ひまじん》になっていた。それでいて、マスコミには追いかけられるから、ほぼ籠城《ろうじょう》状態であった。

安治川は、来る途中で買ったカップラーメンやサンドイッチを差し出す。

「おおきに、ありがたいです。あれだけ周りに居た後輩芸人たちは、まったく寄りつかなくなりました。ひどいもんです」

石貫は、無精髭《ぶしょうひげ》が伸び、やつれていた。少し前までの昇り龍の勢いはすっかり衰えていた。

「プロダクションも冷たいもんです。守ってくれません。それどころか、もしも殺人犯なら解雇のうえ損害賠償を求めると通告されました。そのときはグランプリのほうもタイトルを剝奪《はくだつ》されるということです」

「けど、殺人はしておらんのでしょう?」

「やってません」

「週刊〝芸能事実〟に載っておった強制性交や未遂のほうは、どないなんですか」

「それは……否定しません。売れない時期は鬱屈《うっくつ》が続いていて、自由になる金もなくてムシャクシャしていたので、つい捌《は》け口を求めてしまいました。自分を冷静に抑えられないのは欠点だとわかっているのですが、居酒屋で芸をからかわれてケンカをして逮捕されたときもそうでした」

「他にも余罪があるんとちゃいますか」

「それは、まあ……」

石貫は、下を向いた。

「被害を受けた女性に申し訳ないという気持ちはありますのか」

「それはあります」

「そしたら協力してもらいたいんです。その女性たちのためにも、あんさん自身の潔白のためにも、そして真実のためにも」

17

さらに約一週間が経過した。

安治川は、石貫勝晴が住むマンションにタクシーを乗り付けた。

待機している記者やカメラマンの数は半減していた。それでも、石貫のことで何か新しいことが出てきたなら、世間の耳目《じもく》を集めることは間違いない。ネット上では相変わらず、揣摩憶測《しまおくそく》やバッシングに近いことが書かれている。明らかな誹謗中傷《ひぼうちゅうしょう》なら侮辱罪《ぶじょくざい》や名誉毀損罪《めいよきそんざい》が適用できるが、すべてを取り締まることはできない。現代社会のストレスの掃きだめのようになっているのが、現実だ。

石貫は、荷物をまとめ始めていた。

「先週までは録り溜められていた番組があったけど、もう今は在庫ゼロになりました。プロダクションの管理部からは、雇用関係の打ち切りを匂わされています。たとえ、雇用が続いたとしても、仕事はもらえず、ギャラは入ってこないです。家賃を払えないので、退去することにしました。以前のような狭いハイツに戻ることになります。栄枯盛衰《えいこせいすい》という言葉があるけど、栄光は一瞬のことでした。じっと土中で長い期間を過ごして、ようやく出たならすぐに死んでしまう蟬《せみ》みたいなもんですね」

石貫は、諦めたかのように自嘲気味《じちょうぎみ》に言った。

「あんさんは、まだ二十七歳と若いんやから、やり直しはでけるんとちゃいますか」

「芸人の世界にはもう戻らないつもりです。お客に笑ってもらうことを目指してきたけれど、あざけり笑いは耐えられないです。しかし、このマンションを退去したなら、オートロックの玄関もなく管理人もいないから、無遠慮なマスコミはズカズカと入ってくるだろうな。芸人を引退したとしても、すぐには収まりそうにない。それにネットで書かれたことは、タトゥーのようにずっと消えません」

「ネット上では、あんさんを妻殺しと名指ししているものもおます。それが真実でないなら、払拭《ふっしょく》せなあきません。もちろん、真実なら罪を償う必要があります」

「妻殺しはしていない」

「それを明らかにする義務は、わしら警察にもあります」

安治川は、マンション内にある住民集会室に移動するように石貫を促した。マンションの管理人は、記者の小丸に情報を売った負い目を感じているのか、部屋を用意してほしいという安治川の要望をすぐに聞き入れてくれた。

新月良美がやはりタクシーでやって来た。住民集会室に入ってきた良美は、佐々山民恵を伴っていた。

「あの女性を知ってはりますか」

安治川は、呼び出されたものの何が始まるのかと不安げな民恵を手で示した。

「いいえ、初対面ですね」

「佐々山彰一郎はんの母親ですのや。会わはったことがありますか?」

「ないですよ」

「そうでしたか」

安治川は、民恵のほうを向いた。

「御足労さんです。こちらの男性を知ってはりますか」

「ええ、芸人さんですよね」

「テレビ以外で見かけはったことは？」

「以前に一度見た記憶があります。こうして実際にお会いすると、やはりこの人だったと断言できます」

「いつごろのことですか」

「二年くらい前だったと思います。息子の家を見上げながら、前の道路をウロウロしていたんです。肩をいからせて目つきがあまり良くなかったです。私は、不審には思いましたが、一階のイタリアンレストランに予約をしていた時間になっていましたので、店の中に入りました。友人と歓談して約一時間後に出たら、この人はまだいたのです。視線が合うと、バツが悪そうに背中を見せて立ち去りました」

「知らないな。他人のそら似というやつだよ」

石貫は少し横を向いた。

「いいえ、間違いないです。見かけたのは一回だけでしたが、とても気になっていました。そうしたら、最近になってテレビにこの男がしょっちゅう出ているやないですか。テレビで見れば見るほど、あのときの男だったと記憶が確かになります」

「イシカンはん。あんさんは有名芸人になることが夢やったと思います。雌伏《しふく》期間は長うおましたけど、念願が叶《かな》って顔と名前が売れました。けど、それには副作用もあったわけですな」

安治川は、石貫早紀子が在籍していた宗右衛門町のブラックデルタのママを紹介してくれたかつての夜の街ライターの男に、引き続いての店関係者への調査を依頼していた。彼は、以前にブラックデルタで働いていたボーイに辿り着いた。今ではパテシェの仕事に転身していたが、彼は石貫勝晴のことを憶えていた。

ボーイ時代に店での仕事が終わって帰途につこうとした彼は、見知らぬ男に声をかけられ暗い路地に強引に引き込まれた。夜更けの時間帯で、ひとけはない。男は、「石貫早紀子の常連客のことを話せ」と凄んできた。「お客様のことは言えません」と彼は断ったが、「俺は、早紀子の夫だ。知る権利はある」とさらに迫った。「言葉だけでは信用できません」と精いっぱいの抵抗をすると、男は自分の運転免許証を取り出してペンライトで照らした。「正直に話さないと、この場でぶっ殺すぞ」と、尋常でない迫力でさらに凄んだ。ペンライトに浮かんだその表情は鬼面にさえ見えた。パテシェ専門学校の願書を取り寄せるなどの転職準備をしていた彼は、店に義理立てするよりも危害を加えられることを恐れて、早紀子の常連客のことを話した。数人の男が早紀子を贔屓《ひいき》にしていたが、その中でも北堀江に住む佐々山という客が熱心に店に通ってきていた。早紀子のほうも佐々山を特別扱いにしていた。アフターに二人で店を出ていくところも何度も見ていた。

元ボーイは、石貫勝晴にそう話したことはもちろん店にはずっと黙っていた。元ボーイとしては忘れてしまいたい汚点であったが、テレビで石貫勝晴を見ると、いやがうえにもその記憶が蘇《よみがえ》った。これもやはり石貫が有名人になったゆえの副産物であった。

そこへ、芝が佐々山彰一郎と妻の和代を伴って、住民集会室に入ってきた。二人とも伏し目がちであった。

芝は、息子夫婦が来ることを知らなかった佐々山民恵に軽く頭を下げた。

「われわれ警察のほうで、無理をお願いして来ていただきました。真相解明のためには不可欠と考えたからです。弘彰君は、すぐ近くで責任を持ってお預かりしています。ご安心ください」

安治川の姪・名保子《なほこ》が、遊具スペースのあるカフェで見てくれている。あまり人見知りしない弘彰は、すぐに名保子になついてくれた。

約一歳ということだからこの場に連れてきても、これからこの部屋で始まる会話の内容はほとんど理解できないし、記憶にも残らないであろう。しかし幼い弘彰には聞かせたくなかった。

佐々山夫婦が着席してから、安治川は元ボーイの証言を披露した。そして石貫のほうを向いた。

「イシカンはん。もうそろそろほんまのことを話してもらえませんやろか。失礼ながら、あんさんはもはや失うものがないのも同然の現状になりました。それがわかってはるから、部屋を引き払う準備をしてはりましたのやと思います。そやけど、まだ大きな未整理のもんが残っとります。それは、早紀子はんが亡くならはった経緯です。あんさんをずっと支えてくれはった早紀子はんが、事件未解決のためにまだ成仏《じょうぶつ》してはらへん状態ですのや」

「それは、まあそうなんだが」

石貫は頬をさすった。

新月良美がスマホをかざす。

「イシカンさんが奥さんを殺したのではないかという疑いは、ネット上でまだ根強くツイートされています。それに近い活字記事もあります。このままでいいのですか?」

「よくないさ。でも、どうしろと言うんだ?」

「正直にお話しになることです」

「………」

石貫は黙った。安治川は、その石貫の顔を見据えた。

「まずは、民恵はんの目撃談から答えてもらいまひょ。見られたことは事実ですな？」

「まあ、そうだが」

「佐々山彰一郎はんの家の観察が目的やったんですか」

「他に何があるんだ？」

「その当時の彰一郎はんは夫婦二人暮らしで、和代はんは主婦で在宅が多いことを掴《つか》んだわけですな」

「早紀子に入れ揚げている一番の常連客のヨメがどんな生活をしているのか、見てみたかったんだよ」

「目的はそれだけですやろか。それで、彰一郎はん」

安治川は、佐々山のほうを向き直った。

「ブラックデルタに足繁く通うて、早紀子はんを指名し続けはったことは事実ですな？」

「家業を継ぐようになったが、なかなかうまくいかなくて気晴らしが必要だったたんだ」

彰一郎は、横目で和代を見た。

「言い訳はいいのよ。取引先の社員であったあたしを佐々山家の嫁にどうだろうかと、見合いを義父《とう》さんから持ちかけられたけれど、あなたにとってあたしは好みのタイプじゃなかったのでしょ。あなたが浮気をしていることには、初期の段階から気づいていたわよ。経営譲渡のお金が入ったのをいいことに、湯水のようにネオン街に注ぎ込んで」

和代は、民恵の前であったが、臆することなくそう言った。

「もう済んだことを言うなよ。不愉快だ。帰らせてもらう」

彰一郎は立ち上がりかけた。

「あんさんの金使いのことを問題にしているんやあらしません」

安治川は両手で彰一郎を制した。

「本題に戻りまひょ。イシカンはん、佐々山はんの家を観察したあとの行動を話してくださいな」

石貫は、黙して答えない。

彰一郎は再び立ち上がりかけた。

ここは警察署ではない。彼らには任意同行すら明確には求めていないのだ。

# 18

安治川は彰一郎を押しとどめながら、腕時計を見た。本来なら、もう一人呼んでいる人物が到着している時刻なのだが、まだ何の連絡も入っていない。

たとえ強引であっても、安治川がこの場を展開していくしか方法はなかった。

「石貫早紀子はんのホステス時代に最も親密やった客として、佐々山彰一郎はんの名前が浮かびました。けど、金の切れ目が縁の切れ目の世界ですさかいに、今では二人はもう関係あらへんのやないかと考えました。捜査本部も、同じような捉えかたをしたようです。けど、ちょっと引っ掛かることがおました。石貫はんのところには約一歳半の、佐々山はんのほうにも約一歳の、子供がおりました。晴彦君と弘彰君、どちらも父親の名前を一字ずつ取った男児です」

「それがどうしたんだ。父親の名前を一字もらった子供は、世の中にゴマンといるやないか」

石貫勝晴が言葉を発した。しゃべくりタイプの芸人としては、長い沈黙は辛いのかもしれない。

「あんさんは、DNAによる親子鑑定をする民間機関に出向いていたという事実があります。それに先だって、晴彦ちゃんが早紀子はんに連れられて行ってます」

「俺の息子ということを確認したかったんだ。それって犯罪なのか？」

「いえいえ。鑑定依頼は何の法にも触れしまへん」

芝の携帯電話が鳴った。

「やっと、客人が来てくれました」

捜査本部の管理官に先導されて、けいはんな学研都市にあるランドルフ記念研究所の梅森副所長がファイルを手に入ってきた。梅森の前後を挟むようにして、ベテランと若手の男性刑事二人も入室した。

「副所長はん、さっそくですけど、こちらの夫婦と面識はおますか？」

安治川は、彰一郎と和代を手で示した。

「本来なら、守秘義務がありますので、その種の質問には回答できません。しかし、捜査本部の責任者だという管理官さんから『令状が出ているのと同然です』と申し渡されたから、ここに来ました」

そう前置きをしてから、梅森は答えた。

「まず奥さんの和代さんが子供を連れて来所なさいました。そのあと数日後にご主人の彰一郎さんのほうも来られました」

石貫勝晴は毛髪を提供し、佐々山彰一郎についてはイタリアンレストランで使った食器から唾液《だえき》を得ていた。千鶴の許可を得て、晴彦の検体も安治川は得ていた。それらがあったから管理官も動いてくれた。

「夫婦は、別々に来所することがルールなんですやろか」

「いえ、そういうわけではありません。一緒に来られる場合もありますし、お仕事の関係で別日というかたたちもおられます。一般的な話ですが、不倫などで疑われていて鑑定となる場合は、夫婦揃っての来所は気まずいということもあります」

「それで、結果はどないでしたか」

梅森は慎重にファイルで確認してから顔を上げた。

「九十九・九八パーセントの確率で、彰一郎さんが弘彰君の父親でした。親子関係あり、と結論づけていいということです」

「父子関係あり、ということですな。母子のほうはどないですか」

「母親のほうは、普通は鑑定しません。どの鑑定機関でも同様です。出産という明確な事実がありますから。もちろん身分証明書と戸籍は持参してもらって確認はします」

「そこが盲点やったわけです。あれからもう一度Nシステムを調べました」

佐々山和代が、マイカーで向かっていることを確認して終わっていたが、さらに調べてみると佐々山和代のすぐあとを、石貫早紀子が借りたレンタカーを走らせていることがわかった。

「副所長はんが言わはるように、鑑定には費用も掛かることやから、普通は母子はやりませんな。戸籍で充分です。そして母親のほうを運転免許証やパスポートで身分確認したら、連れている子供のほうは確認しませんな」

「母親が連れてきているんだから、確認の必要はないでしょうや。それに子供のほうは健康保険証くらいしかありませんよ」

梅森は気色《けしき》ばんだ。

「通常はそうですな。けど、もしも子供のほうが入れ替わっていたらどうですやろか。どちらも幼い男児です。見分けは付きませんやろ。頬の内側の粘膜採取は注射とちごて痛いことおませんよって、泣き出すこともまずあらしません」

「そんな幼児の入れ替わりなんてイレギュラーなことをされたら、お手あげです」

「今、弘彰君はわしの姪が預からせてもろてますけど、人見知りせえへんということです。千鶴はんも孫の晴彦君について、『人なつっこい子で、アタシやツレアイが抱いても一度も泣いたりしない』と言うてはります。そういう子供たちなら、別人が連れて行っても大丈夫なんやないですやろか。もちろん、事前になつくように時間は取ったと思います。それでも気になって当たり前なんで、ほんまもんの母親が研究所前まで子供を車に乗せて、直前に引き渡してから終わるまで待っていたと思います。そうでしたな」

安治川は、佐々山和代のほうを向いた。

「嘘だろ？」

石貫は、意外そうにあんぐりと口を開けている。彼にとっては夢想だにしていなかったことなのだ。

「さあ、ここからは別々に事情を聞かせてもらうことにしましょう」

管理人は、入居者のいないマンションの空き部屋を用意してくれていた。

安治川は、この住民集会室に佐々山彰一郎を残し、自分も居残った。ベテランの刑事もそのまま動かなかった。管理官から、再雇用警察官にすべてを任さないようにと言われているのかもしれない。

同じフロアの空き部屋には、妻の和代が芝に連れられて向かった。石貫勝晴は上の階の空き部屋に新月良美とともに足を運び、若手の刑事が同行した。佐々山民恵は、帰宅を許された。

梅森副所長はお役御免となり、管理官が見送ってマンションをあとにした。

「うちの研究所に落ち度はありませんよね。母親が連れてきた幼児が入れ替わっていたなんて、わかりっこないんですから」

梅森は、管理官にそう確認しながら出ていった。

## 19

「さて、あらためて整理させてもらいまひょ。ＤＮＡ鑑定については、あんさんがやろうと言い出さはったんですな？」

安治川は、住民集会室に残った佐々山彰一郎に相対した。

「そら、あんなことを打ち明けられたなら、誰だって不安になる」

「あんなこと……話してくなはれ」

「和代は、あのイシカンの野郎に無理やり犯されたんだよ」

「その目的があったさかいに、彼はあんさんの家の前をウロウロしとったんですね」

「そういうことだ。あの鬼畜男が」

「けど、そもそもの原因を作ったのは、あんさんやないのですか」

「早紀子に夫がいるなんて知らなかった。だから贔屓にしてやったのに、飼い犬に手を噛まれた以上の仕打ちだ」

　彰一郎は、苦々しそうに言った。

「仕返しのレイプをされたということは、いつ知らはったんですか」

「DNA鑑定をする少し前だ。仕返しという表現だが、それは違う。私と早紀子の場合は、あくまでも合意の上だ。レイプではない」

「そやけど、イシカンはんとしては仕返しのつもりやったと思います。金の力で、女房が居るのに好き勝手に浮気をしやがって、と」

「それなら、嫁にホステスなんかさせずに、自分も稼げばいいじゃないか」

「あんさんが、父親から受け継いだ資産のお蔭《かげ》で遊べていたことも、彼は調べたと思われます。それで、よけいに腹が立ったんでしょう。DNA鑑定を受けてみて、どないでしたか？」

「結果がわかるまでは不安でしかたがなかったが、弘彰が自分の子供だという結果を聞いたときはホッとした」

そのころ石貫は、良美から追及を受けていた。

「和代さんに対する強制性交容疑で、あなたは逮捕されることになります。まだ時効は成立していません。もう現在でも、芸人イシカンは干されたも同然の状態でしょう。ここはハッキリと犯行を認めたほうが罪は軽くなりますよ」

「くそっ」

「力ずくで暴行された女性の気持ちを考えたことがありますか。その心の傷は一生消えません」

「元はと言えば、あの女の亭主が悪いんだ。早紀子はホステスをしていたけど、カラダは売らなかった。うまくかわし続けていた。それなのに佐々山彰一郎は、店が終わったあとのアフターで飲ませて、酔ったところを強引にホテルに連れ込んだんだ。犯罪も同然じゃないか」

「だからといって、そのような報復はダメです」

「佐々山彰一郎は親の遺《のこ》した金で遊びほうけていたんだぜ。こっちは血を吐く思いで舞台にしがみついているのに」

「それもまったく理由になりません」

　良美は厳しかった。

　芝室長は、和代と相対していた。

「イシカンには宅配業者を装われました。『夜間にすみません。佐々山彰一郎さんへお届け物です』という言葉で扉を開けてしまいました。それらしい服装で帽子をかぶり、段ボール箱を持っていたのです。『サインではなく印鑑をお願いします』と求められて、リビングに取りに戻ろうとしたところを押し入られました。そのあとは力いっぱい床に押し倒されました。ハンカチを口に押し込まれ、みぞおちを殴られました。彼は『これは仕返しだ。抵抗したら命はない』と凄みました。あたしはあらがえませんでした」

「彰一郎さんには、そのことは話さなかったのですか?」

「夫はネオン街に入り浸っていて、夫婦とは名ばかりの状態でした。もともと義父が結びつけた結婚だったのです。でも義父は急死してしまって、夫は散財をしていました。あたしが何を言っても聞かなかったです」

「宅配便事件のあと、妊娠がわかったのですね」

「はい。翌朝すぐにレディースクリニックに行き、緊急ピルをもらって飲んでいたので、あの夜のことは回避できたと思っていました。押し入られたのは一度だけで、そのあとはあたしも警戒していました」

緊急ピルは、七十二時間以内に服用すれば避妊に大きな効果を発揮する。だが、きわめて低い確率ながら、効かない場合もある。

「夫があまり愛してくれないこともありましたが、あたしは妊娠しにくい体質のようです。レディースクリニックには以前からお世話になっていて、三十代になったら不妊治療を視野に入れたほうがいいと言われていました。子供好きな性格なので、妊娠は嬉しかったです。だけど、皮肉なことに夫の子供ではなかったのです」

「いつごろ、わかったのですか」

「血液型は矛盾していなかったです。でも生後半年ほどしてからですが、仕草がまったく夫に似ていないのです。これは濃密に接している母親にしかわからないことだと思います。それでもDNA鑑定に踏み切る勇気はありませんでした、知らないほうがいいということもありますよね」

梅森副所長を見送った管理官が、入室してきた。

芝はそれを気にすることなく、和代への聴取を続けた。

「DNA鑑定をすることになったきっかけは何でしたか？」

「イシカンの姿をバラエティ番組で見たときからです。あの夜の記憶が、まるで川が逆流するかのように蘇りました。宅配便を装った男は、イシカンだったのです。マスクはしていましたが、目や輪郭が同じでした。声も、そのままでした。彼はトーク番組で『無名時代は、ヨメが宗右衛門町で働いて、かいがいしく支えてくれたんです』と自慢していました。夫が足繁く通っていた店も宗右衛門町でした。押し入ってきた彼は、あたしの口にハンカチを押し込みながら『仕返しだ』と言いました。そのときは何のことなのかわからなかったのですが、もしやと思い至りました」

「ランドルフ記念研究所での鑑定が、初めてだったんですか」

「いいえ、それまでに通販でできるキットでのDNA鑑定をしました。夫のヘアブラシの毛根を使って……そして弘彰は夫の子供ではない可能性が高いことが判明しました。思い当たるのはイシカンしかいませんでした」

「それで、どうしたんですか」

「イシカンに会おうと思いました。でも、劇場やテレビ局に行ったとしても、簡単には会えそうにないです。あたしは、彼の住まいがどこなのかネットでヒントを探ってみました。そうしたら、後輩芸人がインスタグラムで、松屋町にあるイシカンの部屋で食事会をした様子を写真入りで載せていました。窓の外に見える風景とモスグリーンの外壁で、マンションの所在地の見当がついたのです。それからは、車に弘彰を乗せて面倒を見ながらマンションを張り込みました。粘り強く続けていたら、イシカンが親子三人で出てくるところを目撃できました。その日はスルーして、別の日に早紀子さんが幼児を抱えてコンビニに向かうところを声かけしました」

「子供を入れ替えるというトリックをどうやって思いついたんですか」

「提案してきたのは、早紀子さんでした。早紀子さんのほうも、ひょっとしたら自分の子供の父親はイシカンではないかもしれないという懸念を抱いたものの、確かめる勇気がなかったということでした。それにもし彼の子供でないなら、グランプリを獲ってせっかく芽が出たイシカンから離婚を切り出されかねませんでした。あたしと会ったあと、彼女自身もDNAキット鑑定をすることで、懸念が当たっていたことを知りました。あたしと彼女は、どちらも夫ではない男の子供を持つ母親だったのです。しかもその父親がお互いの夫という、奇縁でした。早紀子さんはその奇縁を利用しようと言い出しました」

　ちょうどそのころ石貫勝晴も「息子の晴彦が、俺には全然似ていないんですよ。顔真似をやるから、俺は人間の表情には敏感なんです。笑ったときも不機嫌なときも、俺の面影が息子にはないんです」という安治川に話した疑惑を抱き始め、早紀子と言い合いになって殴って彼女の鼓膜を傷つけていた。

「お互いの夫にとっては他人の子ですが、あたしたちにとっては自分の子です。そこが父親と母親の違いです。子供のためにどうしたらいいのか、それを考えるのが母親の本能です。早紀子さんは離婚したくはなかったのです。そのためには子供がイシカンの子であるとする必要がありました。その時点のあたしは離婚を迷っていましたが、たとえ離婚するとしても、それまでは弘彰は夫の子だとしておかなくては養育費や財産分与がもらえません」

「それで、対面鑑定に限定するランドルフ記念研究所を選んだのですね。お互いの夫に、あとで出向かせて」

「そうすれば、お互いの夫は自分の子だと信じます。早紀子さんから提案されて、なるほどいい方法だと思いました。お互いの子供が泣き出さないように、事前に交換してなつくようにもしました。まだ充分に言葉を発することができない今の時期だからこそできた裏ワザでした」

　それまで黙って後ろで聞いていた管理官が質問した。

「離婚するとしても、佐々山家にはあまり財産は残っていないから、養育費をずっとはもらえなかったかもしれないのではないのかね？」

「そのときはイシカンとそっと会って、弘彰が彼の子供であることを伝えて、イシカンからも弘彰の養育費をもらう腹づもりでした」

石貫勝晴はランドルフ記念研究所まで出向いて、晴彦との親子鑑定を行なったが、弘彰と彰一郎の親子鑑定のことは何も知らない。

「つまり、彰一郎さんとイシカンさんの両方から養育費をせしめる魂胆だったわけだな」

「せしめるなんて表現はやめてください。悪いのは男どもです。それにイシカンがこんなふうに落ち目になっては、もう絵に描いた餅に終わりました」

## 20

安治川は、彰一郎の顔を覗き込んだ。

「ランドルフ記念研究所のＤＮＡ鑑定結果を信じてはったんですな」

「信じて当然だ。ちゃんとした機関が鑑定をしたのだからな」

「それが真実やないと知ったんはいつごろでしたか」

「先月に、和代から告白された。にわかには信じられなかった。自分で、別のところでDNA鑑定をしてもらった。そして現実を突きつけられた。私は、あの男の子供を、我が子だと思って育ててきたんだ。お人好《ひとよ》しのピエロもいいところだ」

「けど、あんさん自身がタネを蒔《ま》いたんとちゃいますのか」

「質が違うじゃないか。私は、早紀子を手に入れるのに膨大な金を注ぎ込んだ。しかも独身だと信じていた。それに対してイシカンはまさしく犯罪だ」

「和代はんは何がきっかけで、告白しはったのですか」

「離婚したいと言い出したんだ。うちの経済力は、営業譲渡で得た金が底をつき、イタリアンレストランとブティックとガレージ四台分の賃料だけとなった。建物は父の代のものだから、老朽化が進んでいる。近いうちに建て替えが必要だが、その資金はない。繁盛しているイタリアンレストランからは、退去してもっと広い店に移りたいという申し出を受けている。すぐに次の借り手が見つかるとは限らない。賃料を下げなくては厳しいかもしれない。おまけに仮想通貨で大きく負けた。和代は、今のうちに財産分与を受けたうえで離婚したいという意向だった。そして弘彰は引き取らないと言った。私は反対した。たとえ離婚するとしても、子供は母親のところにいくのが望ましい。私に育てる自信はない。弘彰とはあまり向き合っていない。母の民恵も高齢だから、育児はできそうにない。それで、弘彰を引き取ることに反対した。そうしたら、打ち明けられたんだ。『あなたには責任を取ってもらい、弘彰を育ててもらう。そしてあたしは独身になって、新しい伴侶《はんりょ》を見つける』と。私に財力があれば、こんなことにはならなかった」

彰一郎は力のない声でそう語った。

「その申し出を受けて、どうやったんですか？」

「今言ったように、受け入れることはできませんでした。しかし、もし離婚裁判となったら、浮気をしてきた私に勝ち目はないです」

「どこかに就職して収入を得ることは考えへんかったのですか」

「以前に母に言われて、ハローワークに行ったことはありましたよ。だが、何の資格も技術もない私にできる仕事は見つからなかったです。羽振りのよかったころに奢ってやった連中のところにも足を運んで、恥を忍んで雇ってもらえないかと頼みました。だが、みんなそっぽを向いた。タカるだけタカっておいて、酷《ひど》いもんです」

「それで、どないしよと考えはったんですか」

「早紀子と話し合うことにした。向こうは飛ぶ鳥を落とす勢いで頭角を現わした芸人の妻だ。イシカンの子である弘彰を引き取って、子供が二人になっても経済的にビクともしないに違いない。子供は金のない家で育ったら不幸だ」

「早紀子はんと話し合うて、どうなりましたんや」

「そいつは……」

ここまでポツリポツリと言葉を出してきた彰一郎は、押し黙った。

「彰一郎はん。ここまで来はったらもう腹を括《くく》らはったほうがよろしいで。あんさんの家や建物の捜索令状は容易に下りるに違いありまへん。鑑識がガサをかけたら、ぎょうさん証拠が得られますやろ。もう言い逃れはでけしません」

「ああ……」

彰一郎は重そうに嘆声を吐いた。

「殺すつもりはなかった。人に見られないように、早紀子をガレージのある建物の三階に呼び出した。あそこはオヤジが、自分の作った家具の中でもお気に入りで手放したくない作品を置いていた。普段は誰も使っていない。あの中のいくつかは私がこっそり売り払って金に換えていて、空きスペースもあった」

「あんさん一人だけやったんですな。和代はんや民恵はんは同席してなかったんですな」

「男女間の濃密な話になる。アホみたいに早紀子に金を注ぎ込んだことにも触れなくてはいけない。嫁や母には聞かせられない。母が留守のときに早紀子を呼び出した。早紀子のほうも、イシカンがマスコミの注目を集める存在となった。下手に街中で会っているところを見られたくなかったから、すんなりとやってきた」

「どないな話をしはったのですか」

「私は『弘彰はイシカンの子供なんだから、そっちで引き取ってほしい。晴彦も早紀子の子であることに変わりないから、兄弟として育てればいい。それくらいの経済的余裕は文句なくあるはずだ』と言った。早紀子は、私がDNA鑑定の正体を知っていたことに驚き、そして怒った。和代との間で、工作は永久に秘密にするという約束ができていたということだった」

「つまり、早紀子はんは約束を反故《ほご》にされたことに腹を立てたんですな」

「怒りの理由は、それだけではない。『経済的に苦しくなってしまったからといって、あなたの妻が産んだ子供を押しつけるのは身勝手よ。そんなスキャンダルを嗅《か》ぎつけられたなら、たちまちマスコミの砲火を浴びてしまう』と」

「私は『妻の和代は、イシカンに無理やり孕《はら》まされたんだ。その子供を引き取れと言って、何がおかしい』と反駁《はんばく》した。そのとき私の頭に、マスコミに売れば金になるという閃《ひらめ》きが起きた。私は携帯を取り出した。売るときのことを考えて、このやりとりを録音してやろうと思った。早紀子は『そんなの、あたしの責任じゃない。あなただって、酔わせたうえでの行為だったのよ。ほとんど犯罪よ』と返しながら、携帯を取り出したことに気づいた。そして『まさかマスコミに連絡して、子供のことを世間に晒《さら》すつもりじゃないでしょうね』と言ってきた。『それが嫌なら、こちらの条件を呑め』と私は自分の優位を感じた」

彰一郎は額に滲《にじ》んだ汗を袖口で拭《ぬぐ》ったあと、続けた。

「しかし、早紀子は負けていなかった。『自分が貧乏人になり下がったからといって、狡《ずる》い手段を使うなんて最低よ。ブラックデルタに通っていた頃のあなたには雄々しい鷲《わし》のような生気があった。今は腐った魚よ。いいえ、魚以下の寄生虫だわ』と蔑《さげす》んだ。『おまえに貢《みつ》いだことが貧乏になった原因だ。偉そうに言うな。成金芸人の女房のくせに』と言うと、『そっちこそ成金だわ。親の金が入ったことをいいことに無駄遣いして、取り巻き連中にいいようにタカられていたじゃない。店のホステスたちはみんなバカにしていたわ』と返してきた。『もうたくさんだ。条件を呑めないなら、成金芸人の隠し子ネタを売ってやる』と私はキレた。あの女はしたたかだった。バッグの中から用意してきたナイフを取り出した。『やっとの思いで、イシカンはスポットライトが当たったのよ。まさに苦節十年だわ。魚以下の寄生虫に、それを壊されたくない』と、早紀子は襲いかかってきた。殺されると私は戦慄《せんりつ》した。そこから先は、無我夢中でよく憶えていない。攻撃をかわしたあと、手近にある家具を持って、彼女の頭を殴った。そして倒れた早紀子の首を絞めた」

彰一郎は、もう一度額の汗を拭った。

「夫から、早紀子さんが死んだことを電話で知らされたときは、本当に驚きました。夫はパチンコに行く、と言って出かけていたのです」

和代はハンカチを取り出して、潤んだ目を押さえた。

「連絡を受けて、どうしたんだ？」

管理官が訊く。

「あわてて向かいました。下の階に住む義母は週に一回の茶道の稽古に出かけていて留守の曜日でした。入ってみて、悪い夢なんかではなく、現実だと知りました。膝が震えて動くことができず、その場にへたり込んでしまいました。でも、いつまでもそうしてはいられません。夫は正当防衛だと言いましたが、呼び出しておいて相手が女性というのでは、認められないでしょう。ここは発覚しないようにするのがいいと、あたしは考えました。早紀子さんが持っている携帯を壊してしまえば、誰から呼び出されたのかはわかりません。部屋は施錠できますし、鍵は夫しか持っておらず、義母も入ることはありません。しばらくは隠しておくことができそうでした。問題は、早紀子さんが誰かに子供を預けていて、彰一郎と会うことを伝えていないかという点でした。それほどの長い時間でないなら、子供だけを置いてきたことも考えられますが、確かめてみないことにはわかりません。あたしは、早紀子さんのマンションに向かいました。ランドルフ記念研究所での工作打ち合わせをするために、彼女のマンションには二回入ったことがありました。外で会うことは避ける必要がありましたからね。慣れるために、晴彦ちゃんを抱っこもしました。管理人は通いで昼間しかいないことは知っていました。管理人が帰った時刻に、住人が出てくるのを待って、入れ替わりにマンションに入りました。防犯カメラはあるでしょうから、帽子で顔を隠しました。早紀子さんの部屋へは彼女が持っていた鍵で入りました。手袋をして指紋には気をつけました。部屋にはイシカンはおらず、晴彦ちゃんが寝息を立てて眠っていました。泣いたりなんかしていませんでした。ホッとしながら、あたしはキッチンとリビングを探して、幼児用のレトルト食品と着替えをバスケットに詰めて、テーブルに置いて帰ることにしました。これって犯罪になるんですか」

「彰一郎による殺人罪の事後幇助《じごほうじょ》が成立するだろうな」

「そうですか」

和代は肩を落とした。

「遺体はどうした？」

「しばらく置いていました。でも、消息対応室のかたが来ました。『わしらは、犯罪を扱うセクションやないんです。失踪者の消息を調べるのが仕事です』とおっしゃいましたが、ひどく不安になりました。血が落ちた床は掃除して、早紀子さんの携帯電話は金槌《かなづち》で壊したうえで新聞紙にくるんで家庭ゴミとして処分しました。だけど踏み込まれて遺体を見つけられたなら、何の申し開きもできません。夫のほうも同じ思いになったようで、『早紀子を捨てにいく』と言い出しました。『大学時代に能勢町のほうでキャンプをしたことがある。過疎《かそ》の地だから谷底に落としておけば簡単には見つからない』と言いました。あたしは車のトランクに積み込むのを誰かに目撃されないように見張り、そのあと同乗して遺体を谷底に落とすことも手伝いました。だけど、夜でしたからどこまで落ちたかはよくわからないままでした。結果的に、意外と早く見つかってしまいました。遺体を捨てたことは、犯罪ですね？」

「立派な死体遺棄罪だ」

「申し訳ないことをしてしまいました」

和代は流れ出した涙をハンカチで拭った。

## 21

彰一郎と和代は、捜査本部に連行されていった。イシカンも同行を求められた。

安治川たち三人は、消息対応室に戻った。

「弘彰ちゃんのことが気になります。祖母の民恵さんが面倒を見ていくことになるんですか」

良美が心配そうに訊いた。

「民恵はんに、さいぜん電話で顚末《てんまつ》を説明しておいた。民恵はんはショックを受けながらも『老骨に鞭《むち》打って、孫を育てます』と言うてくれたんや。結果的に自分の血は引いていないのやけど、一年間も関わってきて情が移ったとも話してはった。まずは一安心や」

安治川がそう言った。

「うちには、もう一つ気になることがあるんです。和代さんには、早紀子さんが自発的な失踪をしたように見せかけた事後幇助と死体遺棄罪だけが適用されるのでしょうか」

「どういう意味や？」

「根拠はないのですが、和代さんこそが今回の影の演出家のような気がするのです。正直に本音を話しているようなふりをしていますが、まだ底の部分は隠しているのではないでしょうか」

「影の演出家か……」

「彰一郎さんが早紀子さんを殺害する舞台を作ったと表現すべきでしょうか。ランドルフ記念研究所での工作を秘密にするという早紀子さんとの約束を一方的に破って、彰一郎さんに打ち明けました。被害者と加害者となったあの二人にとって、それぞれ衝撃的であったと思います。そもそも、入れ替わり工作にしても、早紀子さんから提案されたという話でしたがその証拠はありません。和代さんのほうからのアイデアだったかもしれないのです。そして事件当夜に、早紀子さんを呼び出すように彰一郎さんに促したのも和代さんかもしれません。そのあと早紀子さんに電話をかけて護身用にナイフを持っていくようにサジェスチョンをした可能性もあります。かりに彰一郎さんが殺された場合は、和代さんはやはり現場を隠蔽《いんぺい》して早紀子さんに恩を売るとともに弱みを握ることができます。むしろ、そちらが狙いだったかもしれません。あの時点ではイシカンさんの凋落《ちょうらく》は予期できませんでした」

良美は一気にそう言ってから、付け加えた。

「女性の妬みってコワイと思うのです。和代さんは、彰一郎さんに浮気されたうえにレイプを受けました。そして佐々山家はジリ貧で離婚を考えていました。それに対して早紀子さんは、時代の寵児《ちょうじ》となりそうな夫を手にしていました」

安治川は、芝のほうを見た。芝は軽くうなずいた。

「新月君。実のところ、私と安治川さんも似た疑念を持っている。だから、和代と彰一郎に対する事情聴取を丁寧《ていねい》にしてほしいという要望を、疑念とともに先ほど捜査本部に伝えておいたのだよ」

「そうなのですか」

「ただし、証拠らしい証拠は今のところはない。一般的に、犯罪に仕向けるという行為の立証は困難なのだ。内心に関わることだからね」

「せやけど、人間の考えたことには、どこかにボロが出ることもあるんや。早紀子はんの携帯電話は家庭ゴミとして出されて灰になったということやが、警察が通信会社に頼めば送受信記録は出してもらえる。早紀子はんのマンションにも、何か残っているかもしれへん」

「あとは、捜査本部にゆだねるしかない」

「うちらに、できることはないんですか」

「基本的にはない。やる権限もない。しかし動くなとは言わない。拾い上げたものがあれば、すぐに捜査本部に渡すという条件付きでなら」

「わしは、密《ひそ》かに民恵はんに期待しているんや。息子が殺人犯というのはたまらないやろけれど、和代はんの動きに姑なればこそ気づいたことが何かあるかもしれへん」

「今から民恵さんのところに行ってみませんか」

「打ちひしがれたはるのに酷《こく》やないか」

「その精神的フォローもしたいんです。弘彰ちゃんのことも任せっきりはよくないと思います。まずはそこからです。そのうえで別日に、少しでも落ち着きが出てきはったなら、持ちかけてみたいです」

安治川は再び、芝のほうを見た。

「われわれらしく、地道にやってみよう」

芝は再度軽くうなずいた。

この作品は徳間文庫のために書下されました。
なお本作品はフィクションであり実在の個人・団体などとは一切関係がありません。

徳間文庫

# 再《さい》雇《こ》用《よう》警《けい》察《さつ》官《かん》

## 究極の完全犯罪



2022年11月15日 初刷

著者 姉《あね》小《こう》路《じ》祐《ゆう》

発行者 小宮英行

発行所 株式会社徳間書店

東京都品川区上大崎三-一-一 〒141-8202
目黒セントラルスクエア

電話 編集〇三(五四〇三)四三四九
販売〇四九(二九三)五五二一

振替 〇〇一四〇-〇-四四三九二

印刷
製本 大日本印刷株式会社

ISBN978-4-19-894796-5 (乱丁、落丁本はお取りかえいたします)